张 怡 微 作 品

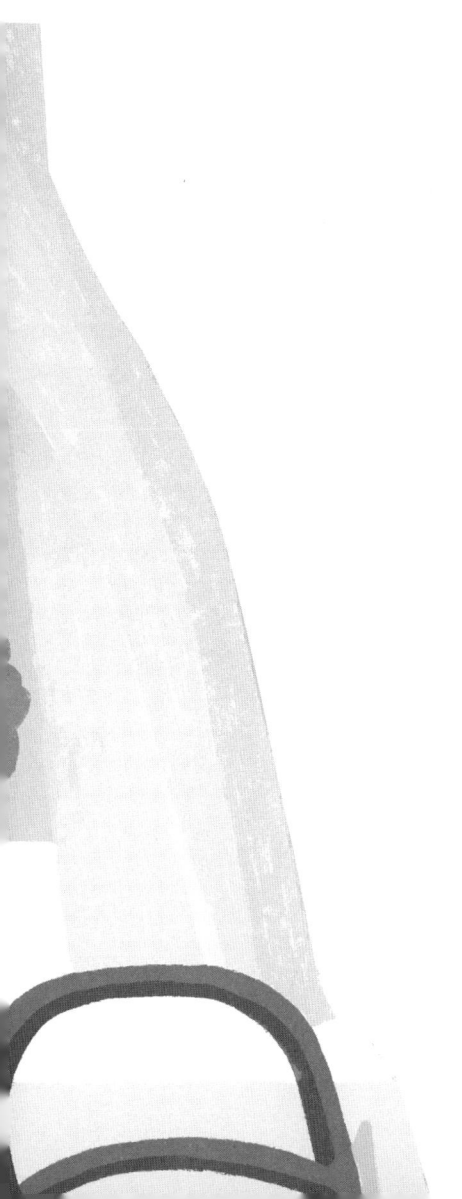

谁能追踪
你的笔意呢

张怡微 —— 著

上海文艺出版社

目录

辑一 | 谁能追踪你的笔意呢

余荫记　2

谁能追踪你的笔意呢？　13

漂浪与抒情　25

水城一春今日尽　33

收惊　47

行行重行行——岛屿札记　55

我认真地想，也认真地不去想　65

"你跟上了一条好运的船。就跟下去吧。"　70

辑二 | 我自己的陌生人

29+1　76

语言就是一架展延机　86

舶来的记忆　98

大自鸣钟之味　104

常州忆往　112

新年作　118

本命年　124

上海谣　130

新的自己　133

黑板报　137

到花花世界去　140

走江湾 143

新村与我 146

消失的小狗 163

行走的形式 167

播客与我 174

照相馆往事 179

东京流水 189

女字部首 193

雪花里的仙人掌 196

辑三 | 谁是问津的人

读卡森·麦卡勒斯 202

"只写了一个小小的故事的才能——这是上帝所能给你的最危险的东西"

读特罗洛普 216

"在所有年轻女人值得从事的职业中,文学这一行是最容易使人伤心绝望的"

读安妮·埃尔诺 220

"我为我的阶级复仇写作"

读李翊云 227

"有时会遭受的最致命的自然灾害是家人"

读菲奥娜·基德曼 233

"爱情太过复杂,没法向子女解释清楚"

读阮清越《难民》 243

"除了故事,我们一无所有"

读裘帕·拉希莉《同名人》 247

"不管是好是歹,他们能够离开他们原先的家庭。"

读爱丽丝·门罗《恨、友谊、追求、爱情、婚姻》 251

"你不要去问,知道是罪,对于我对于你"

读《奥丽芙·基特里奇》 255

"这给了一个她在人世间的位置"

读雪莉·杰克逊 259

"我们是真正过日子的人"

读《永远的苏珊——回忆苏珊·桑塔格》 263

"在我看来她似乎很老"

读《我的天才女友》 267

"她在意的事情就是想向我展示出:我学的东西她都会"

读《管家》 271

"让我感兴趣的人物是那些在我苦思冥想时能够提出问题的人"

读简·奥斯丁 275

"令我吃惊,但没有使我反感"

读《阿加莎·克里斯蒂自传》 279

"我的四周都是毒药"

读安妮·普鲁《鸟之云》 283

"唯有泥土与天空最重要"

辑四 | 我想抓住那道光

读金惠珍《关于女儿》 296

"我的女儿为何要选择如此艰难的人生?"

读金息《女人们和进化的敌人们》 300

"这样追根溯源,那个女性就是最早的妈妈"

读金爱烂的小说 304

"我想抓住那道光"

读金草叶《如果我们不能以光速前进》 312

当女性去往宇宙

读崔恩荣 316

"女人读到博士有什么用?"

读郑世朗 323

当代女性志怪的主题:男人和外星人是差不多

读赵艺恩《爱,鸡尾酒与生化危机》 330

"有根鱼刺在我喉咙里卡了十七年"

读赵海珍 334

"如今那个世界已经拉下卷门"

韩江小说的物质部分 341

印象的语言

浅谈韩国当代文学 354

"险要而唯一"的关系

后记 360

辑一 ——

谁能追踪
你的笔意呢

余荫记

最近我总是想起读书时候的事情。

虽然那时距离当下并不遥远,更不用说,我自六岁半起上学到现在,基本就没有离开过校园。我的喜怒哀乐都是在校园的背景之下发生,所谓人之为人的顿悟与觉醒,也始终伴随着某个抽象的"群体",也就是和那些"永远在茁壮成长"的人们在一起完成的。学习,就是日常生活的一部分,它当然也可能被其他事情给耽误一下,但最终还是会回到这条轨道上来。每个学期期末最后一周,好像有一种被号召的力量,将个体生命里顺遂的、困顿的点滴都暂时搁置起来。这可能是挺好的事情,也可能是被社会人警惕的。所谓"舒适区",不打破它,就显得不太时髦。只是,时间静水深流,这对学校内外的人都是一样的。我想它更接近于我们对于"命运"的领会。

　　2014年5月4日，王安忆教授受余光中教授之邀，到中国台湾中山大学访学。那一年，复旦大学首届创意写作MFA的学生张梦妮在台湾师范大学当交换学生，她从创意写作专业硕士毕业以后，师从陈思和教授攻读博士，现在已经在常州一所大学教书了。我们俩在台北也不常见面，我所在的学校毗邻山区，她在市中心。听说老师要来了，我们都很高兴，决定南下支持。我和梦妮在大学附近寻找青年旅舍，但过程不太顺利，具体怎么个不顺利法，现在也记不太清楚了。5月的高雄，已是溽热难耐，走不了几步就浑身湿透。当然，海依然是美丽的，是让人宁静的。海鸥和帆船，都是上海见不到的风景。后来我们找到的那一间青年旅馆，地理位置优越，就在大学隧道旁边，是一家早餐店。早餐店的楼上，被装潢成宿舍的样子，其实就是各式各样的铁架床，好在有冷气，也很干净。走廊的尽头，是淋浴间。我们先到了，想办法买了几只莲雾送给老师，现在看来，也是天真寒酸。王老师的飞机晚点，抵达学校的时候，校门都锁起来了。但她隔天还是第一时间就来看我们，确认我们有地方住，有东西吃。晚上，我们和王老师在爱河旁边一间快炒店，吃了一些简单的小菜，说了会儿家常。几年后，王老师出版《小说家的十三堂课》，书里还提到了我们，提到了那晚鼓山、旗津的轮渡，提到了箭射上岸的南部机车群，和数不清的海鲜餐馆、渔具店。她看到的东西好像比我们多得多，是我们当时无论怎么博览群书，听文学课程，都看不明白的。

四下里，都是奇巧的对照，粗犷与婉约，历史与现代，战争与和平，荒蛮与育教，这似乎概括了向学的意义。

（王安忆《西子湾》）

王老师的粉丝很多，她的演讲场场爆满。即使是学生，三场演讲中，我们也只有票参加一场，就匆匆回校去了，匆匆投入日复一日、看看书抱怨抱怨生活的太平日子里去了。那场活动对谈的题目是"小说能做什么"，很常见的文学题目。与谈人是"热带雨林里面的坏孩子"黄锦树和"华丽的最写实、最魔幻的作者"骆以军。余光中先生是回应人，其实也是组织者之一。我之所以会想念那段日子，是因为在那个甜美的、文艺的场景之后，外部世界发生了很多事，那些不可挽回的转折就像多米诺骨牌一样。尤其是2017年12月14日，余先生过世了，这令我们有了一种亲历文学历史的感受，不太好受的，只是当时并不知情。记得王老师跟余先生介绍我们的时候说，"这是我的两个……两个小跟班"。其实我早年兼职做文学记者的时候，就访问过余先生，他可能不记得了。那一年，我们还随着余师母导览的慕夏展在高雄美术馆逛了一圈。余先生跟我们说了一会儿英文诗，后来他小女儿来了，他就像很多慈爱的父亲一样，展露出温柔的神色。他有三个女儿，采访时笑称自己这一生一直住在女生宿舍。去年我一边读《逍遥游》，一边写《散文课》的专栏，读到一段1963年余先生发表于《文星》杂志第68期的文章，结尾他写道："现代散文的年纪还很轻，她只是现代诗和现代小说的一个幺妹，但是一心一意要学两个姐姐。事实上，在现代小说之中，那散文就是现代散文，司马中原的作品便是一个例子。专写现代散文的作者还很少，成就自然还不够，可是在两位姐姐的诱导之下，她会渐渐成熟起来的。"《逍遥游》出版时也许保留了作者原稿的意图，散文的性别被余先生处理为"女性"，而且是"小女儿"，这让我想到了那一天的场景。余光中的看法对我的影响很大，事实上"创造性的散文（creative prose）"这个词就是他在《逍遥游》中提出的，他说："此时此地我们要讨论的，是另一种散文——超越实用而进入美感的，可以供独立欣赏的，创造性的散文。"余先生潜意识里将三种现代文体投射到自家的三个女儿身上，真是很有意思的事情。这种趣味，又带有书写者才会明白的寂寞，是日常生活与文学生活的复杂交际。我们写作的人，就是这种交际的媒介。余先生还曾给我题过一块画板，上面写着，"怡微，小说亦大道"。今年搬家的时候，我并没有找到这块画板，也许是多次搬家后遗失了，真是可惜。好在我也不是很恋物，只觉得岁月匆匆，连带着那些祝福、恩赐，转眼而过，抓也抓不住的。

骆以军在驳二艺术特区的草坪上见到王安忆老师的时候，一直在大笑，他虽然健硕，却令人感到了因欢喜而暂时轻盈起来的样子。他把这种欢天喜地的轻盈感，从室外草坪延续到了余光中先生的文学馆，再延续到了座谈中。保持那么久高浓度的欢乐，应该也是一种自我燃烧的社会奉献吧。多年来，据说骆以军一直受抑郁症困扰，日常生活里并没有照片呈现得那样欢乐。其实骆以军人很好，记得十多年前，也许是2009年，他曾经对我和另外一个朋友说，他曾见过很多和我们一样的人（也许是文学青年），后来因为种种原因，她们变成了另一个样子，她们好像还在写作，可是已经变成了另一个样子。"你们千万不要成为她们啊！"他说完这话，我就问他："那我能和您合照吗？"那张照片，现在躺在我的某一块硬盘里。我当时太年轻了，完全没有听懂他到底在说什么。又有一年，我在路上遇到他，依然开心得很。那是我前半生最顺利的一年，拿了很多奖，以为一切都刚开始，一切一切都可以顺利地开展下去。他对我说："你要当心哦，你要开始倒霉咯！"我就笑笑，觉得这是什么茫茫大士、渺渺真人的警告。说完他就飘走了，据说是要去丢狗大便。他没有说错，之后的几年，我经历了一段漫长的滑坡，经历了数次合约纠纷，一些匪夷所思的解约，一些因中伤而分崩离析的友谊，一些因分离而没有圆满完成的告别。最终几乎完全调转了人生跑道，从头学习一些知识，开拓一些领域，也结交了新的朋友，遇见新的机遇。虽然骆以军没有告诉我，一个人知道自己要倒霉之后应该怎么做，但他是一个好心人，至少在我的记忆里一直是这样的。他可能自己也不知道要怎么办，他只是知道，这样的因会有这样的果，这是我们生活里的规律。

那一天对谈，骆以军讲了一个别人的故事，是斯蒂芬·斯皮尔伯格的电影《人工智能》，关于一个机器人小男孩的科幻片，现在看起来，也是不太时髦的概念了。电影假设人工智能已经可以产生爱的能力，并拥有爱的记忆，所以，机器人小男孩看到有数百个跟他一模一样还没有组装好的机器人的躯壳时，受到了很大的打击，于是跳海自杀，沉到了海底，刚好在儿童乐园里有一个蓝天使，机器人就向他祷告，想要变成真的人类。骆以军用了一个非常具有个人特色的比喻，他说，类似森林公园中间有一个观音菩萨的雕像。后来，人类灭亡了，也没有历史了，外星生物来到地球，他们发现人类的文明太奇葩了，他们会屠杀同类，却又发明了诗歌、算术、足球。外星生物唯一能找到的，关于复原人类文明记忆的机会，就是那个小男孩活着的十年，一段用机器保存的记忆体。作为报答，小男孩可以许下一个愿望。小男孩用母亲的头发，两千年前害他被母亲抛弃的一撮头发，换得了一个做梦的机会。在梦里，母亲对他说："我很疑惑一切是怎么回事，但是我只想告诉你，我爱你。"骆以军说："（小男孩做梦的）这一天像一个孤独的岛，它独立于全部的人类，历史已经终结了。我们现在所有还在进行的这一切历史，像现在的这个驳二艺术特区，我竟然有一天会跟王安忆、黄锦树坐在一起谈小说，这一切对我来说就是奇幻。"他后来又说了一个在东北看二人转的故事，有一个侏儒表演的方式非常残酷，又说了自己读王安忆小说的感受。但归根结底，他认为那个机器人小男孩就是写作者的投影，小说写作者做的事，是把那个已经不可能存在的、曾经栩栩如生、存在过的场面，展览出投影来。与此相比，散文能做的事就有限多了，我们只能处理现实生活的答案，这个答案会变化，但我们不能修改它，投影出并不存在的结局。

这个故事的另一个面向就是，那个坏掉的机器人小男孩，它是不可能被复原的，它是不可能回到真正的人类世界，他也不可能得到真正的爱，可是它是一个牺牲品。

(骆以军《两个故事》)

小说里做的那个"梦"，是不可能实现的，是人的渴望，是人对现实世界的失望和不满足。这样的事情，人人都会经历。不写作的人也会经历。经由不完满的童年、不成功的恋爱、不成气候的事业、不成体统的婚姻，经由衰老、疾病、无常，人人都会经历。有的人不喜欢文学，那不过是少了一个做梦的机会。有的人喜欢音乐，有的人喜欢美术，他们就用别的方式做梦，用别的方式抵抗外部世界的残暴，抵抗丑陋的真相，他们还有一点不屈服，就用那么一点不屈服，创造出一个美学世界。多年以后，当我重新读到骆以军那天的演讲，才知道他不仅仅是自比机器人小男孩，他又一次扮演茫茫大士、渺渺真人，告诉我们他悲观的预感，他说我们都是牺牲品，我们在一起做做梦，最后成为一段被外星人观览的人类文明记忆体。这个场景太虚幻了，他说的那个场景，余先生在里面，我也在里面，我的老师和同学都在里面，这让我非常难受。这种难受是无法用"我不同意你的观点"所能涵盖和搪塞的。我想我大致也清楚，他说的是对的。牺牲是崇高的，但牺牲品就不一定了。他只是相信这件事，相信等待两千年，还会有一次亲历镜花水月的机会。我们也有一点相信。所以我们才会一边死亡，一边祈祷，守望着遗骸继续重建。这是很矛盾的，是奇巧的对照，死亡都战胜不了。但这就是我们这样的人会遇到的念头。不管奇奇怪怪的人在一边敲锣打鼓地说，这个人有病，这个人贪图名利，这个人已经力不从心、江郎才尽，我早就看他不爽啦……

我总要哭——也许因为我也是如此。后来战争开打，不该死的人死了，不可爱的人爱上了。

（林奕含《弄堂》）

那天王安忆老师演讲的标题是，"将汉语带入三个不同的境地"，她说到了一个部分，让现下回望的我又有了很多复杂的感触。她说文学的处境是日益边缘化的，"小说写作这件事情，很难在经济模式里找到它的动力机制，它的投入和产出都不合乎经济发展的规律，小说便被排除到社会的主体之外，只能在余荫里，才可能有立足之地。但是，有时候，我又觉得如果没有小说，生活便有着明显的缺陷。当我听到一些轻生的故事——这类故事越来越多，也发生在作家同行之中，这是非常不幸的事情——我会觉得这好像是对我们做文学的人的极大的讽刺，可以说是小说的渎职。因为我们的小说不就是做这个——让人们对生命有敬意，对自然有敬意，要爱惜生活，爱惜人生"。

王安忆老师在台湾的粉丝很多，2016年，台北《印刻文学生活志》杂志约我写一篇关于王安忆教授在复旦大学教"创意写作"的文章。他们想要做一期专辑，有名家对谈，有批评家重读，同时还收录王老师在纽约讲学期间新写作的短篇小说《乡关处处》。这本来是一个寻常的文学工作。那期杂志于 2017 年 4 月出刊，做得非常漂亮。除了写《课堂内外的王安忆》，我还和九位"文学青年"一起重读了王老师的代表作《长恨歌》，写了一篇读书笔记。那九位文艺青年中，有一位是林奕含。那个四月，也是她生命里的最后一个月。我和她被排版在同一页，像一段缘分，时不时让人想起来，眼眶一热。我有时想，她也要三十岁了啊。她答应写这个专题的时候，王老师刚去过高雄，她知道吗？她一定没有去驳二艺术特区，如果听到了王老师说的"要爱惜生活，爱惜人生"会不会好一点呢，还是会更痛苦呢？

在很多次演讲中，我都曾提到过高雄。我会说到很多年前，我曾经无意间路过一间城隍庙。庙门口很简易的，挂了两行牌匾，"阳世做事明白你有无欺己，阴司判断是非吾曾冤谁"，正中则写了三个字——"你来了"，非常瘆人，像一种审判，又像是召唤。但人世间的审判，未必是很全面的，它会让含冤的人问出的问题永远振聋发聩。知乎上一直有人问我，如何看待林奕含所说的"文学是否只是巧言令色"？可我有什么资格看待，这要怎么回答？她用尽 26 年生命，问了这样一个问题，诘问她心中神圣的艺术与伤害她的世界之间的关系。所以，她是不是也发现了自己其实是那个机器人小男孩呢？这真令人难过。

据说，莎士比亚最先将音乐定义为"爱的食粮"，这个说法首先出现在《第十二夜》，接着又出现在《安东尼与克莉奥佩特拉》。音乐是"食粮"，也就不只是浪漫的布置。音乐、美术、文学，如果都能算是艺术的一种，它们服役于爱，而不是服役于世俗生活。这样说虽然有些傲慢，却是我短暂的写作生涯里逐渐开始感悟到的。我的审美世界刚刚建立起来不到一两年，之前的学习也不能算是白费。有天我读李炜的《碎心曲》，看到了一些有触动的段落：

有种音乐，死死地抓住你，像把有旋律的老虎钳。

有种音乐，拼命地牵引你，像个有乐曲声的漩涡。

一步一步挟持着你，走下望不到尽头的旋转阶梯。

（李炜《下行（c调）》）

《碎心曲》是一本写古典音乐的书。李炜是夏志清、余光中很欣赏的作家。他并不很有名，却一直在坚持写作。我和他曾经一起做过活动，也曾有过同一个编辑。在我浅薄的文学认知里，我认为他是余先生所期望的"创造性的散文"的代表。他一直在努力建构语言、美术、音乐和散文文体之间的关系。我自己的散文书写反而不是。如果我们相信，这个世界除了生产经济，还会生产一些别的灵性的东西；如果我们相信，人在奋力耕耘世俗生活之后还是会感到困惑，感到失望，感到不满足，那么艺术也许是一条小径，引领（抓住、牵引、挟持）我们走向一个壮丽的精神世界，这条小路并不特别，许多人都曾走过。在那条路的尽头，有很多可爱的、残疾的、报废的机器人小男孩,曾经那么努力地祈祷过、渴望过,在沉睡中依然没有放弃要复现一个充满爱的世界。那便是艺术世界的余荫,文学的余荫。写作,也无非是在那片只有你自己可能看得到的余荫里立足。

谁能追踪你的笔意呢？

1.

2013年，我在台北拿过一个市级文学奖。细想起来，也是几十年来罕见的甜蜜期。那时我并不知道，基于"镜花水月"的期望，我的大陆学生身份曾给予我许多好运气。随便写些什么，都会具有含义。我获得的一些奖励，也不一定是文学上的赞誉。我在散文组拿了冠军，心里只关切奖金和缴税程序。因为无论自我感觉如何，学费和房租账单是最硬核的生活原相。我依稀记得，我快要离开会场的时候，被人拉到一个镜头前，和另一个组别的冠军说了一些"谢谢"之类的场面话。我既没有记住身边那个人的脸，也没有记住是哪家电视台，我觉得那都和我没关系。

第一年读博士班时，我租得起的房间还没有电视机。

几个月后，我收到了一封邮件，里面有一张电视新闻的截图。给我写信的就是小说组冠军许舜杰。他提醒我，我们俩上了公共电视的新闻，他特地给我图片留念。我当然很感谢他，也查了一下他的获奖作品，那篇小说叫作《不可思议的左手》。简介告诉我，他是台湾师范大学的博士生。我也想过投小说组，但觉得胜算不大，这使我很轻易地做了策略调整。对当时的我来说，奖金如猎物一般散发着诱人的紧张气息。如果我投了小说组，我们就不一定会有后来的友谊（哈哈哈谁说不是呢）。

我已经不太记得我们第二次正式见面的契机。总之一年里会遇到一两次，会坐下来吃一顿简餐，地点则在台北长春"国宾"影院附近。吃的东西，不那么贵，也不是什么热门打卡地。只在一次很偶然的时候，我们在去餐厅的路上，他接了一个电话，我印象很深。电话好像是他实习的高职打来的，学校希望他下学期能多上一门课，他拒绝了。无论对方怎么劝说，他都十分平静和缓慢地拒绝了，这让我很意外。我那时到处打工，有五个专栏分散于上海的各大都市报。几年后，这些报纸陆续倒闭，他们曾养活我的学业。我写得最长久的专栏，可能和很多人想得不一样，不是什么书评影评小说散文，而是《东方早报》的"上海经济评论"。每写一篇，有八百块钱，尽管经济学不是我的专业，我还是硬着头皮热情地接了下来。我只拒绝过一个专栏邀约，就是写球评，因为我实在不懂体育。拒绝的那一刻我心如刀绞，甚至想起斯蒂芬·金在最困难的时候写过的话:"那匹马终于越过了他妈的栏杆。"

那是我第一次在骑楼下,在阳光里,在说不清、道不明的凝望中,感觉许舜杰和我不是一个世界的人。尽管他没有说什么大道理,他拒绝的方式,不那么委婉,也不怎么酷,他就是张着嘴,等对方说完,然后说,"我不要",再等对方说了一会儿,他回应,"我很忙诶"。即使在我看来,他一点也不忙的。我有些疑惑,可这种疑惑本身是感受到珍惜的契机,让我经由他人观看自己,看见自己的狭隘、彷徨,或种种受限于视野而放任的自我重复。那天回家,我写了一个很短的札记:"我想,我感觉到不适,也许是因为在遥远的幽暗童年里,我也曾羡慕过这样拒绝父母无理要求的小孩。而我从来就做不到。"

在我们的友谊建立之初,他也不太谈小说。他只说自己是个诗人,写诗的时候,他会署名为"许塔"。他编写的诗集,征集了许多人的句子,后来出版时命名为《自由句》。这个"自由句"的活动,早几年在微博上有很多网友参加。我觉得他很适合做这个工作,尤其是在那个拒绝的电话燃起了我内心的苦涩之后,身为镜像,我想我这样的人,充其量能编写一本《不自由句》。

再后来,他在他的"很忙"里并不很忙,而我在我的"有空"里忙得焦头烂额,几年时间过去。有一天他突然找我,说有事要拜托我帮忙,原来他又拿了一个文学大奖,是中国台湾地区奖金最高的文学奖项之一。我们约在伊通公园附近吃面,但吃面并不是最重要的事,他支支吾吾地说,因为这个奖是佛光山办的历史小说奖,他的家人虽然为他感到高兴,他们都是基督徒,绝对无法陪同他一起去领奖。他问我有没有空,和他一起去佛光山。

我好像没有空,因为我真的太忙了。

那部小说,叫作《五柳待访录——陶渊明别传》。在扉页上,他援引了博士指导教授的诗(可能是一种致敬):

> 传说他裹了头巾
> 拄了手杖,越过一片野林
> 不知去到哪一个邻家
> 有人拨开长草跨越桑麻
> 听到狗吠鸡鸣,看到榆槐桃李
> 却找不到他虚掩的那扇门
> 　　　　(节录自陈义芝《寻渊明》)

在另一场文学活动上,这首新诗被谱曲成歌诗演绎出来。陈义芝老师亲自上台,朗诵道:

> 是贫士　曾乞食　终是读书人啊
> 在动乱的时代,我称他安那其
> 一个无政府主义者
> 哎　在现代,不知谁能
> 与他谈话为他斟酒

去哪里找捕鱼的武陵人

去哪里找采药的刘子骥

太元年间的桃源村

早已消失千百年

这世上

这世上还有谁是问津的人……

他的学生就是问津的人。可惜他很不支持学生参加文学比赛，只希望他好好写论文，不要把博士班念到第七年，还没有想毕业的意思。

2.

2016年，我十分紧凑地完成了学业。我的指导教授曾问我，你这篇博士论文对你的一生有什么影响吗？我斩钉截铁地说，没有。又问，那你以后还会继续研究《西游记》吗？我说，不会了吧。谁能想到，我回复旦教的就是"《西游记》导读"，我的博士论文改了又改，一直到去年终于付梓，还将顶着我的名字，缓慢和艰难地发行，仿佛嘲讽我对于"不确定性"的傲慢。我还有一些当代文学的教学任务，苦于没有学习背景，在网上到处听课。

2015年2月，王德威教授受邀中国台湾大学白先勇人文讲座，开讲"史诗时代的抒情声音"。在第九单元"诗人之死"一节中，他列举了四位诗人：杨华、施明正、海子、顾城，来探讨现当代抒情传统和整个历史政治现象互动的问题。在这四个诗人中，新诗人杨华是最不知名的。即使是对于中国台湾现代诗史来说，从诗的数量和品质来看，他也是一个小人物。杨华绝大部分的诗歌未必是他自己的创作，很多是经过抄袭改造而来。他抄袭和变造的对象，是"五四"新文学运动过海而来的小诗的传统。杨华一直喜欢冰心、梁宗岱、郭沫若这些新诗诗人。在20世纪二三十年代，杨华大量地将这些小诗移植到全新的语境中，成就他自己的诗人的形象。这当然是不正确的行为，但里面的问题牵涉到了殖民地的文化教育、知识的传播，还有日本文化资源的影响（如俳句）。所以，杨华是这样苦心地找寻这些诗句，把它形成一个自己的想象中的诗人的艺术形象。然后，王德威教授不经意提到了一篇文章，说发表在近期的《中外文学》上，写得非常好。我随手搜了一下，发现是许舜杰的研究，发表于2015年3月第44卷第1期杂志，论文题目为《同文下的剽窃——中国新文学与杨华诗歌》。没有人能比诗人更懂得诗人。即使是创造行为和借鉴心理，许舜杰也是极富耐心、同情及卓见的。

许舜杰在文章里说："杨华之所以偏爱创作小诗，与他喜欢拼凑他人诗句的创作方式有关。小诗形式短小，类似片言杂感，如果不计较原创性，撷取他人诗句的同时，也等于完成一首自己的小诗，使得杨华的小诗创作几乎等于在摘要。另外，一旦诗歌长度拉长后，就必须考量结构以及内容的延展，加大诗歌创作的困难度，并考验诗人谋篇的能力，因为诗人需要顾及叙事脉络和酝酿气氛，即使是要剽窃他人诗句来组合成一篇中长篇的诗歌，都有一定的困难度。此外，杨华的母语并非中国的普通话，白话诗也不是杨华自小所熟悉的旧体诗……"

许舜杰一定不会想到，在他苦心为杨华做解释和辩护的时候，以他笔名"许塔"编著的诗集《自由句》也在微博上被多次剽窃。我所亲历的就有两次，一次是被放在了网红餐厅当作噱头标语，一次是被一位如今已经坐拥 90 万粉丝的博主当作自己的心情发布了出来。许塔甚至还给那位女孩留言，"谢谢你喜欢我的句子"，然后被删了。这个博主，也是我认识的人。她的确没有谋篇长诗的雄心，好像也没有认真觉得不好意思。不过虽然有这些奇怪的插曲，我还是很为许舜杰感到高兴。

我问他，你知道王教授夸奖你的论文很精彩吗？他说："没人告诉我。对了，好久没联络了。"

3.

我最后一次在台北见到许舜杰，方才经历了一次历时一年半的合约纠纷。那时我突然意识到，我在那个地方其实没有什么朋友。我认识的朋友，不是让我找别人帮忙乔一下（闽南语，调整、处理的意思），就是告诉我，你最好还是忍气吞声。我们也没有什么要紧的话说，有一搭没一搭，他说他写完了一本书，写的就是这里。

我写了一篇日志,纪念那一天:

如果说,我在此地有过一个作家朋友,那可能是上周,很久没见,我们看过电影又绕到伊通公园坐了一小会儿。我一如往常,努力控制仅仅用半小时,平静得体地说完近来所有人生倒霉事。像一年中的少数几次,他听完,不过是带我绕到一个巷弄里,指给我看,他刚写完的长篇小说,场景就是楼上那家整形诊所。那一刻,我忽然觉得自己一无是处。我羡慕那些活在文学生活中的人,相较之下,我显然过于市井、怯懦,又自恋。米兰·昆德拉说现实世界的本质就是稍纵即逝,而且只配被人忘得一干二净。每一字、每一句,无论赞誉毁谤,都是这个坚实的世界连绵不绝的报废的碎片。我曾极力想要巨细靡遗地了解藏在水面底下十分之九的冰山。这本身就是危险,而冰山却不是危险,她一直静候在远方,没有前进,就没有破坏力。没有命运,就没有所谓延展。那一天在公园,我略微认真一点地想过,彻底放弃再去得体地解释所谓苦日子。而我有过一个朋友,他对鳗鱼般弯弯曲曲的巷弄胸有成竹,他的笑容里没有这个城市普遍被揣测的心思。我好像也曾有过如此大萧条般沉静的日常,足以将那些污糟冷冽,固定在更远的地方。

2015年11月,他的长篇小说《婴儿整形》出版。那时他又给自己取了一个新名字,叫作"林秀赫",作为小说家许舜杰的代言人。我想起来,那天他曾告诉我,"林"是他母亲的姓氏。小说写得非常"现代",说的是21世纪初,台北曾流行过婴儿整形的风潮。"晴哲整形外科诊所"从一款热门的儿童在线游戏获得灵感,该游戏只要将儿童的照片上传,网站就能模拟出他们长大后的样貌,甚至身高、体重,让儿童在线以自己的未来脸孔进行角色扮演。于是,戴晴哲医师将婴儿的头部进行高层次扫描,并参考父母脸型,通过自行研发的软件绘制出婴儿的未来脸孔,以此作为动刀的基准。由于婴儿的可塑性极强,创伤愈合快速,自体移植接受度高,移植部位将随着成长融合为脸的一部分,仿佛自然天生。显然这种技术已经不能称为整形,戴医师也因此被医界誉为"人脸的上帝"。父亲、母亲、女儿和整形医生四人都以第一人称展开叙述,讨论的问题关涉美、绘画、伦理、科技、哲学等面向,是一部科幻小说。对我来说,这部作品略有不同的奇妙之处在于,我看过那个地方,我知道那些人是谁。我甚至听过一些句子,知道他们家族喜欢的"犁记饼店",在小说里像一个不起眼的背景,在那个时期,却有着许多难以名状的风趣意义。

　　那段日子,我的经济生活略有好转,租得起有电视机的房子了。在电视新闻里,我看到食安风波波及过的著名饼店就是犁记,有一款涉事猪油的产品被下架。老板娘为了展示风度,愿意给所有品项退款退货,许舜杰也去退了。犁记承担了巨额的损失,却只发现了一张发票和猪油产品有关。老板娘当然气得窝火，于是，找到媒体和一群道士来做法事，给这些绿豆饼红豆饼超度。因为它们都是"冤死"的，希望它们来世能做一块好命的饼。这个新闻无论滚动几次，我都能笑着看完。读小说的时候，我当然想起了那些遥远的趣事。

如果我没有记错的话，许舜杰应该是中国台湾"80后"作家中获奖最多、奖金最高的作家。而且他并不缺钱。论文也写得很好。他不怎么在乎别人的评价，甚至一直换名字。他在大陆地区也发了不少小说，如《上海文学》《花城》《中华文学选刊》，甚至入围"郁达夫文学奖"。我很喜欢他的短篇集《深度安静》、恐怖成语故事集《僇》，和另一部与"婴儿"相映照的长篇小说《老人革命》(2016 年改编为电影剧本《爷爷的逆袭》，获第六届北京国际电影节创投项目)。他写得非常"新"，非常愕然，又愕然得平静从容、安静明亮。

2017 年，我离开台北前，最后参加了一场比赛。拿了奖金后直接转给了当时的房东。八个月后，我离开台北时，没有和任何人聚会告别，就连钥匙也没有还。严格说起来，那是一篇在创作时就没打算写完的故事。因为我正与我的博士论文战斗(我以为那是一场闪电战，没想到如今还在与这个题目相伴，世事真难料)。

在那篇烂小说的题记中，我引用了乔林的诗。乔林，是许舜杰推荐给我的诗人，后来我很喜欢《基督的脸》。他还推荐了诗人李金发。诗我不太懂，但李金发和上海有点联结，我曾读过他的回忆录，很有意思。他是个客家人，父亲在毛里求斯有活干，家族对出洋讨生活这样的事习以为常。他有很多传奇经历，是1919年第六批赴法勤工俭学的东方少年，从上海出发途经新加坡、马六甲海峡，再到科伦坡至吉布提穿越红海和苏伊士运河，然后横跨地中海，抵达法国马赛。航程出了中国海，有高丽人开始晕船，却不敢说自己的语言，因为他们是秘密出国，日本人知道了，是要干预的。在此之前，李金发由汕头坐船抵达上海，下榻爱多亚路长发栈，"觉得并不繁华"。爱多亚路现在应该是在外滩边上，延安路的位置。1914年至1915年之间，英法两租界合作填掉洋泾浜，1916年才得名，是一条新路，长发栈却是个古老的高级饭店，原来在洋泾浜边上，离外滩应该很近。然后他和朋友去了李公祠复旦中学，当时是李登辉校长拿来优待华侨的。隔几日又住到了闸北大统路新康里，住的环境就一落千丈，同屋的都是尚待出路的青年，还有很多臭虫。到先施天台去看花花世界，用了肮脏的热毛巾抹面，不久就得了沙眼。同住的两个人，可能是地下党，后来死了。当时大战刚完，德国死伤惨重，他是受到不明确的鼓舞，侥幸考进大同书院。他有个同去法国的朋友说，"纵使将来回国改良茅厕，亦是好的"。最后到巴黎乡村，发现马桶没有抽水，又想到闸北，发现竟是差不多的……我最近看到四川文艺出版社出版了《李金发诗全编》，也不知什么因缘，让我想起他。他的毕业论文终于在博士班念到第七年的时候写完了，去年出版时命名为《巨灵——百年新诗形式的生成与建构》。

我不知道，许舜杰看没看到我那篇烂小说。总之我走的时候入乡随俗，学习他跟导师打招呼的方式，在文学比赛中，跟他道过别。

去年，林秀赫（许舜杰的笔名）在《花城》杂志发了一个短篇小说《蕉叶覆鹿》。2017 年，我也用过这个典故，写过一篇小说《蕉鹿记》，收在了我的小说集《樱桃青衣》里。

反正我看到了他。

注：许舜杰后来说，陈义芝是他的任课老师，而不是导师。需要更正。

漂浪与抒情

我有段时间住在永和，就是那个传说中生产豆浆的地方，但和我初到那里时的认知不同，也不是每一家饮食店都卖热腾腾的豆浆以及烧饼油条。更多的时候，它像是一个古旧而成熟的小区，镶嵌着种种小区生活机能。仿佛居民们最需要什么，它就提供什么，毫无虚荣与奢侈的象征，也不需要外人品评，呈现为最朴质的生态。因而"永和"二字，是那么净洁寻常，仿佛许多与"安"字、"和"字相关的路名，在夜间望上一眼，就有灯塔般的暖意。可见异乡人总是爱附会，以想象来安顿百折千回的心绪，那么期待被懂得，又害怕被看穿。

捷运顶溪站往往到了夜晚十点以后依然熙熙攘攘，还有不知疲倦的商贩兜售水果、鞋袜及各种服饰配件，这番由人口密度所制造的喧扰，常使我想念故乡。许多高端小区是见不到这样活泼泼的人的情态的，夜晚十点，我在信义威秀看完电影出来，马路死寂一片，好像湿漉漉的荒原。永和此时却还笼罩在一派生机之中，有卤味摊飘香，夹杂打折面包的气息，汇集人的气味与生活的原貌。但我从来没有流连过这些陌生人所经营的生计，我觉得他们是风景，生生不息，却遥不可及。路过捷运站口，我与连绵不绝的陌生人擦肩而过，无论清晨日暮，多少有了抽象的意味。我努力告诉自己，这就是我的旅居，有一点辛苦、黯然，却没有什么不好。眼前这一些人，因为生活打拼，才更显得十分兢惕励志。

那是我第二次到台北，一座福和桥牵起了住地与学校的距离，分野着台北市与新北市。而我每天沿着捷运往返两站路，特别像从上海浦东耀华的家到南洋中学的距离，隔着5分钟的打浦桥隧道，便是浦东到浦西。那一站间隔会显得尤为漫长，却并非不可忍耐。但它被划分为公平的单位，明明是可感的特别，以示刻意的寻常。

穿越打浦桥的这段距离，对于上海人来说，曾经是天堂到地狱。由黄浦江隔开的，只是现如今时间概念上的短短几分钟，但对于彼时的上海人，却可以说出一百句俚语，指出东西差池的天壤之别。这其中还包含着婚姻、地域、文化的种种歪曲和想象，就好像爱斯基摩人可以说几十种关于"雪"的词汇。一切语词，都凭借经验而生，又凭借经验时移世变，渐渐消亡。最耳熟能详的，莫过于"宁要浦西一张床，勿要浦东一间房"。可如今浦东大部分区域已经贵得离谱，世博会还打破了我家园的宁静。似乎过了1949年，家门口就没有来往过如此多的游人。而我也常常到隧道那一头的地铁出口，七拐八弯地进入一间好吃得不得了的缩头面店，远远望见马路对面的快餐店大排长龙——那是多么懵懂的浦西游人啊，他们连什么好吃都不知道，只会喊口号。我在心中默默想着，感叹着，而直到我来到台北，看到这座福和桥，模拟起相似的感知。

但由于身在异乡的缘故，我没有对福和桥产生过超越距离本身的解读，也弄不清楚台北人心中所谓的近与远、前世与今生。我听舒国治说过，小的时候他"就像小动物，每天可以跑很远很远，坐很久的车去永和看我的好朋友"。我在心中默默疑惑着，有那么远吗？可见我就是那种无知的游客，好在有长时间可供摸索、勘探、感知。我只在谈话节目中听名嘴们冷嘲热讽，说福和桥下的中古屋竟叫价到3000万。我假意附会着那种夸张，以为真的那么不可思议，其实心里空空荡荡，什么体己的冷热都没有。如此奇妙的陌生之感，不知为何，竟在如今的我的心中，成为一种值得珍惜的记忆。而我所怀念的那种新鲜与忐忑，如今是越来越难以酝酿。

习以为常，是越来越平淡的爱，催生着自然而然的遗忘。

在台湾我有幸念过三所学校，所有对于空间建立起来的认知，都是以学校为圆心，以住地为半径。其余的，则都当作奢侈的旅行。无所谓远近，只有学习，或者玩乐之别，公共交通与包车之区分。因而我曾经最熟悉的这段距离，由于桥的贯通，显得十分古典。我联想过许许多多的场景，"桥"是最为神异浪漫之处。古人穿越阴阳，或凡圣恋人相会，生动的注视、契阔的牵挂即是漫长的鹊桥。

唯一感到不便的，是新北市电影院不多，戏院不多，往往要兜兜转转地换捷运，才能从永和到台北长春"国宾"电影院。不过那是三年以前。今年捷运改道，倒是将那段我最爱的距离缩短到令人惊诧的地步，哪怕是去文艺的永康街，也不必从古亭走到热汗淋漓。可惜我却已经搬去木栅，真是遗憾。若有机缘，真想再回到曾经熟悉的、热闹的中永和，享受一下它与城心越来越紧迫的切肤质感。就仿佛是一个旧家，一种旧情怀，安抚过初来的我忐忑的心绪，凝成感激。

我记得，中永和的市民清晨或晚晌群聚在图书馆分馆门前锻炼身体，闲聊时他们也常常谈到大陆，挺有意思。我偷听他们说话，以排遣寂寞。骆以军录梦习作，我是盗窃他人的语句。如他们没见过冰雪，就特别夸张地向往哈尔滨，但同时不忘彼此提醒"听说北方厕所超可怕"；如他们讨论起世博会远多于花博会，而世博中国馆就建设于我家门前的马路，但我从来没有进去过，也不觉得有任何遗憾。有时我想与他们搭话，告诉他们世博不仅人潮骇人，它的建设还影响了我童年的乐园，但终究还是忍住了。内外之别，有时超越语言，就仿佛我所眷恋的这片地域，非常可能，也是别人逝去的往昔。

与学校宿舍不同的是，从上午十点起，住处附近就开始缭绕着垃圾车的声音。这令我每一次在家里做一些录音工作时，都心中忐忑。那段乐曲，如今已经成为我心中，最能代表台北的市声。我爱市声，因为每一座城市的市声都不尽相同，无所谓好坏。在上海时，往往是清晨嘀铃铃的自行车铃，台北不流行自行车，于是那种声音，离开家以后就听不见了。上海也有垃圾车，总是放着另一段音乐，名曰"十五的月亮"，说的也是异乡情怀，却听到起腻，只要想起那段音乐，就会联想到臭臭的气味。近几年是再也听不到了，上海的垃圾车不再唱歌。因而在新北，反倒是勾连起童年记忆，很有趣。每当要丢垃圾时，每当为分类而十分头疼时，我才会深深地体会到自己这一点是多么不文明。而直至回到上海，发现到处都是行人垃圾桶，竟会觉得十分兴奋。这也是别致的体会。

然而生活还不只是静态的陈设。在捷运永安市场站对面的麦当劳，我曾经偷听两个女生的对话，一老一少。年轻的那位，戴着夸张的假睫毛；年长的那位，则显得朴质矜持。我猜测她们的关系，开始以为是卖保险，因为女生拿出了印章法条，不停垂询。而后又觉得是房东与房客，因为她们开始说起房间的布置、朝向与清洁。最后发现，她们很可能是二房东与房客，因为那妇人说，她也借住不久。事成之时，伶牙俐齿的女孩信誓旦旦地拉着妇人的手说："阿姨，你放心啦，我以后找男朋友，一定先带来给你看过，你要不喜欢，我就不跟他一起。毕竟你知道，家里有个你不喜欢的男人走来走去，总是不好，对不对？"妇人不语，不知是不是和我一样觉得有些异常。而盖章之后，女孩说："阿姨，我们周末还可以一起逛街啊！我们可以去百货公司买东西……"妇人答："我从不逛街。"

不知为什么，有时我路过永安市场，会想起她们，凭直觉我觉得妇人往后未必能过上舒心的生活，但谁知道呢。年轻的那一位，真好像是会惹麻烦、口蜜腹剑的骗子啊。可我又为何要为路遇的这个场景而牵挂？那句"我从不逛街"，真是爽利，事实上我也不知道在中永和有什么可逛，大部分就是穿行，穿行就能找到生活必须之所有，也正因如此，过于包装的城市化的语言，反倒是显得有些不妥帖。因不妥帖而形成地域的特质、人的特质。

那时为了补贴生活，每周都有一个高中的女孩子到我家补习作文。她念淡水的国中，下了课赶来我这边，往往已经入夜。这里的学生常常很晚还背着书包在路上行走，有的是参加补习，有的也是闲逛，总之并不会显得有我感知到的那般不易，而我们的中学生，下午3点半就起程回家了，过了8点，街上几乎看不到任何背书包的孩子。而我到捷运站接她，等待的时候，都会看一遍那红色的站牌，自上而下，数着遥远的里程。想想她特为跑来，我也教不了什么，很内疚。

但每回我问她累不累，她都轻声说，不会啊。

因为要写作文，我们在一起聊到许多事，曾说到最难忘的一次体验，她想不出，我提醒她，不好的经验也可以。她突然两眼放光，说"在上海啊，世博会，超恐怖的"。于是我告诉她，所谓"两地经验"，已经在她的生活中成为难得的体会。我让她操练写作《搬家》《难忘的旅行》《一个人做的事》等题目，似也从她身上学到了很多宝贵的东西。她写到自己到上海的第一夜就哭了，想家，想阿嬷，想吃阿给。就宛若我到台北第一夜，租住在中山站附近的青旅，500块一个床位，心底荒凉，想家，想妈妈，想吃粢饭糕。

那些遥远的事，令我想到我也曾作为一个旅行者行游此地。只是我的旅程显得越来越漫长，越来越寻常。

在台北，我的大部分日常生活没有101，没有故宫，没有夜店，也没有"垦丁天气晴"。从一开始，我就活在了上海同伴们对于台湾认知的外缘，恐怕写成书都卖不动。三年来，我接待了无数友眷，他们携带着书写得密密麻麻的行程表，到达了无数杂志上拍摄过的台北文艺地标，仅仅是为了看一眼，看一眼就满足了。我想念那种热望，我曾经也是有过的，但如今似乎渐渐淡去，只留下一些碎片，让我想起曾经的自己，与这座冷观变迁的无辜的城。

记得自由行刚开放时，要感激台北，让我重新认识了自己的过去。由于家族离散，我不喜欢过年，是因为拒绝不完满的团圆。2012年，我在台北过年，殊不知那七日台大公馆百余家店铺全部关闭，整条罗斯福路被陌生的黑暗笼罩，我找了半小时没地方吃到米饭。但彼时携程网上台湾游的报价已经逼近两万元，匪夷所思，农历年的台北就是一座死城。景点更会因为人手紧缺而调涨包车车资。中永和更加荒凉得异常，三天听不到垃圾车的声响，催生着奇异的想念。而我连吃了一周的意大利面，因为门口只有那一家，不知出于什么原因，一直开着，但没有游客会直面这样的落差。或许漂亮高级的信义区会年中无休，还有陈升口中"鸡毛掸子"一样的101烟火。

士林夜市搬迁那阵，许多人都表示惋惜。2010年我甚至就住在一个夜市里，每天都是鸡排、奶茶、花枝、蚵仔煎、关东煮，这些小吃我曾经在台湾综艺节目中看过多次，小S推荐过的某个汉堡，她吃到转圈儿，我咬了一口后非常疑惑，可能调味料也不习惯，台湾人喜欢酱油膏、蜂蜜芥末，我们上海人却喜欢生抽、陈醋。时间久了，习惯就回来了，后来我很少去夜市吃东西。我知道永和最棒的鸭血、锅物、意大利面、披萨是哪家，旅行书上都没有写，它们都在我的心里，却都不在夜市。我去过三次鹿港，为了凭吊一首歌；两次九份，为了两部电影；一次垦丁，为了太平洋的梦。我最喜欢的倒是阿里山。人与景的关系很是微妙，有时为了一个情结，实现了以后却感觉寡淡。有些被嫌弃烂了，倒会因为时地与人心，令人牵挂。

我并没有在台湾丢过东西，失而复得后，感觉到中华民族传统美德。倒是在乐华外听到一个歌者唱《思慕的人》，感觉怅惘，听到《流浪到淡水》中唱"才知影痴情是第一戆的人"，又莞尔。文艺梦，终究是故土生成的旧梦，逐之而不得，才一股脑投射到异乡。对台湾，如今我已经去了魅。抽丝剥茧，心中所能剩下的，唯有一个异乡的"家"，一个安静的学校，一座贯通的桥——它有一个好听吉祥的名字，福兮和兮，却勾连着三年一地，一颗变迁中孤独的心。我不知道自己还要逗留多久，但心中总有温暖一隅，是别人偷不走的台北，偷不走的百年前、百年中、百年后。

本文获得第15届台北文学奖散文首奖

水城一春今日尽

"他仿佛总是，酷爱在这样的季节里，硬拉着你站在镜前，看方向倒置的你的同情，他的愁容。在他万变的哀愁里，还藏有悄然的蜗牛的喘息。"

1. 一瓣白日梦

眼下这就是水城。

累赘的话说多了，反而会破坏它充满隐喻的日常质地。每一次我从桃园机场回台北都是傍晚，就这样眼睁睁地看着高速公路以外的层峦远山，明净，宛若氤氲水墨，冒着仙气。多少，会令人联想起石黑一雄小说里日益苍茫的他人心绪，布置了人为的光影。有明暗，也有亲疏，留白里全是真谛。《我辈孤雏》那本书，我是在从台中到高雄的火车，又从高雄到恒春的汽车上看完的，途经八个半小时。石黑一雄的英国不是我想象的英国，他的上海更不是我所亲历的上海。蜿蜒的恒春公路终于豁然开朗之际，我合上小说，抬头就看到了碧蓝壮阔的太平洋，宛若只身穿过战时硝烟后，心里侥幸的大宁静。那一刻，即便作为异乡人的我，居然有些想念台北，就像眼前的美景，美则美矣，只可惜是异乡。"异乡"二字，如今慢慢地，在我心里承载了更为丰腴的意涵，足以细腻到一座岛屿两眼之间温润的余地。它不是国，不是省，不是市，不是社区，而仅仅凝缩为眼缘，是经年积攒下的亲昵，自呈心灵一隅，是大寄托落空之后的小慰藉，宛如暴雨将歇。

但就和歌里唱的那样，台北其实并不是我的家。

垦丁是许多年轻人都曾蜂拥而至又蜂拥而去的风水宝地，望山面海，然而我早就不会为此美景而产生嫉妒。听说很久以前，车站旁还有旧书店，是海边通往城市的窗口。然而世风日下，终于就连这样朴质、自足的土地上都不再容得下二手文学。直到我到达的那一刻，它贫瘠朴素一如百年以前，神秘更如创世初。蓝色与天际，象征生命的同时也吞噬生命。即便是想象的圣地，我对自在海洋，也从没有建立起任何迷信，甚至算不上满怀崇敬。大部分时候我都不愿深想神秘世界的因缘，宁愿保留那份陌生，像拒绝社群网络推荐给我的任何"你可能感兴趣的人"。

我父亲就是海员，一生漂泊，坏了性情。我和母亲遇见他，从一开始就像是遇见远方。我一直觉得，我和父亲之间相隔的暗礁再苦硬深沉，那也是沉甸甸的暗礁，不是轻盈的浮尘。它极难被掸去，如灰飞如烟灭。而隔着岁月，我始终没有勇气跨过的，又岂止是几块石头。父亲极少对我提及自己在水上飘荡过的一生里曾经有过多少忍耐，也极少对我提及他对于陆地世情里顽固寒凉的陌生。他退休以后，变得好像一个小学生，随我继母一起买卡片乘坐地铁，又四处询问家附近市集或银行的方向，暗暗做着笔记。我看着他们相互扶持的背影，忽然有些成人的感动。我为他们开心，像祝福一对自己不认识的夫妇。以至于内省得知，多少年来，我曾有过的全部的、关涉父亲与海洋之间碎片的象征，其实都是我的私人想象，是我任性的附会。不适之地，也是因我个人的不适而臆断出的他的彷徨。他从来不是我心中的少年翁达杰，他的船舱里也没有猫桌。

When we were orphans。那同样是这座岛屿沉痛的运命，像一个巨大的隐喻。累赘的话说多了，反倒显得有些置身事外的薄情。事实上无论它终会以什么方式豁然开朗，都携带着逝去时光里的沉重梦魇。台北为此而日日垂泪，他看似那么健忘，事实又那么耿耿于怀。他阴郁得像一个终年委屈的情绪病人，在门庭若市的日常里老尽少年心。他仿佛总是，酷爱在这样的季节里，硬拉着你站在镜前，看方向倒置的你的同情，他的愁容。在他万变的哀愁里，还藏有悄然的蜗牛的喘息。

有一年，我随老师在雨天路过从基隆到九份的滨海公路，雨水落得那么淋漓，聚起氤氲的白色烟雾。公路上只有荧光的灯柱指引方向，山海静成大萧条。老师却特意靠海停车让我下去看看，我不知道是为什么，因为眼前什么都没有，黑白一片，只有浪，一阵又一阵地拍打海岸。海风卷起沉重的海水，又忽然间溃散，几次重复，宛若性无能的丈夫无论几番努力都止步于情欲之海。我看不到印象中、旅行影片里哀艳的远山淡影，海也不是那蓝色。唯有浓重的雾，寂冷的豪雨，与浪，拼接成自然原相，不再取悦任何人。我无济于事地打着伞，惘然地站了一小会儿，老师忽然对我说："你不要再往前走了，很危险。对了，你爸爸是海员吗？想让你看看，海上真的很无聊，很枯燥。像现在。"

像现在。我想，我只站了一小会，心下就涌起冰海沉船般的宿命念想。我不知道父亲要怎样认命地站过他那一生。他人生大部分的经验，对我都那么陌生。我了解与我日日照面，却只能称之为陌生人的那些人，都比我对父亲的了解要多得多。

这些年来，也唯有在这片地域，我要比在故乡时更为亲近大自然，也亲近自己。至少从地景、从切肤的毛孔的呼吸里，我能窥见城市性情之外的普世端倪。我只要推开窗户，就能见到苍郁的群山，循着风雨走廊，就能看到雨后，地下悸动的老鼠、疾蹿的青蛇，还有远眺即可纳入眼帘的苍鹰。我乘着车，晃晃悠悠就能见山见海，但我依然很少能够找到自己与自然之间相濡以沫的日常细节。我是这个城市里的微小糟粕，是地球癌细胞中的一员。我的生命消耗着大量前人的历史积累，同时又破坏着生态之链的每一环。

我食荤、单身、无信仰，我尚未对世界做出任何贡献，甚至也无从忏悔自己随波逐流的怠惰。我就是芸芸众生中最为普通的消耗，徒劳着浪掷青春与生命。从海的这一头，到海的那一头，猛火坚冰都不曾遇过，我的日常飞跃里充满私人的穷尽。

与大自然的无可调和，却也还有这座水城清晨里最为迷惘的风景可依傍。朝阳将出未出的那一个刹那，我目之所及，全部美得摄人心魄。这个世界的清晨，为老者独享。老人们退散以后，才有了上班族登场。糊口的年纪倒序起来，则有了九、十点钟的太阳，炽烈、慵懒、热雾缠绕，年轻人总是要到那一刻，才翩然带着睡眼登场。平凡得得天独厚，心里也无所谓流逝，是为青春末日里一瓣瓣娇艳的白日梦。

2. 清风对面吹

出于某些神秘的原因，我的生活从到台北的第一年开始，渐渐展露了人生的一个新面向。学生不尽似学生，上班族又绝非上班族，总是身兼一点学业，又因为学业身兼了一点工作。有了一点可支配的时间，但大部分的驻足里都带有清贫的气味，不是身心自由的沉思。

我开始习惯自觉地早起、爬山，不太愿意错过岛屿晴朗的清晨。因为熟悉的人都知道，台北的盆地特质，一旦水汽淤积，午后的天际往往就会隆起厚厚雨雾，再也回不到日出时的清澈。我乐在其中的私人趣味，包括流连于每一家早餐店，并仔细勘探它们的不同。这其中的乐趣或许在于，唯有那些制作早餐的人，才是我日常生活里最熟悉的陌生人。他们有足够的时间打量我，在油煎蛋液或包裹饭团的间隙里对我微笑，好过午后晚间壅塞人流里的无暇。因为日日照面，我已在心里当他们是我在地的朋友，仿佛经历过神圣考验，并且一厢情愿地以为他们会怎么看我，我并不在意。然而，事到如今，人事烛照，我也多少有一些自知之明，认识到生命里全部的不在意，只是没有能力去在意。

我有一个日本同学在学校做博士后，他有次说起刚来台北的日子里，他每天只会对同样的人说同样的两句话："谢谢"，以及，"不用袋子"。我听后笑惨了，但觉得我也是。

最初来台北，一天里全部的生活与情感内容也无非是，"谢谢"，以及，"不用袋子"。很好用的两句话，像旅居海外多年的林怀民对初次参加国际影展的中国台湾导演说，在美国无论美酒饕餮，万般寒暄，你只需学会一句"Sounds great"足矣。感同身受。

每当清晨的薄光斟入床沿，帘外的大咕咕鸟嘤铄报晨，那是一日之计所在。以稀少的经验展开寻常一日，稀少的经验得以魂牵故乡，无有入无间。我可以暂时扫去对异地制宜中积起的万千惶恐，轻盈踩踏过山脚下的每一级石阶。就好像我从来没有在此做好准备，要稳稳当个陌生人。

起床之后，穿越校园，饥肠辘辘。耳畔是清丽的鸟叫，地上是睡眼惺忪的小狗，还有背着小书包戴着小帽子的孩童蹦蹦跳跳，要去我寝室边上的幼稚园上学。学校侧门对面就有两家卖蛋饼馒头的小摊，然而我几乎没有尝试过。总要舍近求远，穿过巷子，走到马路的另一头，仿佛才对得起早起的初衷。

学校附近的"口福"早餐，每周一公休，站店的是一对双胞胎及他们的母亲。"口福"的特色，是在整个指南路二段上，只有他家卖烧饼，除非要去到司法新村恒光桥的那一头，才有从夜里八点开到凌晨十点的永和豆浆。"口福"早餐顾店的是一对双胞胎，浓眉大眼，头发乌黑，至多不超过二十五岁。但两个人都驼背，他们穿着白色背心专心致志工作时，我总会想到他们背后腰际的风凉。我最喜欢的"烧饼猪排蛋加肉松"，一年以前是五十元台币，现在则添到五十五。油价电价双涨下，有识之士屡次上街游行，我们幽居山里的人并没有见过。

田野考察时，我曾遇过淳朴的老婆婆流利地咒骂时局，像对隔壁邻舍的经年积怨，凸显绚烂口才，倒与学养无关。然而，她看看我们，恍惚意识到什么，转而又碎碎念着解释，啊，我过得那么苦，除了骂骂他还能怎样，听得我这样的外人都快要断肠。那一瞬间，我忽然理解了许多旧事，像理解家中母亲口中挥之不去的呢喃与绵长的怨叹。在那些琐碎的幽怨里，究竟有多少是生活艰辛，有多少是青春不再，有多少是人世无常，又有多少是湮灭情思后的短短长长？分辨本身毫无意义，物是人非里裹挟太多严酷。我不到那个年纪，不尝遍夜雾酸楚，又怎么会真正懂得母亲检阅过的风的冷影、雨的低吟？

在"口福"的对过,是全街最有力的早餐竞争对手——"古早味",她家的特色是饭团,也兼卖蛋饼馒头,她们唯一不做的就是烧饼,像大气的女人让出的一步险棋。每天早晨只要七点一过,"古早味"那里就开始大排长龙。站店的是一对姊妹花,两个人神情相似,眉宇间还留有少女时的余韵,其余的恐怕是她们各自的母亲。一家四口,女人天下,守着一个宛若直角写字台般的厨房,那是隶属她们私人生命的枯燥海洋。二姐负责切蛋饼——"啪啪啪",一位母亲负责在油汪汪的铁板上撒着蛋液、萝卜糕、牛羊猪鸡——"嗞嗞嗞"……大姐负责收钱及分发清浆,另一位母亲负责裹饭团。她们分工明确,绝不逾矩,不如"口福"里的散淡,往往夹烧饼的是双胞胎之一,炸猪排的是另一位,将二者融合起来并最终收钱的才是女性,纷纷乱,却又显出作坊式的秩序与温暖。

每年只要一过三月,"古早味"那四个女人的背脊从清晨开始就都透着大片的汗。然而她们穿的鞋看起来都很好站,绑起马尾的女孩们穿 Crocs(卡骆驰),盘着发的母亲们则穿 Skechers(斯凯奇)。逢周日,则轮到"古早味"公休。那一天,"口福"的生意会略好一些。我不知道附近的居民如何鉴定这两家的差别,在我看来,他们是差不多的台湾味。饭团里总有菜脯,烧饼里没有椒盐。我不知道为什么"古早味"的生意会好那么多,也不知道他们彼此如何看待这样对街的因缘。每一日的对峙,就这样的一生一世,我故乡的早餐店可从未有过如此恒常。

我有时幻想,这一家的姐妹和那一家的兄弟年纪相仿,会否在下午联谊？他们是忌惮对方，还是暗中也曾悉心打量？直到有一天，我看到"口福"店里忽然出现了一个女孩子，她的皮肤很白，动作颇不熟练。那个女孩来了以后，双胞胎的母亲就没有再出现。她的退隐看起来突然而意味深长，如失踪的马航飞机一样缺乏预备，又令人牵挂。

在那段变迁里，我几乎每个清晨都在"口福"用餐，眺望对街"古早味"的长队，却没有见到任何人对这里的变化产生异议。雨越下越盛大，春意昭然若揭。我的坚持显得越来越有动机，眼见那两个正当盛年、面貌相同的男子，和一个白白净净的异乡女孩，日益成为这家古老小店新一篇章的取景框。我居然产生了一丝不舍，想要对往昔挥挥手，想要对新面孔说上几句过去的事情。

雨季真的来临以后，我每一天从早餐开始就略带有跋涉的意味，并且跋得少，涉得多。水城子民对于雨水都抱有了极大的宽容，唯有我们这些外省"豌豆公主"们，日复一日为了潮湿、滂沱而哀愁。我有时会在"口福"多坐一会，跷起湿漉漉的脚尖任其滴一会儿水。我从这一头眺望那一头"古早味"的风景，仿佛看到这个世界里充满了温暖的人情，以及，人情的转圜如铁轨生硬变道，导致天各一方的惘然。

据说学校门口两条街巷，就隶属于本地的两家地主。过往是蛮荒之地，不足为奇，如今却是寸土寸金。巷子口卖水果的老太太，从少女时就站在那个铺子前，像民谣《望春风》里唱的"清风对面吹"。她的手下流转过数以亿计的蔬果，也养育了一代有闲钱吃水果的"中二病"学生。那些年,她甚至连国语都说不清楚,眼见得此地由动荡到日益安稳,直到生生不息的时光流转,终于化为年轮爬上她的周身肌肤,那样的枯燥生活竟盘踞为一个少女完整的今生今世,也是一段坚守的流逝。

我想起"口福"里的双胞胎,和他们的新姑娘;我想起"古早味"的姐妹花忙不迭的双手;又想起了自己。

我想起相形之下这一带的午夜反倒是不能看的。除了街灯,什么光线都不再有。而这一带,唯有在清晨里才有朦胧的生命谜语,都是青春脸,笼着热腾腾的炊烟,像岛屿的雨,是日常。

3. 在我森严的心里永恒地远去了

旧制风水里说,长住在学校附近并不好。因为有上下学,有寒暑假,聚散无常,故而阴阳气数不能恒常。但住得久了,我发现其他暂且不表,聚不起财运倒是真的。学生大多"卢瑟",加餐饭都牵涉整月规划。我从山上搬到山下以后,却并未因寝室设备落后而聚起丁点财富。相反生活变得更为孤峭规律,没有了青春溢出手掌心的挥霍感,心里静得就连落下一根针的声音都听得到。

一丝不苟的生活惯性,会令一丝不苟本身产生奇异的使命感。看电影《编舟记》的时候,我忽然觉得自己就像心里尚没有《大渡海》重任的马绨君,云云溶溶,失魂落魄。有时突然想找人说句话,都显得有些精神病发。一切缓慢了下来,好像要慰藉一场漫长的慢性病。性情与时间、梦想与岁月，都随着日复一日里虚妄的平安而日益沉淀、消解。是盛世里不起眼的报废，也是静谧的不畏死的恳切。而我全部的不安，也只在凝望午后瀑布般的雨势里兢兢感叹"还好我有雨鞋"，便到此为止。我不助长坏情绪，像不刻意养育生活里有害的一切，昆虫或是午睡。大部分青春里不必要的哀愁，都在我森严的心里永恒地远去了，未知臧否。

若人不是主题，自然则会更加辽阔。热带是休憩的温床，温暖犹如香氛被褥，只有看不见的细菌和昆虫在茁壮滋长。麻痹到无知觉，倒也不失为一种情感上的逃逸，与体能上杯水车薪的补偿。其实癌症也是如此，如查尔路易·菲利普所说："疾病是穷人的旅行。"学会与不那么好的生命布置相处，也是我在岛屿习得的乐趣。

有天进公共淋浴间时，我发现那里莲蓬头都被丢在地上，觉得很奇怪，太不符合这一栋老楼的素日修养。澡洗了一半，才突然发现地上有硕大的黑影漂来漂去，定睛看原来是大蟑螂的尸体。"是蛮吓人的呢。"我心下一凛，脑补了上一位丢下一切惊恐逃跑的画面。但是我真的太懒了，痛定思痛后对自己说："还好不是蛇。我就不逃啦。"搪塞过那数秒惊恐以后，剩余的仅仅是逃避。不过我也因此恍然大悟，人生到此地步，蹉跎完青春，居然连"惊恐"这样的情绪怪物都足以被懒惰搪塞，不失为新的感悟。然而《冰海沉船》中相拥而死的老夫妇，多少还是随着碎片般的水声华丽丽地坠入我的想象。记得童年时我第一次看黑白色调的《泰坦尼克号》，以稚嫩的心智目击仓皇的人潮畏死的急切，又怎会理解"不逃"本身也是一种对命运的抵抗。

然而死亡总是在猝然间溃堤爆发,又在人类的惊惧中滑溜溜地抽身。在这个多灾的春季里,谁又能认真地逃过每一场浩劫。祈福不是慈悲,而是赤裸裸的恐惧。无法躲避无常,勤快的人恐怕也是一样。

那只死去的蟑螂,后来在冒着热气的下水道上绕圆环盘旋。我不敢触碰它,于是躲在那一个小小的金属圆圈外延洗了一个漫长、警醒而不适宜的澡。回房之后,竟然有了一种考完大考后的疲惫。这四年来我所见过的蟑螂,超过了前二十四年生命积累的全部。有天我圈点"十三经"后活络颈椎,抬头就觉得眼前有黑影飘过,不疑有它,定定神继续用红笔在古人杀时间的文艺里迟滞地效颦。就寝前关灯的刹那,我看到一只蟑螂从"床前明月光"下飞过,像失速的故障飞机,"扑啦啦"惊彻我眼帘。我心想,"撒哟娜拉啦,小黑机,"当作无声诀别,起身果决地用杀虫剂喷射,却无果。它挣扎,落地逃窜,我像上了年纪的老妪追逐胖孙子,两个都狼狈得紧。它绝命以后,我也被过量的杀虫剂呛得头晕。所谓杀敌一千,自损八百,大概就是这个意思。累倒在床的那一刻,我感觉冷气呼啸过我每一寸肌肤,筋骨酸痛。夏日被褥与密室,构成了香气扑鼻的毒气室。我应该去开个窗户,然而我太懒啦,酣然入眠。

衰老或许就循着诸如此类对于自我的放纵开始。青春就在堆满杂书的寝室里,被我不知不觉地睡掉了,散场得毫无诗意,更没有什么念念不忘。有时我看到一只蟑螂、蚂蚁,或蜈蚣,也不迫切杀生,就将杀虫剂放在电脑桌旁,悠悠然去上个厕所再回来,如果它还在,那就杀一杀,如果它不在,那就作罢。但如果我不把杀虫剂放在桌上,恐怕连自己都会忘记,方才还有昆虫过境这件小事。我脑海中的橡皮擦,一面是随缘,另一面是不那么具体的灰心。

我从没有想到自己从二十二岁直到二十七岁都住在一个小岛上,并且眼看着还会更久,不知何时才是尽头。那是我年少时从未憧憬过的生命旅程,哪怕是在三年以前,每一次离开这里,我都有条不紊地花费整整一星期的时间注销着我在此地的一切生存凭证:车卡、房卡、银行户头、商户会员……我觉得离开了这里,我一生都不会再回来。然而就连这样的想法,如今都已经感到熟练温馨。

我错过了故乡每一季的大闸蟹、刀鱼,错过了江南时令的水果,如杨梅、山竹。但好在这儿也有同步上档的时鲜货,如荔枝、草莓。台北的顶好超市往往会为蔬果的价格建立神秘的尺度,而我默默顺应着这种在地规则,当作一门知识收藏在手。爱文芒果登场时,有时六十九元两颗,隔天就七十九元三颗。珍珠芭乐总是四颗一袋,同样的价格红心芭乐只得两颗。全联超市的葡萄、圣女果质量稳定。7-11在香蕉得了"癌症"之后仍然卖二十八元三支,真可谓业界良心。

润物无声,我已为自己的二十七岁积累了丰富的在地经验,那不便分享给路过蜻蜓般的游人,在当地人眼里却也不算稀奇。到了第四年,我回到故乡时,已有些感到"儿童相见不相识"的惘然。事实上古人的"少小"是真的很小,古人的"老大"恐怕和我如今的年纪差不了几岁。

  我原以为台北是我人生里的一鳞半爪。后来才觉醒，我对台北来说连一鳞半爪都不是。记得莱辛写过：所谓人的成长，其实是"不断发现个人独特的经历原来都只是人类普遍经验的一部分"。

原为《因为梦见你离开》序言

收惊

    临近搬家做整理的时候,发现衣架上用红细绳吊着一块黑铁,我突然想起了早年的一些事。读书那年,我曾和学妹报名了一个驾训班,因为两个人凑一对可以省500块钱,没想到遭逢一些怪事。

    首先是我的身体出现比较大的问题,从扁桃体到鼻翼到膀胱,身体每月各处连番细菌感染,年初开始就与抗生素为伴。有时上午学开车,下午去医院,夜里很早就休息。每个礼拜还要抽出时间去保险公司理赔,搞得焦头烂额。另一方面,我睡眠状况不太好,这也是久违了。过了青春期,我的睡眠问题一直是不太想醒过来面对乌七八糟的事。那段日子夜里却常常听见很响的敲床声。

    那是一种有节奏的敲击声,令人辗转反侧。我本是极度粗糙的人,早餐里漏一块培根都察觉不了,恋人出轨除非真的在我眼前以九排一座的强势视角直击,简直难以发现。其实我以前也听到过类似的声音,却不以为意,照睡不误。但那几天忽然从梦中惊醒,被"鬼压床"得厉害。后来索性就握着手机睡觉以防万一,没想到一日"被压"时,有一股强力和我争夺手机,我虽想"诺基亚"你也要,但还是决定正视这件事。

我屋里可能还住着别人的事。

我先找宿管要求换床。

宿管说,你可以换房,但不可以换床。我也不懂为什么,我说:"你们的床材质一定有问题,我一睡上去就会听见有节奏的敲床声。以前也有人反映过吧。"

宿管说:"妹妹,我在这栋管理大楼二十年,从没有人反映过你说的事。"

她坚持这么说,我倒有点慌了。因为我从住进来的第一天起,就听到了敲床声,不过是因为那段日子声音更加肆虐了些,迫使我不得不回应些什么。我一时也不知道该说什么,只能故作镇定地说:"老师,我是什么都不信的人。但我最近身体真的有问题,所以我才想要解决。但你看我那么多东西,搬迁也不方便。我还是想换个床。"

宿管说,你可以换房,但不可以换床。

我这下有点无奈了,心想如果真的非搬不可,也未必能保证另一张床不会有声音。于是我问,另一间会好点吗?

宿管说:"妹妹,讲真话,你这间真的不是我们这栋最阴的。"

你知道吗，他们不喜欢太热。上礼拜我给别人换了一间，人家的《金刚经》放在地上，都听到敲《金刚经》的声音了，那间才比较阴。你知道吗，他们不喜欢《金刚经》，那对他们来讲太重了。你也不要放。"

我其实并不知道。在我住在故乡城市的二十多年里，我也从来不需要知道这样的事。童年里跟随祖母祭祖，我要和看不见的人一起吃饭，要磕头拜拜，也只当作游戏。我听过祖母对着空气呢喃，今天位子不够多哦，你们挤一挤，对不起啦。她却只给祖父留了单独的一张椅子、一杯酒，和他生前时主持家族盛宴一样。很难说我真的不相信他们会来，我也不怕我那大腹便便、可爱得像龙猫一样的祖父回家坐坐。我闺蜜的姨妈据说也是这样数十年如一日给猝死的丈夫留一桌饭、留一张床。乔伊斯《死者》这样写，"这牢固的世界，这些死者一度在这儿养育、生活过的世界，正在溶解和化为乌有"。人生有信念，恐怕是好事，令人能不至于太过悲伤，也没有必要耽溺于具体的苦楚。做做梦，又何妨。越界生死，古人见怪不怪。

但宿管说："我觉得你这里没什么问题呀。上一位住你这间的，也住了三年多，那个人我还记得。"我心想是床底下那只丝袜的主人吗？反正我是没有把它夹出来过。

"你最近都在忙什么？"宿管问。

"我在学开车。"我回答。

"哪一间？"她问。

我就说了驾训班的名字。

她于是就有点想走的意思了，带着某种难以辨识的无奈表情说："我跟你说啊，有些东西呢，未必是这里的。你外面带回来的东西，换哪间房都没有用，不如你明天去驾训班，头向上看一点。抬头，知道吗？回来的时候呢，出去绕一圈，吃吃东西。不要直接回房间，记住了吗？"

我说好。

那晚我照例没有睡好，总觉得人在不断向下沉，想到已经不在人世的祖父母，想到少年时经过的烈士陵园。深夜醒来刷了一会儿脸书看究竟有没有地震，心里是又狐疑又惶惑的。我并不那么惧怕死亡，我也不知道我在恐惧什么，只觉得气窗上射进的白光也格外刺眼。最讨厌凌晨两三点突然听到"电梯门开了，请当心"的女声告诫，却没有听见任何脚步声。

隔天又是个阴雨天。

"他们不喜欢太热。"想起宿管这样说，我下意识地裹紧了料峭春寒里的风衣。雨水沁凉地滴入我的套鞋，这样淋漓的水意使我像经过自动洗车机的车玻璃般，经历了不那么彻底的淘洗，又被迫吹熄了思索的能力。

去驾训学校的时候，我把头往上看了一点，又一点。我想我永远也忘不了那一刻，因为我看到了漫山的坟墓，白色的、紫色的、蓝色的、错落的、安静的、巍峨的。上了整整一个月的驾训课，我才知道原来我在一个坟场里学车。这当然……其实也没有什么。

那天我特地问我的教练:"这里是不是很阴?"

教练说:"没有啊。教练在这里十几年了,都没怕的。"

我心想,那是啊,你第一堂课就跟我说:"你知道吗,教练以前是一个浪子。"我一惊,噗嗤笑了出来。直到那时我才有些知道,为什么教车的需要这样的来历,为什么他常常提起深夜里目击过的碎尸万段的车祸现场,为什么他说过女儿暴毙是他选择回头是岸的原因。台语中的"迌迌"浪荡人,参破的不只是黑白道,更有无常界。

那日是他最后一次陪练,剩余的时间我要自己把班表填满。教练和我告别的时候,特地送了我一杯冰咖啡,我喝了一口,寒凉的苦意顺着我的食管蔓延至肠胃,我能感觉到这段身体的流域,沾染了神秘的气体,凝结着我所难以理解的诸多灵韵。

那之后,学校周围的一切开始变得有些怪怪的。

我好像戴着一副神秘的眼镜,去重新浏览生活的方方面面,浏览具体的人间角落。我看到瓢泼大雨里站立排队等免费鹅肉饭的人流,看到剁鹅人身上的文身都会觉得他们好了不起,八字够硬,在做功德。我看着捷运站出口的骑楼下,铺作地板纸的女明星特别像祥林嫂,千人踩万人踏也要赎一个心安。我学妹学了些三脚猫的功夫,帮我看生辰,告诉我,学姐你还好呀,有三两六,不算轻也不算重,就是刚刚好。

我说"是哦"。我的命运之重,会折合成多少颗鸡蛋的分量呢。我心想。

我想我对学车的热望确实是从那之后被浇灭的。恐惧不断蔓延至我对于日常的感知，那之前我甚至想在一年的时间里多多提升自己的技能，充满了阳光般的斗志。那之后我对许多操习的功课基本丧失了热忱。

并且我开始喜欢和别人聊些灵异事件，尤其是计程车司机。

台湾的计程车司机，在自由行开放之后真的变得比较会聊天。我还记得我第一次去花莲时是五年前，那个极其热情，特地为我们画地图、带我们买水果的计程车司机，曾白目地对我们说，"哦，这里啊，就是前面啦，落石砸死过很多大陆客，你们要不要去看"。

我当时什么都不怕，大喇喇就去看了一看，没有什么特别，也不觉得有幽魂怨气，不觉得有威慑。"你们去爬山，千万不要随便提到'回家'，不要说'带你回家'这样的闲话，这里好多回不了家的人，他们好可怜。"司机说，"对山要虔敬，不要怕，但要尊敬。"我那时年纪太小，不明所以，只知道怪力乱神在我们从小成长的环境里是不那么主流的。也许岛屿太苦，岛屿人才会那样神神叨叨。

但这几年显然好多了。司机们都有很好的聊天素养，尤其每次我问司机大哥，你开车那么久，那你见过鬼吗？他们居然都说见过。也许是为了让我开心。

"你看我们现在走的这一条，有次也是，我晚上跑金山接人，那时垃圾场还没有铺路，转弯换直线一打灯，就看到直直两排墓碑，照片和人名都看得清清楚楚，每一座喔。你知道那时候我第一反应是什么？我就看后照镜有没有人上车，虽然我不会停，但如果真有人上来，我会问他，你要去哪？"有一位说。

"那你会载它去吗？"我问。

"会吧。"他说，"免钱都要载它。还好最后没有人上来。我后来开回家整个背脊都湿光光，手还在发抖。"

"我曾经是一个摄影师。"另一位说，"我们团队去阳明山拍婚纱照，发现怎么拍都怪怪的。灯都不亮，也没有电。检查发现明明就没有问题你知道吗？搞了好久好久。"

"后来呢？"我问。

"后来我就叫小弟去买香，插在地上，朝他们拜拜，说，拜托拜托，我们只是来拍个照，很快就收工，不会打扰你们太久。你猜怎样？"

"怎样呢？"我问。

"过了一小会，电忽然都通了，闪光灯也都亮了。新娘子整个吓到，我们很快就拍完了。一个小时都不到。哈哈哈。"

哈哈哈，我也跟着笑起来，觉得还是挺温馨。

"但我后来还是没敢看那批照片，也不知道那对新人后来怎样。你知道，婚纱照出现第三个人不太方便啦，"司机说，"再后来我也不做了，于是就遇到了你。"像一种拙劣的温柔搭讪。

"台湾的山啊，千万不要一个人去爬，以后如果你走在山里，忽然看到地上有筷子插着，也记得要拜拜喔。"他们叮咛我。

我总说好的。好像胸有成竹，其实却是倒吸一大口凉气。

但因为这件事，我交到了许多新朋友。许多人都私信给我意见，关于我那段时期的变调走钟（闽南语，引申为"偏离常态"），大部分台湾人都表示可以理解，千万保重。有的人送给我《心经》，有的人给我《圣经》，也有的劝我去行天宫收惊。但我只收了一块据说会干扰磁场的黑铁，一直挂在衣架上。我很喜欢那块斑驳的黑色铁片，不知道为什么，也不知它存在的日子有没有起过具体的作用。

我还特地把手机换成小米，因为听说比较会发热，他们不喜欢。

去年的这个时候，我考完了驾照。我问教练可不可以去环岛了，教练说："可以啊，但你最好不要开车，骑单车比较安全。如果当地人跟你说不要出门，就算晴空万里也给我在家乖乖看电视，不要傻傻开车出去玩，听见吗？"最懂我驾车才华的确是他，所以呢，我依然不会开车，即使我有一张驾照，也只是用它来当身份抵押物。

如今忽然要走，收拾的时候才发现就连这些琐碎的记忆都逐步忘却了。它当然在我的意识里留下了不可磨灭的印记，新年缴费我被柜员安利办理了4G网络，又送了一台免费的索尼手机，鬼使神差、毫无准备地宣告了那台曾被争抢过的诺基亚退出了我的生活。它远不如小米温暖，却也没有给我带来什么麻烦，无功无过本是物质常态。身体也慢慢好了起来。

后来我再也没有去过那间神奇的驾训学校。

奇妙的是，那之后我再也没听到过敲床声。

行行重行行——岛屿札记

1.

2014年5月1日,诗人周梦蝶病逝。回上海开会前,我去了他的灵堂祭拜,那日正好头七。见门外写着"周梦蝶居士",我心头一颤,堂内静谧安详。在灵堂的角落里,放着一些他平日的起居用品,有脸盆、雨伞、鞋,和几件他见客时会穿的衣服,那便是一个老诗人清清白白的一生。

这是我到台湾的第四年。周老是我四年前就认识的前辈,那时我懵懵懂懂,随老师前往周老寓所访问,甚至连访问都算不上,就只是随行。我在台湾当学生的日子里,受长辈恩惠良多,却没想到,四年后还会站在这片土地上,多少累积了一些世故人情,更没想到，会有幸目送他走，以这样的方式。看似毫无遗憾，其实心下惶惑得很。我几度哽咽，也确切说不上是因为认识的人走了感到不舍，还是因为人间留下了我这样吊儿郎当的过客继续赖活而感到惭愧。我脑海中涌现他诗中所写的句子：

"谁是心里藏着镜子的人呢？谁肯赤脚踏过他底一生呢？"

一个月前，我帮沪上一家刊物约了周老的访问。我无知无畏，虽然知道今年他身体状况一直不稳，但谁想那会是他人生的最后一个月。我以为一切如常，我可以在发稿之后寄几本杂志给他，没想到一别永别。那也可能是老人生前接受的最后一次访问。

回上海之后，我拿到了那期杂志，出刊时平淡得就如我迫于生活造次所亲采、或约采的任何一则作家访问一样，若没有网站强势力推，不会引起任何注意。那一期访稿的按语是我写的："周公于五月一日下午二时四十八分因肺炎并发败血症，于新北市新店慈济医院化蝶永远离开，享寿94岁。"

开始是兼差，后来是迫于学费压力，我曾在台北兼任过许多报社的文化记者。这并不是我所喜欢的身份，蜻蜓点水似的相逢、带有强烈目的的闲聊，令生活与文学都尽失本来面目。然而，人活着不能总为了顺心，我还是本本分分地做了不短的时日，这些时间在我20岁到30岁的生命旅程中，日渐占有了巍峨的体积。

我一度以为，那三年来的打工经历，我几无收获。为了生活而浪掷了许多私人的时间，是我深感厌倦的生命惯性。有时我想到若是我突然死去，许多空白的版面也终将若无其事被填上，就越发感到虚无。唯有在此之中，我认识了很多好心的台湾人，蹭了很多饭，得了很多书，令那段过程显得那么不可抱怨。每一次，从约访，到见面，到整理录音，再到发稿，获得稿费，我压根没有什么时间去思考。配插的介绍与评论，也多是在毫不严谨地拾人牙慧。然而，这已经好过我在大学时所兼差的地产公司、影视公司、电子杂志社所赋予我更加不胜任的职责。至少，我眼下所做的事和文学擦边。有时和采访者聊得投缘，能有所启发，每每在网上发一点和作家的合影，也能徒增虚荣。最糟糕的一段日子，我身边所有的台湾朋友，无论是作家还是同班同学，都被我当专栏素材写作一遍。这些我不太愿意面对的生活原相，后来被出版成为散文集，还是我所出版的书中卖得最好的一本，我想，这无疑是人生和我开的玩笑。

而周公离世，无疑是对我私人生活一次不小的打击，我好像忽然意识到了什么，想要终止一些什么，又不便言明。

其实这就是我和台湾最真切的关系。许多人问我为什么要到台湾读书，讲实话我也不知道，我的硕士研究方向没有博士点，于是就申请了台湾的学校，学校的中文系没有当代文学，于是就做起古典小说。许多人问我喜不喜欢台湾，时间越久就越难说吧。我觉得我和台湾的关系，就像是与一个人的相处。我渐渐从认识变得认得，知道了他人之为人的善良、为难与苦衷，而他也知道了我的偏见与固执。我们的缘分看似那么深，那么偶然，足以使我隔海挥霍青春；我们的缘分又那么浅，每一年都是赤裸裸的倒计时，每一次相逢都可能是为了告别。

这些日子以来，我常常想到朱天心在《想我眷村的兄弟们》中写的话，大致是说，没有亲人死去的地方是不能称为故乡的。这几年，我渐渐在这片岛屿上，建立了一种比游客更为深沉的情感，我也说不上具体是什么，可能就是我站在周公灵堂上时，脑海中所呼啸而过的三年。与我擦身而过的许多人，写在中国台湾文学史上都赫赫有名，我当时却有些神知无知（方言）。我始终耽溺在自己的小情怀里放眼这片苦难的土地，还以为自己鸟瞰了一个世纪的沉痛，实则是大肤浅。然而珍惜这种东西，我哪怕真的意识到了，讲实话也不知道该从何做起。

我想，事与愿违，好过没有愿望。历历在目，好过耳聋目盲。

2.

五月在上海，我还得知过房外婆得了胰腺癌，这个突然的消息令我这样一个奔跑于两岸，并以此为乐的浅薄人，多少有了人之为人最古典的为难。如今我每天再焦头烂额，还是会依例查一下胰腺癌的护理讯息。我大概还是始终没相信外婆其实即将要走这件事。她自己是医生，很冷静地告诉我，她生命最多只有一年，或者几个月。开刀最多两年，但要插六根管，她觉得自己挺不住。

去年冬天我从台北买了羽绒服给她。要知道在热带卖羽绒服可真是一个孤独的职业。我承认自己有一点陶醉于店员不吝夸赞我尊亲友孝的幻觉里，我还不知道这一次虚华的体会在我生命中的意义有多沉重。上个月我最后一次见到外婆，她正蜷在肿瘤医院的病房里，人已经瘦得脱形，她对我说，入院前她把所有的衣服都洗了，就这件没有，因为它还很新，她开春的时候，用干净的布擦了一下，只是不知道能不能穿到明年冬天了。她说这话的时候带着抱歉的笑，我从未见过她那么抱歉，从未见过她这样笑。

其实过了三月，新光三越的羽绒服都打七折了，但我当时就是直觉老人不能等。没有那么多三年五载，但还是带有一掷千金的虚荣感，我总觉得自己的情感远不如老人对我来得纯粹。我很怕老人问我还有多长时间毕业，在她得病以后，也不再问我。三年五载对年轻人来说弹指一挥，对老人，则是千万重远山。

如今我在微信给外婆发的讯息，她都会趁着有力气的时候回我。去年此时，我就听出她似乎有气无力，和刚学会智能手机时候的兴奋不一样。我提醒母亲记得问问她是不是哪里不舒服，于是大半年的时间里，她住院检查，暴瘦，也没查出所以然。此次我去看她时，多问了几句，如果去年就查出来会怎么样，她说也不会怎么样，照样是化疗或者开刀。原话是，胰腺就是"顶顶讨厌"。上海话说"顶顶讨厌"就有点娇嗔的意思，这是我第一次听着觉得这个词居然有点凶险。她说，不信你自己可以查的呀。网上都有。

她还曾说在我毕业时要来台湾玩，未来大约也不会再提及。

其实我觉得我们是差不多的人。急躁、悲观、果决，我觉得我要生病了一定也就是她这样的态度。好像要掩饰什么，又好像就是为了在最后能去除一些掩饰。

五月回上海以前,一切尚未变得更糟。就是千疮百孔里,到底人都还在。我略微有一些体会到蒋晓云在小说里写"爱人在不在,比爱不爱重要多了"的感受。现在大概也是的吧,我也不知道怎么办。甚至有点想,夏天快点来,我要早一点回家看看她,握握她的手。还在心里有一点守望,最好还有下一个夏天。

我对外婆最深的印象,是十几年前,家里还有一个老太太。她常常说老太太坏话,就像我说很多亲人坏话一样,一开口就是三天三夜的气势,但该要料理的事情一件都不差。后来老太太走了,我才知道,那是她继母。她一点也不喜欢继母,却养了她很多年。长辈们都走了呀,只剩下她和继母在一起。这件事我后来写到了小说里。她送老太太走时,很难说没有难过,也很难说真的是难过,我觉得,人生的滋味就是这样的。那么多寂寞、委屈都被插科打诨给埋葬了,连一个正经难过的表情都找不到。

我们太像了。

在那么多浩瀚的舍不得、来不及里,这一点点稀少的时间倒是很好的。她第一次化疗那天,在微信上给我留了言,说谢谢我的鼓励,她省去了多少话呢。我脑洞太大,女娲都补不了。

3.

如今我有些明白,死亡是一个必须从个人层次因应的现象——

唯有如此，才会对死亡有所感觉。到台湾以来，我曾经好多次看到好友在脸书上写，祖父母过世而自己不在身边的遗憾。如今回想起那些人、那些文字，我只记得自己曾犹豫过一分半秒是不是适合给他们按一个"赞"，还是书写一些隔靴搔痒的浅薄安慰。这令我感到痛心、愧赧。我居然是这样一个漠然的人。

王安忆在散文集《今夜星光灿烂》里回忆，母亲过世时，自己冷冷地面对外人的关心，哪怕是陈映真的电话，她都无法显示出象征礼貌的感恩，一直到，陈映真在电话里说，我父亲也走了，她才忽然柔软下来。就好像，那个隔海的人忽然看起来是懂她的。人心是多么细密又脆弱，唯有在这样的时候，才不惜坦露自己。

我知道，再近的留学，也是一种伦理上的逃逸。人生充满了割舍，在年轻时，更容易不假思索地搁置起一些最重要的东西而不自知。我有时特别怀念自己在网络上抱怨"好没劲，好无聊"的做作生活，那似乎要好过如今，像我终于明白为什么这位，或那位长辈每天深夜都要转发一些古典音乐和名画，那背后省去了多少生活的谜语，我也是到现在这样的时候才真正懂得。

那些年，当我沉浸于自己听来的他人的苦难中自以为仿佛学习到什么的时候，殊不知生活本身对我的教训已经在暗地里打了残酷的上课铃。我也开始学会在各大门户悄然转发无关痛痒的笑话，即使日常里见缝插针凝聚了数不清的哀痛。但至少看起来，仿佛生活对我的福祉是那么刚刚好。从没有割舍，也就无所谓失去。

像我如今所居住的指南山下，超过半个世纪的壮志雄心已凋零。两周前，我在台北举办了一场个人作品朗诵会。来了不少学弟学妹，以至于这看起来更像是一个陆生联谊会而非文学沙龙。我曾经在上海做过无数场读书会，但没有一次像这回这样特殊、惊险、充满深意。那一日，台北下了42年来最大的一场豪雨，有感地震更是把台北市山区的土石震松。捷运板南线发生了骇人听闻的无差别砍人事件，一个少年在密闭移动的地铁车厢里无来由地砍死了4个乘客，并有数十人受伤。我在金石堂战战兢兢地朗读了自己的小说《梦里不知身是客》，殊不知就是说自己，在这个多灾多难的台北春天里，犹如胆小的客身愕然而惊恐。有个学弟问我："学姐为什么你和我们吃了一顿饭就把我们写在小说里，还拿去卖钱。"我说："人穷志短。"看似文艺，实则是满腹的不合时宜。

这是一次特别的活动，借用了台湾的场地、台湾的工作人员，说话的却是我，听的人则是我的同胞。我心里最想朗读的，倒是这样一段：

"是的，"堂吉诃德说，"我没哼哼，是因为游侠骑士不能因为受伤而呻吟，即使肠子流出来也不能叫唤。"

开心的时候，我常在指南山樱下晒被子。而我知道总有那么一些时候，即使"肠子流出来也不能叫唤"。

4.

改版前的 Lens 杂志，有一期说女儿春节离开家，说要拍一张母亲目送她远行的照片。这位母亲想了想，很认真地说："每次送你离开时，我都很迷茫。"

四年以来，我常常面对这种告别，并以不断增添告别的次数，试图使母亲冲淡迷茫的感受，殊不知她只是增加了迷茫的次数，痛苦的程度并未消减。我试图安慰自己，并不断在虚妄的文学素材中找寻依托，我标记着萧丽红写的文字："贞观每每见此，再回想阿妗从前哭子的情景，心内这才明白：人、事的创伤，原来都可以平愈、好起来的！不然漫漫八九十年，人生该怎么过呢？"这样的搪塞里，平安地度过我不愿面对的、试图逃逸的伦理种种，却又不断地在对于死亡的认知中终于觉知，其实对我母亲来说，什么博士，什么作家，都是重要又不重要的，尤其是在目送我的那一刻，这个世界对她来讲还是太残酷了。

所以台湾对我来说是什么呢？恐怕越来越"千江有水千江月，万里无云万里天"。漫漫八九十年，人生就是很难过的，而我全部的不难过，只能在藉藉无名的小说里翻找幻觉。对我这样一个别无所长的青年人来说，人生阒静如清晨的夜市，暴雨后中学的操场，如大地震后沉闷的天光，如未知的父亲经过的海洋。

远近八百里，行行重行行。我在政治大学的老师尉天骢教授有一次在下课后对我说:"怡微啊,不要以为自己很年轻啊,一眨眼六十年就过去了。"我当然知道,一眨眼,我恐怕会与所有深爱的人,再没有更具体的照面。

2014 年 5 月于台北文山

原为《因为梦见你离开》后记

我认真地想，也认真地不去想

刚念博士那一年，我参加了系里的文学写作坊。我们的写作导师是一位作家，可以说很有魅力、耐心、慷慨，又很温情。如果我是更年轻一点的文学青年，我应该会受到他更大的影响。但那之前，我并没有听过他的名字，不知道他写过什么。后来的几年里，我和老师没有联络，反而开始读他的一些文章。

他有一篇散文，写自言自语的母亲很爱买彩票，在他假日回家时，给他喝台风笋煮的汤。散文中那位母亲自言自语的形态，实在很像树木希林演过的种种老妇人角色，她从花草植物说到楼下邻居加盖厨房占去防火巷，从她养的孔雀鱼到大卖场白萝卜，而后根据各种路上见到的、梦里感应到的神秘标识来给彩票下注……我不知道什么是"台风笋"，至今也没有吃过，对我来说，这是不一样的汉语层次所展现出的文学可能性，仿佛是在另一片土壤上种植、生长出来的汉语自呈的谜语，异乡人可以尽情领略（又如一本书叫作《很慢的果子》，因为"很慢"在闽南语中是"现卖"的读音，作者有天看到有个商贩在卖芒果，小黑板上写着"很慢的芒果"，觉得十分有趣，就用来做书名。在我心里，"很慢的果子"与"台风笋"都可能是一种诗，但我知道对他们来说，只是习以为常）。

那篇散文里，他母亲的声音不疾不徐地从后方传来，他半闭着眼睛休息，听新闻播报停水的消息，"嘴里还留着汤的苦味"，老师这么写道。台风笋与台风天，在此细密勾线，但他只写了母亲喋喋不休的背景音与新闻的停水消息，需要读者自行调度日常经验来填补心里的滋味。风雨将至未至，平安即将被打破，即将被打破的平安里又带着苦味。当时的我还不算很懂，这种写法是一种极其友好的邀请，事关经验的邀请，与写作的发生密切相关的礼仪与契约。我只觉得他的文风平淡如水，还不知道水其实是如此要紧的。在上海长大，我对停水这样的事十分陌生。但在台北经历过几次缺水的危机之后，我知道了更多与台北日常相处的经验。尤其是夏天，我的破租屋始终备着几大桶水以防万一。那不是用来喝的，是用来应对未来生活的，是教训所孕育的从容。许多访客不知道，来我家做客直接开了盖子就喝，我就会有点心疼，说"桌上还有水啊"。我心疼的是什么呢？倒也不是水，恰恰是一些记忆中的狼狈、不安，异乡生活的孤独、无助，然后我要很快将被喝掉的水补齐。关于这些细微的事，如今实在没什么可详细解说的，懂的人自然会懂，不懂的人也不必去懂。总之对于当时的我来说，拥有囤积的纯净水就像握有明牌。那些水，我直到毕业时都没舍得喝完，郑重其事送给学妹，好像托孤。我自作多情地提醒她们平时不要喝，还觉得自己的做法是对的。可能因为那些水对我来说，是逝去的时间里无用而漫长的祷告，曾祷告过不能托付，也不能送走的自我。

一学期辅导作品之后，他把写作坊导师工作交给了另一位诗人，辞去杂志编辑的工作，回乡下种田和写作，这听起来真像一种为抑郁症所绘制的出路，作为学生的我们后来五年再也没有见过他。临别，我们十几位学生和他一起吃饭。很多聊天细节我都不记得了，只记得有个胖胖的学弟可能喝多了，突然唱起歌来，是一首很土的民歌，连我这样的异乡人都听过，歌名叫作《爱情的骗子我问你》。后来老师也唱了起来，"讲虾米我亲像，天顶的仙女，讲虾米我亲像，古早的西施，讲虾米你爱我，千千万万年"。老师最后说："我很羡慕你们。你们现在看到一棵树都能讲一个故事对不对？未来你们看到再大的事，也会觉得无话可说。"我当时不相信，我觉得怎么可能。很久以后，我读到一首很喜欢的诗，写"一座桥，围绕它说话的，仅仅是黑暗"，心里很难过。难过是因为，我好像有些懂了。譬如这本集子里有篇小说叫作《度桥》，广东话里是"想办法"的意思，而度一座桥，围绕它说话的，也仅仅是黑暗。

三年后，我在报纸上看到那位导师写给前岳父的一篇文章，他显然经过了一次可以说出来的失败的婚姻。他在文章里写到往生的前岳父的米与不舍，他自种的米与对前岳父的认同的回避，即使死亡也不能劝解的倔强，都令我想起"台风笋"的苦味。他写道："在我们这年代，米也渐渐不合饮食时宜，也在寻求认同。"我仿佛知道他手中递出的邀请越来越得不到回应。但令人欣慰的是，他的稻谷看起来产量不错。"百多个日子屈脚蹲伏，千次万次弯腰缩臂，于广袤稻田中缓缓挲草（方言），我认真地想，也认真地不去想，米要什么认同，又要什么时宜。"这种自言自语简直似曾相识，文学里的他和文学里的他母亲，一脉相承。而在他邀请之外的我，眺望到一座几乎不会被任何人讨论到的心灵景观，与变迁，心里的滋味好像台风席卷过后，抬头看见庙宇半空悬挂的"风调雨顺"，依然是一种良好的祝福，依然可能会实现。看到老师写"今年春分耕田四分六厘地，收了5360台斤，也就是3216公斤的谷子，碾成米，能有两吨再多"，很为他高兴，虽然也不知道在高兴什么。

这些不算重要的阅读，也许错过也就错过了，停留又只是停留，却有一些朴素的打动我的力量，沉重的，关于想与不想，言说与无话可说，居然是胜过许多冠冕堂皇的教科书训导的文学启迪，令我心上总是泛起涟漪。我知道写作的十年以来，我也在不断地发出邀请。而我越来越知道，这种邀请其实是有点尴尬的。我们这样的人，拥有拙劣的幻术，变戏法、做迷宫，为了让这种邀请看起来魔幻一些，我们的失落就能少一些。橄榄枝握在天顶的仙女、古早（闽南语，指古老的时候）的西施手里，就会让寂寞显得滑稽一点，让失败的梦变得可以接受一点。写作的事，由倾诉始，但倾诉是会耗尽的。倾诉欲耗尽之后，更纯粹的创造的快乐悄然滋生，心里的时间开始说话。那是与自然时间越来越不一样的宇宙，每一段眼波的投掷都是心里的明牌若隐若现，往昔则如电光，什么都不作数，什么都珠残玉碎，又摄人心魄。

坦白说，我为什么开始写小说，我已经忘记了。为什么还在写小说，几乎也是说不清楚的。可能是源于一种"度桥"的跋涉，就算文学终止了，生活的感受还不得不继续，像海岸夜以继日伴随公路，路遇狂风骤雨时，公路会终止，会修缮，会消亡，但海岸永远是海岸，与彼岸相隔着无垠的凝望。

有时我会想起很多热爱文学，并为此奉献一生的普通人，从豪情万丈，到屈脚蹲伏、弯腰缩臂，对写作这件事几无所求，但显然还是在做的。地在眼前，每天不得不耕耘，浅浅地希望依然是风调雨顺。写作的方式越来越接近劳动的方式，于浩瀚天地间，依然在发出微弱的邀请，捡起微弱的失望，补救还具有微弱生机的萌芽，不怕伤害地体会人与土地的联结。我有点想当这样的人，也许也只能当这样的人。

"樱桃青衣"是听心里的时间说话，蕉叶覆鹿是创造的本质。因为它确确实实生产了快乐，也确确实实是一场短梦。快乐都是假的。

我认真地想，也认真地不去想。

2017年6月13日于上海

原为《樱桃青衣》后记

"你跟上了一条好运的船。就跟下去吧。"

回望在台湾求学的旅程,我总感到怅然。一方面,它给了我博士学位、文学奖,给了我《都是遗风在醉人》《因为梦见你离开》《云物如故乡》;另一方面,我最有朝气、热情的闪亮的日子居然也就打马而过,很感谢山东画报出版社,多年来不嫌弃我青涩、多言、自我重复,总给我温暖的支持,看我成长。

在我最苦闷的日子里,文学陪伴我。有些随笔、故事,甚至是短语,也许只是属于那个年纪的符码。我既无法修改,也无法重写,那时仿佛曾有神灵经过。此次整理文稿时,我怀疑自己在写作《云物如故乡》时患有抑郁症,但当时并不知道,还以为写的和从前是差不多的,写的和未来也是差不多的。相较而言,《都是遗风在醉人》的小文章是最清新的,令人怀念。

我年纪虽不大，但也难免看到了变迁。文章里提到了几位老人，在我欢喜地写作拜访他们的小文章之后几年，一个接着一个离开。有一些朋友，久没有联络。他们都曾慷慨帮助过我，帮助我完成学业，建设异乡生活。在我的身上，留有这段旅程深深浅浅的印记，未曾结草衔环。偶然听到餐馆放江蕙的歌，我能听懂她在唱什么。偶然看到书展或影展的新闻，会想起曾经在现场的点滴。四五年间，我交了一些新朋友，在最艰难的日子里，我们曾经彼此打气。我也散落了一些旧友，他们已在天涯海角，成家立业。

回上海以后，我曾做过一次演讲。演讲前，工作人员对我说，你知道吗，我们领导非常喜欢你，特地给你点了三首歌，让我们一定要在你进场前放。我问，哪三首啊？她说，《山丘》《是否》《野百合也有春天》。一起听完这三首歌以后，我就开始讲话了，很像一个行为艺术。其实我不太理解我和这三首歌有什么关系，但我大致能感到一种神秘的虚拟关系。《丰草庵自序》里董说写："我病不能断文字缘、断人间缘矣，我安能诘屈从人间世流布诗文也。"自带弹幕体质的我就会想，世间那么大，头枕昆仑，脚踏幽迷。绮语自障，但就是不能阻隔有人拼命要懂你的。文字缘交换来的人间缘，人间缘又生生不息地锻造文字缘。成为老师以后，我经常收到中国台湾文学的研究论文，问我的意见。尽管我并没有学习过相关专业，总感到很惭愧，并勉力让自己真的懂一点。

前几天重读余光中译的《老人与海》，小说里写道：

那老人独驾轻舟，在墨西哥湾暖流里捕鱼，如今出海已有八十四天，仍是一鱼不获。开始的四十天，有个男孩跟他同去。可是过了四十天还捉不到鱼，那男孩的父母便对他说，那老头子如今不折不扣地成了晦气星，那真是最糟的厄运，于是男孩听了父母的话，到另一条船上去，那条船第一个星期便捕到三尾好鱼。他看见老人每日空船回来，觉得难过……

男孩和他爬上了小艇拖靠的海岸，对他说："桑地雅哥，我又可以跟你一同去了。我们赚了点钱。"

老人曾教男孩捕鱼，男孩因此爱他。

"不行，"老人说，"你跟上了一条好运的船。就跟下去吧。"

"可是别忘了：有一次你一连八十七天没捉到鱼，后来我们连着三个星期，天天都捉到大鱼。"

"我记得，"老人说，"我晓得，你并不是因为不相信我才离开我。"

"是爸爸叫我走的。我是小孩，只好听他的话。"

"我晓得，"老人说，"那是应该的。"

"他不大有信心。"

"自然了，"老人说，"可是我们有信心，对不对？"

也不知道为什么，那么有名的故事，还是会令人突然间想到很多事。想到在神秘的际遇里，自己有时是老人，有时是父亲，有时是那个男孩。

2019 年 1 月 26 日于上海

辑二 ——

我自己的陌生人

29+1

有一日我看了一部电影，片名叫作《29＋1》，其实就是三十岁的意思，两个香港女生选择了两种生活道路并互相眺望。一个热爱工作，一个热爱自由，这显然不是什么稀奇的创意，属于人之常情。真正打动我的还不是所谓父母的衰老，工作上的瓶颈，朋友间的亲疏变化，或私人命运的暗礁，而是一种源自生命最幽暗之处的召唤仪式，正邀请我们参与其中。仿佛从此以后，新的人生篇章被强行打开，又一双眼睛被强行睁开了，好像乔林写过的，"无数的雨在地面冒起/无数的大理石碑在地面排列/无数的声音自地面唤出"。你从前看不到的，现在开始看到；从前听不见的，从此也开始听见。

电影里有一处拍得莫名其妙，说的是女主人公和男朋友冷战三周以后，男朋友来家里看她。她刚失去父亲，还来不及说起，只是看起来很疲累。拥抱过后，他们两个人坐在地板上各怀心事，女生问："那你去上海的这三周，有没有想我？"男生很缓慢地说："有啊。"之后就是沉默。沉默过后，女生问："那你去上海了吗？"男生就不回答。我倒很喜欢这场对话，情侣之间"情到深处情转薄"，是难免要经过的一番天地。那些沉默里大概真的有些善意，也有一些心知肚明，既有一些进攻，又有一些妥协。谎言真的那样面目可憎吗？29+1之后，很难说吧。生活背后总有一个所谓的真相，好像非常重要，其实不提出来，居然也没什么要紧。这些深深浅浅的私人矛盾里，很难说清哪部分占了哪部分的上风，真与假变得百无一用。这些醒悟的小小瞬间有些动人，我也常常遇见。那的确就是我心里所谓的"29+1"。

当我还在29岁里的某个冬天，有一次去无锡出差，当中接到父亲的电话，他听说我在无锡很兴奋，一定要我搭高铁去常州拿一条他朋友钓的鱼，那时他刚搬到常州不久。我手上有工作，当然不想去，而且高铁又不是地铁，我晚上还要回上海，总之那肯定会是一场莫名其妙的旅行。但他斩钉截铁，很武断地，算是从打电话那一刻起就开始等待我了。所以我匆匆去又匆匆告别，买了时间很紧凑的火车票。谁知道回程去高铁站的路上大堵车。我对父亲说，我们还是下车跑吧，父亲就说好。然后我关了车门就跑，跑的时候，我想起一个朋友，曾经多次提醒我跑步的姿势真的很难看，一定要改，还推荐给我一个正确跑步姿势的视频，我没有点开。这个建议，朋友从闵行说到大阪最后又说回闵行。听到第四次的时候，我终于发了火，我说："我人生里没有任何急事，我再也不跑步总行了吧。"我知道那个朋友也是好意，看到我发火很惊讶，说："你那么不喜欢我说这件事，你为什么不早说？"（我又怎么知道，这件事值得说四次？）总之，那个瞬间，我想起自己跑步一定很难看，但心里又很想赶上那列火车，脑海里有很多乱七八糟的声音呼啸而过。我到安检口的时候，回头找父亲，发现没有。我打电话，他也不接。过了好久，其实可能也就七八分钟，我才看到他气喘吁吁地出现在人海里，手里拿着那条挺大的鱼。我非常不理解为什么要拿那条鱼，但那一刻，心里挺难过。父亲老了。他可真是不讨喜的男人，但他跑不动了，这就显得，万千往事里都有我的一份不体谅。记得《29+1》里说，逃避，用工作逃避，用睡眠逃避。逃避什么呢？男主角说女主角并不是真的忙，而是在陪伴他的时候演给他看她很忙，是不是有点道理？"我的人生里没有急事。"我自己说的，听上去颇有气势，也有主见。我没有什么一定要赶的车，一定要做的工作，一定要赚的钱，我很洒脱的。但我自己说出来的话，自己都没有做到。天气又越来越冷，这是我的"29+1"。

29岁，我开始有了一份需要与人沟通的工作。我的学生，经常叫我老师，或者姐，有时又是偶像，他们在这些称呼中自由切换，但我叫他们很单调，就是某同学。他们的作息也很奇怪，半夜三点发微信，说："姐，这是我的作业，你看下。"或者夜里十一点钟说："姐，我还在努力创作，不好意思作业晚交了一会儿。"（晚交一周了）我不知该不该纠正他们，有一些人，晚上需要睡觉。我有时站在讲台上，会想到《男人四十》里的张学友，对学生说："鲁迅先生也是很时髦的啊""苏东坡你们知道不知道？"下面却很吵闹。我记得刚读博士那会儿，有一次老先生在课堂里问："五四运动是哪一年？"有个学生举手答："1913年！"老师说："很接近咯！"特别魔幻。我当时还是那种心里装着一百个白眼去上课的厌倦脸学生，不知道后来自己也要这样百千遍地被人厌倦。记得第一次上本科生的课，我走进教室异常紧张。倒不是因为准备不充分，每节课我都写了完整的讲稿，最不济从头到尾念一遍，当个无聊透顶的念稿老师也就罢了。但我已经很久没有见到那么多双炯炯有神的眼睛了，一只只像电灯泡一样对着我，特别刺眼。我已经看过很多生无可恋的博士的脸，时间与发际线的搏斗战况相当惨烈的脸……主要是眼神，灰暗而又在强撑，看多了也就以为人类都是这样。突然间切换到那么多18岁年轻人的眼睛，这真令人慌张。那时候我突然感到自己身肩"29＋1"的张力。张力，还不是压力，明明是往前、往后都有了依据，本来似乎是更有安全感的存在，事实却不尽然。

王安忆老师出了一本书，叫作《小说与我》。除了谈小说，她也很详细地回顾了写作的历程，顺便把写作的开端提前到了1977年。那一年，她写了一篇散文，历经很多周折，最终没有发表，文章的名字叫作《大理石》，现在也找不到了。以往看书，不是为了学习，就是为了消遣，很少真正想到书和自己有什么关系，但是看

《小说与我》的时候，我突然意识到，如果以老师做标尺，我差不多活到了这本书的二十几页了，顺利的话，还有两百多页人生没有展开。中秋节，我又读到另一篇文章，是黄锦树的《芦花江湖》，写的也是中秋，1985年的中秋，他到台湾念书，那天是9月28日，然后就过了27年（如今又过了几年）。这中间，中秋逐渐成为他私人纪年的刻度——"此后多年，每当端午过后，鬼门开，鬼门关；而后河滩里，芒花开。台风来，台风去，乱石奔流。过了九月，又一度开学，就可以感觉到那个'刻度'接近了。"有五年的中秋，我也是在台湾的学校里度过的。烤肉、看月亮，吃不到上海的鲜肉月饼。因为我很不喜欢过节，集体活动的时候，就只好去数一数溪边机车的车牌，看哪些是从中南部来的。我至今不太知道为什么中秋节要烤肉，但鬼门开、鬼门关；芒花开，看台风来去，如今倒是变得越来越亲切，像一种自然的礼仪、祭祀，或者神秘的邀请，而我接受了这个自然的请柬。接受了之后呢，又只有记忆的刻度可供取用。有趣的对读发生在《芦花江湖》的后半部分，黄锦树写到王德威曾经很积极地想帮助他和家人摆脱旧石器时代的移民法，并寻到一份清闲的工作，让他能写出旷世巨著，黄锦树有些埋怨老师似乎完全不了解江湖乌烟……其实两年后，我听王老师在一堂课里很平静地说到了更为具体的细节。"很长一段时间他都被当作外籍劳工来处理他的身份，比方说每一年要被检验艾滋，我不知道为什么外劳和艾滋有关系，这是我们当年的德政……"遥远的打抱不平和时过境迁的巍峨阴影为我们提供了一些参考的向度。可见世故这样的事,其实也不是在知道不知道的范畴中,可能是知其不可而为,或尽力而为,或知其不可为好过莽撞而为,唯有最后的最后,剩下那个最可怕的、轻轻的"知"。

黄锦树还记得,在他年少气盛、踌躇满志,像石器时代的人类一样用投掷石块的方式表达自己的看法时,他的小说总是收获奇怪的评价,不然就是没有评价或者差评,其中有一个难忘的评价叫作——"小说里的雨下得太大了。"而人到中年,当他回想起那些摸着石头度日的青春,想到的居然是:"脚下这块石头或许比较大,一蹲竟然快二十年了。虽然因暖化的缘故,石头表面已经湿到长满青苔。往好处想,有青苔可能就有虾子。有虾子说不定就有想吃虾子的鱼呢?"(但"鱼"在黄锦树的小说里是个包罗万象又欲望横流的意象)黄锦树大概不记得,在那个如今已经终止的比赛里,我与他相隔大概……十七届。十七年后,他也曾经给过我一个评价,具体的话我有点记不得了,大致就是"仿佛在一群生手中看见一位老手"。其实我比较喜欢他在差不多的年纪所获得的那个评价——"小说里的雨下得太大了。"那样还显得比较迷离。对于一个蹲在石头上也不知在干吗的三十岁的人来说,装作老手等鱼来实在有些东施效颦了。这些细节说起来琐碎,我在想起来一些的时候难免会忘记一些。但前辈都像是一种坐标,坐标上又有斑驳的、创伤的痕迹,是幽暗又重要的灯塔。我离这些灯塔还有多远的距离,这种距离是多么令人不安。因为其实所有重要的灯塔的光芒,都是不那么明亮的,甚至有些顽强。但它又存在于远方,是一种希冀,一种你心里十分明白,当你走到那里的时候,那个光芒就不知道还有没有的……那种东西。29+1以后,我渐渐知道了这件事。

博士毕业的时候,导师对我说了一些语重心长的话。有天我们约在星巴克吃早餐,她提着大包小包要送我的礼物,其实都是一些VCD,《杜十娘》《怨女》《金锁记》等,她说以后你上通识课也许能用上。然后她说,你最好的时候已经过完了,以后你会怀念这一年,因为从此以后,社会就要你奉献自己了。我当时听得并不算很明白,其实现在也是。我只是有些担心,因为我已经没有VCD播放器了,时代跑得有点快,我的新电脑也没有了光驱。老师要帮我的这部分东西,是不是我的负担呢?我还要另外找一只箱子,才能把她的好意运回故乡,运回来了也没有机器可以用,像行为艺术一样,也像有一定体积和物质形态的良好的祝福。一年以后,我在创意写作专业开了一门散文课,我十分希望同学们能讲讲散文与物质文化的关系,去找一些可能还在,可能已经没有的东西。有一位女生上课时做了一个好玩的报告,关于磁带。她说,磁带从1990年左右开始盛行,一直到2008年以后逐渐消失,因为"人们已经不需要磁带了"。她在另一张PPT上写,"然而,它并没有真正消失",为了提醒我们记起2008年发生了些什么,她列举了诸如北京奥运会、汶川地震、全球经济危机等,还用了一些歌曲作为标志,包括蔡健雅的《红色高跟鞋》、手嶌(岛)葵的《The Rose》、陈绮贞的《失败者的飞翔》……那一刻,我觉得自己好像身处需要人帮助才能找回记忆的老人院。然而,这不是记忆出了什么问题,而是,"人们已经不需要你的记忆了"。我还记得,有一年情人节,我被抓去参加一个文学朗诵活动。上海有位作家说了一个关于磁带的爱情故事,她说那是她收到过的最特别的情书,因为男生把信折得非常细,卷在了磁带里。可惜,她现在首先需要跟人解释什么是磁带。也许以后,会变得无所谓解释,懂的人自然懂,不懂的人,也不再需要懂了。这个话题的最后,我还是问了一下学生,《午夜凶铃》你们看过吗?一盘被诅咒的录像带,唯一的解救办法,就是复制它。录像带的性质可以产生故事,这源于录像带还是新鲜事物的时代,围绕着录像带的实验内容是,将人心中所想、所感通过"意念力"投射至当时新兴的胶片上。没看过吧,去看吧。29+1岁,知道虚构的恐怖的事可以调笑,但真正的遗憾如石黑一雄笔下的迷雾,能从1983年一直弥漫到2016年。悲伤的历史,到底应该记得还是忘记,这真是一个复杂的问题。我们用眼睛所摄录下的世界,每时每刻都在背叛我们内心的胶片,心里成卷成盘的胶片中都将是我们生前的画面,在停格之后没多久,就会被人忘记。

物质的消逝微不足道,因为我们看似都过上了更好的生活。人也会像物质一样消逝,青春、斗志,当时不知情的美貌、任性,每一天都是余生中最年轻的一天。我小时候看的电影,女主角从十八岁一直演到三十几岁,之后换人。现在看她们的电影,她们都是后来换上的人了。再回去看从前的电影,会发现她们都好美,不会演戏但很可爱。认同了某一段岁月,哪部片演好点,哪部差点,好像也不是很重要,认同最重要。什么是认同呢?一起长大,一段岁月，一首歌……很难讲清楚，中国人比较偷懒，讲不清楚的事就讲缘分，眼缘，眼缘正，心里的路也会走得比较顺。

有天我看一部港片，叫《忘不了》，剧情很一般，女主角很美，但重要的是，这样适合在飞机上回味的电影，却看得让人有点难过。男主人公是个小巴司机，看着女主角那么不适合开小巴还死活要开，帮她收拾了不少烂摊子。有一天，女主角偶然跟着他跑了一圈，他才娓娓道来，开车是怎么回事："刚开小巴，最要紧是会看标志，路线要记熟，记住哪里是禁区，哪里可以上下客。不过记归记，守不守规矩是另一回事，这个标志一定要记熟，二十四小时禁止上下，这里双黄线，也不能上下客，如果有客上下车，要开到巷子里去，熟客都知道的。眼观六路，有人下就下，没人下就踩油门，快一点就能多转一圈，多转一圈就能多赚点。开车，就是以大欺小，不用怕那些计程车，你车大就挤过去，他一定让你的。（乘客呢）给上不给下，上了客你就赚了，落袋平安，下客不小心接罚单，那可是自己找的，没人同情你。如果客人骂你就当没听见，客人骂完会体谅你赚钱艰难不容易，不会有人为难你的。如果被警察抓到了，就把脸一扭，当没看见，能溜就溜，溜不掉就求，女人占便宜，态度好点，赔个笑脸算啦，不行你就对着他哭嘛……"小时候，我一直希望自己在人生的转折点上，能像武侠小说里写的那样，遇到一个衣衫褴褛的高人为我指点迷津，告诉我接下来应该往哪走。现在29+1，反倒不指望了。生活里的事，就像开小巴，好多窍门的，但知道这些窍门，你也只是多开一圈。要知道这些窍门，如果没有人指点，那可能要十多年。就算有人指点，也不一定学得会。生存之上，还有生活，生活是什么呢？女主角听完这个道理，依然不会开车，但嫁给了男主角。男主角放弃了开车，两个人都想忘记过去，重新开始，最后呢，迷津无需指点，就这样被废弃。你从前看不到的，现在开始看到；从前听不见的，从此也开始听见。但你什么也没有做，无处去做。心里没有渡口，进退无路，溪中水流湍急。

"29＋1"，如"29＋!"，其势已孤，"最沉静的部分/没有影子需要在这里退缩"（乔林）。

语言就是一架展延机

外婆被确诊为癌症的那天，我刚好有六节课。课后，还有一个学生约我谈谈前途，这是常有的事。身为一个"菜鸟"老师，我常常很恐惧这样的话题。因为大学生想问的，大部分不是学业的问题，而是人生的问题，关于自己、未来，和爱。可人生的问题，谁没有呢？什么年纪的人会没有呢？所以建议可能是无效的。我做了二十几年学生，常常胡乱对后辈说建议。"你念博士吧，念书总是对的""赶紧分手吧，分手总是情有可原的""你不要理他啦""这肯定是假的"这样的垃圾话，原来的我可以对朋友说上一天一夜。而现在，我知道自己已经被彻底剥夺了这样随便说说的资格。因为我总会想到小说《大明王朝 1566》里写的，有些话不说出来二两重，说出来，千斤重。我给学生的建议也是这样的。

那位学生照例说了一些自己的苦恼,不知道要读研还是出国还是找工作,又说了一些家里的事,最后说:"老师,我觉得自己没有爱过。"于是我想了一会儿,说:"我也没有。"气氛一度很尴尬。其实我很想说,你可以去问问其他老师,比如谁谁或者谁谁,他们写过一些关于"爱过"的书。但我又为自己的怠惰而感到羞愧。到家以后,我疲惫不堪。给我开门的母亲却说:"我要对你说个坏消息。"我说我不想听。她说:"你一定要听。"我顿时感到头顶上有片乌云沉甸甸地飘来,生活场景也开始间离、切换,就快要切换到杨德昌的电影《一一》里去了,是一个巨大的隐喻。这隐喻迫使我要去当一个不得不在喧嚣和沉闷里学习深意的人,当一个不得不在阻滞和荆棘里找到出路的人。

坦白说,三十岁之前,我从来没想过我真的会成为一名老师,传道、授业、解惑。前两者可以照本宣科,把自己当成知识的媒介,靠用功就可以达到。解惑,就比较难。解不开,也不可以绕开。绕不开的事,还要教别人,就难免有些心虚。对学生来说,我看起来已经是个"过来人"了。但我知道,有些事,我只是曾经经过,被绊倒过。我并没有避开被绊倒的经验。重新来一次,也不会比第一次少一些狼狈。"解惑"的第一步,就是承受"困惑"以千军万马之姿突降在日常生活里。"解惑"的第二步,是学会闭嘴。解决问题需要真正的实力,比如金钱、力量、知识。大部分时候,我知道自己的匮乏。人到中年,才真正开始参与社会工作,逃避已久的生活责任也开始一件一件地出现,令人悲欣交集。

我记得入职培训的时候，我们新教师被召集到东方绿洲的训练营做拓展。大热天里，要划龙舟（我们团队滑到了荷花池里被暴晒，出不来），要用一只铜鼓来颠网球，要凭记忆和合作排列无序的卡片，还要拼七巧板。我从小就最讨厌七巧板，因为那会暴露我智商的短板。狼狈的是，我除了拼不出应有的图形，还没法把七巧板合理收纳并放回小得有些傲慢的盒子里。我一点没有变，智商没有增长，不耐烦的坏脾气依然如故。最头痛的是心理建设课程，导师让我们在一张白纸上写自己的十个优点、十个缺点，然后在集体中找到和自己优点一样的人。我心里烦躁不堪，把白纸揉成团丢了。有个医学院的老师绕着教室走了一圈，微笑着问我，那你的优点是什么？我说我没有优点。他很惊讶。导师又说，接下来请把自己人生中的挫折写下来。那个老师又问我，那你的挫折是什么？我说我没有挫折。他说，哇，你好幸运。真是欲哭无泪。但当我幽幽地踱到教室外的自动贩卖机前买饮料时，却遇到了更尴尬的场面，我发现我打不开瓶盖。我心里想，我一定要打开它，不然我就变成了网上嘲讽的一类人。但我真的拧不开。最后还是那位很认真在找优点和挫折的老师看到了，帮了我，我只好对他说谢谢。我瞄了一眼他纸上写的优点是"热心""认真""正直"之类的，他的"挫折"很简短，就是"高考"。那天后来下了一场暴雨，闷热难耐。我一个人踩着湿漉漉的地面走了很长的路，来到了一个很眼熟的地方，中学里我们曾经举办过集体生日的礼堂。那年我十四岁，那时候我也拼不出七巧板，非常讨厌集体心理测试，不怎么合群，是个怪姑娘，但当时的我并不会为此而感到羞愧。如今羞愧却常常平白无故就在心上蔓延开来。我常常怀疑自己，考虑到身为教师，是不是应该做一些行为和习惯上的修正；我是不是应该成为一个更加热情、善于助人，又能说会道的人；我是不是不应该容许自己做不到。

所以，我的十个优点是什么呢？它们有没有能量与"生老病死"这四个字抗衡呢？

外婆在家中突然晕倒，开始我们都以为是心脏的问题，但检查结果显示不然。她得到了"癌中之王"钦点，离魂历劫的变故好像才刚刚开始，却并不真的漫长。

我念的中学在医院对面，从前的家也是。后来母亲改嫁，我随母亲搬到别区居住，出于一些难以言喻的原委，我不太喜欢回到童年生活过的地方。如果不是有外婆住在附近，我去的次数会更少。离开那里的十多年以后，因为外婆的病，我第一次走进中学对面医院的急救病房，好像走回青春的丛林。急救室门口地面上有滴滴答答的血迹，被匆匆来去的路人踩得乱七八糟。天气炎热，男护工袒胸露乳，女护工说说笑笑，冲淡了焦虑的氛围。有个年轻女孩子走上前来问我借餐巾纸，她脚下避开了所有的血迹。急救病房大概五十多平方米的样子，睡了二十床病人，每个人看起来都奄奄一息，难以度过那个礼拜。各位叔叔的屁股迎面盛开，褥疮在身体上如喷发过的火山，与复杂的气味一道令人无从闪避。我无法想象我在马路对面度过的那七年，这里曾有过那么多蛰居于地狱前院中的人，一批又一批地呻吟又离开。小时候，真的不会想到这些人。因为治疗条件糟糕，医生会视家属的态度帮助病人转院。如果家属对这样的环境感到难以忍受，医生们很快会推荐几家替代医院的安宁病房。如果家属无动于衷，那就听天由命。

新医院隔壁床有个老太太，因为中风没有自理能力，没有自理能力脾气却很大。我们认识的第一天，她就打了护士耳光。她的先生八十多岁了，每天来看她。两个人缠绵至极，你捧着我的手，我捧着你的脸。老太太说，你来了我就开心了。他走的时候她又说，你真的要走啦。五迷三道。好不容易道别完，老先生总有忘记的东西、忘记的话，走到车站还要走回来，于是两个人只能重新惜别。两张床之间只有很小的间隔，他走了我很放心地站在那儿，他回来了还要很凶地叫我"走开"。我只好走开。没两天，他就要帮几乎瘫痪的老太太洗头，大费周折地让老太太把脑袋移出来。老太太都说"好的"。她只听他的话，让人觉得她完全不在乎周围人的看法，她只在乎他，他们的感情用之不竭。

她让我想起一个人，就是包法利夫人。所以有一天我就带了一本《包法利夫人》。我小时候并不喜欢这本小说。福楼拜写"语言就是一架展延机，永远拉长感情"，倒挺有意思。病中爱玛向自私自利的莱昂抱怨自己害了一场大病，她绝口不提她对另一个男子的热情，他也瞒住不说他曾经把她忘了。莱昂此时说了一句情话，说自己死的时候啊，要立遗嘱，让人在埋他的时候用爱玛送他的那条有绒道道的漂亮脚毯来裹他。"他们未尝不希望自己曾经这样生活，

90

所以如今做出一种理想的安排,补充到过去的生活中去。"人是多么复杂,疾病能照亮的那一些沟壑,都不能细看。有天家人都去吃饭了,我一个人在病房里坐了一小会儿。老先生也坐了一小会儿。他突然转头对我说:"一个人生病,要那么多人照顾。如果我是她,我就自杀。"我说:"这里的人,都没有能力自杀,他们不能动。"他说:"那我要提前自杀。"场面一度很尴尬,我们久久都没有话说。主要我一直以为,他是那种会用"有绒道道的漂亮脚毯来裹他"那个系统的人。可他真的说出这样的话来,反而像卸下了形象大使的包袱,让人感到亲切,像是个"搏击俱乐部"里的男人了。

说起来我很喜欢《搏击俱乐部》的开场,严重失眠的男主人公找到了一个冷门的爱好,就是假扮病人找癌症患者聚会拥抱痛哭。他从早到晚拼命工作,只有在那时才能真正地放松一下。这个私密的爱好有天被戳穿了,因为"男人携手"这个睾丸癌互助小组中居然出现了一个女人。这个女人揭穿了主人公是个癌症俱乐部的参观者。因为他们在肺结核互助组、恶性黑色素瘤圆桌恳谈会、坚定信徒白血病聚谈小组、血液寄生虫"自由与清澈"小组也见过他。主人公还参加了一个大脑寄生虫病小组,叫"超越与胜利"。因为疗愈方式被破坏,主人公转投暴力。《搏击俱乐部》有句话大致是说,打斗过后什么问题都解决不了,但打斗过后什么问题都不是问题了。癌症的作用是差不多的。它充满身体的痛苦,它的发生什么问题也解决不了,但从那之后,什么人生问题都将不是问题。钱、荣誉、爱、恨……中国人会以为癌症是一种惩罚,扭曲的基因被翻译成宗教化的解读就是"业",是苦难。癌细胞是扩张的、残酷的、狡诈的,寸土必争,还具有防御意识,是完完全全的无情。这种形象如幽灵般震慑旁人,还会发出可怕的声响。好像我们隔壁房八十岁的病人,每天大喊"爸爸妈妈",吵到人投诉。护工说,他脑子坏掉了,他总是在哭,他八十岁了,还在找爸爸妈妈。

"命这个字永远打动人。"《包法利夫人》的译者李健吾一语双关。命之外还有生活。生活最复杂。

照顾外婆的护工阿姨是河南人,因为丈夫带第三者回家,她不堪忍受,愤而出走,来上海投奔做护工的老乡。她手脚麻利,不干活的时候,就看看手机。她有两个孩子,儿子刚上大一,近照戴着墨镜,看不到眼睛,女儿七岁。我问起她女儿的时候,她就笑了,拿出手机来,放了一段小姑娘唱的《好一朵美丽的茉莉花》,唱了两遍。据说也不是为了什么,也没有人邀请她唱,也不知道她什么时候学会唱的。对女儿的才艺,阿姨显然很惊喜,也很骄傲的。我很想多夸奖几句,但忽然想到了别的事,错过最佳的夸奖时间。她很快就把手机收好了,问我有没有去过她们家那里的著名景点,一个大坝。我说没有。她表示很遗憾,又说希望女儿长大了瘦一点像我这样。隔壁床的阿姨赶忙说,我更像她外甥女,但她外甥女也只有十岁。很意外,在病房里(有别于东方绿洲),我居然会是一个受欢迎的人。可能大家都太闷了。我也闷。正经的工作都做不了了,不过是多出了许多看闲书的时间,好像回到小时候。但心情,却要比小时候沉重得多。沉重是日复一日的闲散叠加起来的,也是在日复一日状似平静的煎熬里酝酿的。

　　这间安宁医院的另一项日常工作，是为远方的孩子们做心脏手术，也许是一项慈善事务。每天晚上六点以后，二楼三楼的大厅就熄了灯。三十平方米的空地上，铺着彩色的睡毯。无处可住的家属，以及看不出有病没病的孩童们席地欢闹。电梯门偶然打开，扑面而来亲子团圆的喜乐，让人欢喜。没有灯，却有浓浓的暑假的氛围，好像野营。每次下楼回家前，我总希望电梯门能在那里开一次。这样即使没有人进来，我心情都会舒畅不少。令人相信眼前的那些人，今夜一定会有热闹的梦。孩子就是孩子，医院里的孩子是多么有用，是病房最豪华的安慰剂。因为他们不知道自己会面对什么，别人正在面对什么，以后也不会想得起。我有时会分不清哪些是身为"家属"的孩子，哪些是还没有来得及换上衣服的小病人。我偷偷问家人，他们也不清楚。有一个女孩子，每天都穿得最漂亮，大人都喜欢她，是"病院之花"。她每天要跟那么多心里很苦的人打招呼，牵手，被他们摸头，好像吉祥物，就更显得甜美。她叫我阿姨，叫我母亲奶奶。社交于是从从容容地展开。我后来发现，我比她母亲还大两岁。孩子能让人看到希望，治疗孩子就是挽救希望。治疗老人则不然。医院是希望与希望破灭交替的心碎场。无用又必须说一说的话漫天飞舞，"我以后可不要这样治，我要跳楼""人活着真是没意思""我明白你的感受""你说得有道理""可人就是这样的""你还有很多好日子"……生老病死，每一个字都很难。没有人关心外面世界的事，天气多炎热，台风叫什么名字，均没有人关心。被机器维系的生命体征，是活着的假象，病患每分每秒的痛苦都在拷问现代医学的悖论。从茫然和痛苦中苏醒过来的病患，有倔强的亢烈，他们被机器欺骗着也欺骗机器。他们希望自己像海边的泡沫一样快速地没入细砂。但机器投出了反对票。

  我们病房有四位病患。其中有一位老先生，有一次差一点离开。老太太握着医生的手说，那么多年了，我对得起他了，这次真的不救了。没有人怪她。而后一家一家轮番安慰她，与她道别。谁都以为这会是一个结束。不过那周以后，老先生的生命体征居然又稳定了下来。老太太握过的医生的手，好像不存在的事。老先生苏醒过来，她却比之前更为失望，而不是开心了起来。另一床是个少见的康复患者，医生让她出院，她不愿。她说出院的日子不对。虽然已经康复，但她早已选好了黄道吉日。她说她可以睡在走廊，于是她就在走廊睡了一周。我有天去，她正在走廊的病床上吃一只橘子，这让我想到电影《教父》，只要出现橘子，就会出现死亡。我扭头不愿意看她。

  癌细胞的发展速度非常快，携带着一连串的事情发生，令人悲欣交集。外婆从消瘦，可以吃饭说话，到无法动弹，只过了短短半年。这中间有一个月，外婆回了家，每半个小时都要起来上厕所，24小时不间断，她坚持不用纸尿裤。我对她说："现在的纸尿裤很先进的，我都买了最好的给你。"外婆却说："那你买点老鼠药给我吧。"母亲脸上一点笑容都没有了，我以为她是熬夜辛苦又悲伤过度。我有次问她，她却说："你外婆现在都不知道心疼我了。"和我想象中很不一样，她只是失望，她付出比我多，失望也比我多。有一次家里突然来了很多人看望外婆，他们轰轰烈烈走的时候，母亲哭得特别伤心。她对他们说，"往后就剩我一个人了啊"。他们就拍拍她的肩膀。我说，"还有我啊"。他们说，"是啊，你还有女儿啊"。她没有回答。我学着张艾嘉电影《20、30、40》里的场景对昏睡的外婆说："外婆啊，外面下雨了。下雨了你的脸怎么那么干，你要不要做个面膜？"外婆不回答，我母亲也不回答。母亲以前会说我是神经病的，她现在也没心情说了。

偶然一次，我看到姨妈发给母亲的短信，上面写着很奇怪的话，一大篇，表扬了母亲吃苦耐劳，值得她学习，然后说，"人生多是在不同时间吸取养料，才能不断进步。我们正好赶上让我们超越的这个时代，要不断学习，才能获取时代给我们的密码"。外婆生病以后，她一个月出现一次，因为在自家别墅的小花园种了水果和菜，花费不少心血，不方便离开。我问母亲："时代给我们的密码是什么鬼？她为什么不来看外婆？"母亲没有正面回答我。她只说："你姨妈家种的水果，因为没有盖大棚，后来都被鸟吃掉了。"听起来真像一个小说的结尾，虚无极了，是各国"契诃夫"会量化嘲讽的中产阶级，"平均每年去剧院 10.3 次"之类。不过有次外婆清醒过来，絮絮叨叨地说自己是在家里的床上结的婚，也要在那张床上死。她说刚生完母亲时，因为只顾小孩，外公就不开心了。我对母亲说，外婆刚说她为了照顾你，外公都吃醋了，你开心吗？母亲却说："你外婆编的。她最喜欢你姨妈。"我问外婆："那是妈妈好看,还是姨妈好看?"外婆说:"你姨妈好看。"

那会儿母亲正在认真地晒外婆弄脏的睡衣裤,搞得问问题的我很尴尬。但这就是家,即使尴尬横行也不会怎样的地方。外婆中间昏迷几次,都是母亲把她叫醒。最严重的那次,又送了医院。邻居阿娘是外婆的闺蜜,叮嘱我们把寿衣一道带去,一定要带去。我母亲就是不带。阿娘就说:"你们小孩子真是不懂的。"送医院的第一天,外婆还认识我,看到我拉着我的手说:"我要大便。"我说:"你大呀,有纸尿裤。"她摇摇头。隔天转院,遇上台风。台风走后,外婆就不认识我了。那个逼着我喝汤、喝酸奶、吃葡萄的外婆,就这样把我忘记了。她这一生就爱过一个男人,二十二年前过世的我外公,她决心跟他死在一张床上,她没有做到,她也忘记了。她最喜欢的小女儿,正在从种水果中吸取养料,从水果被偷吃的惨剧中感受虚无,她也忘记了。所以2018年台风来的那天,是她最后一天认识我,认识我们家。放在以后,也很容易记吧。

那是我们全家最后一周团聚在医院。我心酸至极,抬头看了一眼外婆的脚,她身上的毛毯,她对我失去记忆的脑袋,她的誓言。在我读博士的漫长的五年中,她每天跪在菩萨面前为我祝福。有些祝福的话也不是很好听,"我外孙女叫张怡微,她有一本书已经写了五年,好比瞎子磨刀,快要结束了"。如果有一天,我出版我的博士论文,我想在扉页上写,"献给我的外婆王凤娣女士",好像外国人一样。因为没有人比她更希望我快点写完,快点回家。但她不再记得了。

如果我有很大的能耐,我一定会把她搬到她自己的床上去,形成一片爱的海洋,很复杂的一片海洋,里面沉睡着她对丈夫,对两个女儿,对我,对岁月的爱。

时隔多月,我在心里非常遥远地补充回答了学生的那个问题。很轻很轻地回答:"因为爱过是很复杂的一片海洋。"

舶来的记忆

年前受上海译文出版社之邀,我在上海朵云书店戏剧店和另外两位老师做了一次关于阿瑟·米勒的小活动。《推销员之死》在上世纪80年代早期进入中国时,有许多文化迁移后的水土不服。那时普通中国人对美国的生活结构没有什么认识。公共场合里没有夫妇会拉手,也没有商业社会的推销员职位,更没有商业保险(不用说骗保),也没有啃老的年轻人。剧本里有一出牌戏,但没人知道卡西诺牌(casino)怎么打。紧接着我又跟随中文系去虹口白玉兰广场开一个语文教育的研讨会,合影的背景,是COSCO的标牌,中远海运在虹口设有公司办公点,供应后勤单位反而在邯郸路、政民路,离我如今工作的复旦大学都只有几步之遥。我在复旦求学7年,父亲经常在夏朵旁边的供应公司进货,但他从来没有找过我。

我父亲是中远集团的海员，我整个童年，都很少获得他的教育。他只教过我一个英语单词就是 casino，另一个词不是单词，是 cosco。他戏称为"苦是苦"。COSCO SHIPPING，那是他服役终身的单位。海运在 80 年代末期直至千禧年，效益都很差。小时候，家里只有一本和中远有关的杂志，叫《海员之家》，另一本是我闲来无聊在知网上浏览的，1994 年发刊的《中国远洋航务公告》。看杂志会知道，90 年代国际航运市场已经不太景气，造船工业竞争激烈，修船更是能用上一些奇怪的词语来形容衰退的生态，那就是"陷入呆滞"。大家都在等待香港回归后可能有所转机。这一等就要等到 2020 年的新冠疫情爆发。一直翻到去年五月份，杂志上集装箱的消息突然变得吉祥，像黑暗中的灯笼一样。之后集装箱事业一反常态，蒸蒸日上，这纸上奇迹的时刻甚至让我去找了几本好看的书：《集装箱改变世界》《传播与移动性——手机、移民与集装箱》。我不炒股票，只喜欢看书看旧杂志，就这样提醒身边的朋友们注意这一艘沉寂了二十多年的旧船突然扬帆起航的神奇时刻，我提醒的人也包括了我的母亲。可惜我父亲已经退休多年，一辈子都没有等来这一次转机，也没有领到 22 个月的奖金。

《阿瑟·米勒手记》里提到，英若诚问："我们可不可以玩十三点？"以取代剧本里的卡西诺牌，"有三年半，他跟我除了在树下玩十三点，成天什么也不做"。上海话里说"十三点"，有点骂人或者调情的意思。我想起父亲这一生唯一讲过的有质量的笑话，他抱怨大副在厨房间的黑板上写，"今天下午十三点开船"，这是我记忆中唯一与父亲关系松动些的记忆，其余的时候大多感到陌生。我喜欢阿瑟·米勒对于"父亲"的怜悯，他可能最终要走向毁灭，谁也拦不住，让我产生共情。他们就像一艘……时代的旧船，运送着舶来的物品，却没有运来舶来的沉思。1995年第5期《中国远洋航务公告》曾对这一类"威利"般被伟大时运抛弃的"父亲"，命名为"国际海事界的过街老鼠"，因为上世纪80年代末到90年代初，国际航运界骤然掀起了一股空前凶恶的海难高峰，船龄老化是重要原因，那些海难摧毁的单船吨位越来越大，保险商拍案而起。那好像是《推销员之死》的另一个版本，与上世纪三十年代初期，大萧条让纽约将近10万人精神崩溃，如出同源。

阿瑟·米勒在自传里说：

我想对我而言，它也让我原谅我的父亲，因为透过一场他无力避免，几乎遍及全球的灾难，它暴露出来的只是数字问题而已。利润是恶魔。大萧条对于这样的父子冲突来说，既是原因也是结果。多年后我惊讶地发现有许多男作家的父亲的确是失败者，或者他们的儿子认为他们是失败者，菲茨杰拉德、福克纳、海明威、斯坦贝克、霍桑、契诃夫、陀思妥耶夫斯基。这些作家虽然各有千秋，却渴望创造一种新的宇宙观，而不是只是描述身边那个物质世界。假如有能力，他将创造出一种全新的理解方式。我知道大萧条不只是金钱的问题，而是一场道德灾难。美国社会背后的道貌岸然暴露无遗……

这种忧心忡忡,又勇于归因的个性,对于艺术创作并不是坏事,哪怕我这样的人,也感染到了相似的忧愁。

父亲的这份职业,使得我们的家庭并不缺少舶来品,比如咖啡。父亲在每一个下船的港口杂货店,都会买不同国家生产的速溶咖啡,我小的时候见过很多不同颜色、不同包装的咖啡袋。他也是最早带给我袋泡咖啡的人,和现在的挂耳包略有不同。往大里说,父亲是新航路发现后,带回舶来饮料的人。但他对饮食习惯的建立建构,对现代性和全球化一无所知。他将咖啡与绵羊油、榴莲、蜜饯、洋酒当作差不多的东西运回家里,据他说,在船进入中国之前,他会把一些带不进来的东西直接丢进海里。我母亲是个文艺青年,对外国咖啡寄予很多生活想象。我们从前住在田林,田林地区是没有咖啡馆的,周末母亲常带我去南丹路、万体馆甚至茂名路玩耍,去过的咖啡馆名字我都忘记了。我只记得她喜欢掼奶油,又嫌甜,之后会喝一杯。因为过于强调情调和幻想,她与我父亲的感情越来越差。有趣的是,这两年又开始流行"冻干粉",仿佛时尚轮回,流行咖啡从速溶到手冲到机器最终居然又回到了粉末。

去年,我搬家到离单位近一点的住处。母亲"强迫"我买了一台网红咖啡机,然后认真地学习拉花。她是一个浪漫的人,在我的记忆里,她明明也是从来自世界各地的五花八门的速溶咖啡起步的,她用了一生的时间,只做了一件事,就是再也不喝速溶咖啡。

后来我推荐给她今年最流行的冻干粉品牌，她直说"不灵的"。我父亲倒是依然在家里备着速溶咖啡，有来自印尼的、意大利的、法国的，甚至中国高雄港的。很多都过期了，他也没舍得扔，因为以后再也不去了。在我的童年里，咖啡并不是最主要的生活饮品。小孩子喝最多的，是一种叫作"红宝"的橘子水，其次乌梅汁、盐汽水、七喜也是常见的。没有人会给小孩子喝咖啡，大人也很少聚集在一起喝咖啡，他们喝得更多的是茶叶。有趣的是，茶叶泡在哪里呢？家里的长辈最喜欢把茶叶泡在雀巢咖啡的玻璃罐里。无论是工厂老师傅，还是公交司机，几乎人手一个，但是他们都不像是喝咖啡的人，不知他们的雀巢咖啡瓶是从哪里来的。国人将圆柱形的咖啡包装瓶用作茶杯，算是一种饮茶时尚，结合了实用与虚荣。我们上高中时，女同学们会把速溶咖啡泡在"味全每日C"的塑料瓶里。这个行为模式，与父辈老师傅们如出一辙，并不时髦多少。实用性的部分在于，冬天太冷，泡在塑料瓶里可以捂手，塑料瓶比玻璃瓶导热差一些，不会那么烫，又不会完全隔热，是实用和真实的生活温度。

上个礼拜，母亲非常遗憾地对我说，她股票抛早了，又涨了二十几块，又说"你看起来是个书呆子，为什么知道这支股票会涨"。然后，她递给了我一杯在拿铁上勾出叶子的咖啡。其实她没有买多，所以她既不相信我，也不相信前夫。那时我又开小差想起《阿瑟·米勒自传》中写得深沉又迷人的一段。那是在1956年，内华达州的金字塔湖，阿瑟·米勒在那里准备离婚。他需要住满六周，因为纽约州的法律仍要求有通奸的证据,用现在的话说,冷静期为六周。而另一位伟大的作家,索尔·贝娄也为了同样的理由住在临近的湖边小屋。他当时正在写作《雨王汉德森》。那真像一个写作的场景,有着许多写作的信号,等待失去从容得像准备了半生,心灵险峻但很美丽。满身月色,四望皎然,因起彷徨。

大自鸣钟之味

我最近一次接到父亲的电话,已经快要毕业。时值上海的天气临近黄梅,空气压迫得人难以畅快呼吸。学校的课程基本结束,余下的多半是各种各样的告别式。说不上大喜,好比电影里拍的那样,终于要长大,可以彻底挣脱束缚。事实上各种束缚横陈如旧。也说不上大悲,学业平平,情感平平,凡事都收场得颇为得力,因为太过秩序与轻易,反倒显得有些凉薄。

七点,我被父亲的电话吵醒。同样被吵醒的,还有寝室的另外两位室友,我有些内疚地听着她们微微侧了身,三只电风扇以不同的频率吃力旋转。我躺在架在半空的床上,尽力地压低声音,只能做些简单的应和,但人是彻底醒了。

从学校乘坐轻轨到父亲家,约需一个半小时,前后都要步行。

沿街可算是最上海不过的风貌，却没有什么像样的文艺作品留意它。我出生在他现今住宅的不远处，二十年前的那里被称作上海的"下只角"，也就是平民区。曾经砖木结构的两层简屋，如今已被林立的商品房参差地淹没。我被训练坐痰盂罐的那个位置对过，现在成为高档的SPA会所。还有许多名人，如今隐居在这些密集的新建筑群中，譬如跨栏名将刘翔，与一些报纸上会出现的银行行长之类。本来我并不清楚这些，还是前男友告诉我，虽然我再也没有机会告诉他，他如今居住的寸土寸金的位置，曾经就是我童年的乐园。

今年我去过两次大自鸣钟。一次是年初的时候，去前男友家见父母，另一次就是此时要去看父亲。说"看"其实也并不尽然，因为从他电话里的语气来看，此次的见面会和往年略有一些不同。我大致能够猜到最坏的结果，也无非是他要结婚。说到底，这并不是一件坏事，但就算我再善解人意，也实在难以表现得雀跃。结婚这个词，不知从什么时候起，在我心里成了一个挺复杂的符号。

要走进父亲所住的新村，需要路过一个如今在上海已经为数不多的马路菜场。许多人在自行车车把上挂着刚杀好的鱼与湿淋淋的菜，晃晃悠悠地拐进拐出，总会让我联想起童年时的记忆。在我三四岁的时候，父亲总是独自抱我到大自鸣钟看爷爷，爷爷就坐在一众鱼摊菜摊中间，悠闲地卖着生姜咸菜。见到我们来，他会从喉咙深部挤出痰音，"阿微头，来啦"——那个"阿"字，总好像黏稠的液体已经濒临喷涌的极限。

但这也是一去不返的声音了。爷爷死在去年盛夏，大殓那天甚至遇上了上海四十年不遇的极高气温。我出门的那会儿，母亲还念叨了一句"作死啊，还要侬去，真会挑日子"。

自我们一家搬到新公房以后，母亲就不大愿意再到"大自鸣钟"来了。一是与奶奶相处不好，令她怨了一生一世；其次她也是打心眼里看不上那一带的居住环境，平时有意无意对我强调，破蓬蓬、马桶、臭水沟便是爷爷家的代名词。而她对于我问为什么"大自鸣钟"没有钟的问题，却始终语焉不详。

长寿路一带，如今发生了天翻地覆的变化，新公寓不少，老公房也依然在，唯一清理殆尽的，便是老式瓦房——我出生时待过的地方。因而步行，即使热得满脸都是汗，也依然有一丝温存的人情之味，总令我想到些什么，又不尽确切。

走进父亲家时，我突然觉得有些好笑。因为门口横陈着整整一排皮鞋，竟全是他的，好像那种不懂得收拾的时髦女人一样。他见我推门而入，倒也没有打什么招呼，只是示意我进去，他看似已经坐在沙发上等我良久，就这点与往常略微有那么一些不同。

我打开包，递给他一张《解放日报》，上面有我小说得奖的信息。那并不是一个十分重要的奖项，与我齐名的有十几位作者，但好歹，我想让他知道一下。

"爷爷的墓买好了，你也没有去。"父亲开口道，边接过我的报纸。

"埋在哪了？"我问。

"常州咯。"

"多少钱？"我又问。

"一两万吧。"父亲回答。我心头一惊。

怎么会这样呢，我心想。爷爷子嗣很多，家族又离散严重，与我平辈的就有二十余个小孩，互相尚不能认全。一场追悼会搞得好像认亲大会一样。可这么多人，怎么就置办得这么寒酸呢？

但我也不便多问。

父亲家至今还悬着一张毛主席像，但他信佛。说信也不尽然，他舍不得钱。只是将各种求来的东西，一并压在茶几的玻璃板下。

"我这趟叫侬来呢，主要是想说，我和小范已经领证了。睡都睡在一道了。所以说，我们打算把户口都迁到大自鸣钟去。"

"那边还没拆啊？"我问。

"嗯，侬也知道的，现在房子值钱了，万一拆了，多一个人头，就多20万。不是蛮好。所以我赶快要把证领了，好动户口。"

可那和赶快领证又有什么关系。我心想。

"她住过来了吗？"我却说。

"嗯。现在上班去了。"父亲回答，"我本来也是不怎么欢喜她，但是她盯得紧，我看她人也老实，我可不想生病了连个倒水的人都没有。"

"对了，侬男朋友怎么样？"他冷不丁地问。见我不响，又说："一定是嫌弃你书读得太高。我一直跟侬说，小姑娘不要读那么高……但是我知道的，你娘不肯。哎……我也不好说什么。"

107

我心下觉得好笑。他又怎么会知道，我常常担心他和我妈那种如阶级敌人一般的仇视，最后将以怎样的方式出现在我的婚礼。那甚至已经成为一个老梗，在我和朋友的交往中，是我屡试放飞想象的桥段……但总之还是算了，有些微妙的东西，我并不指望他能理解。有些哀痛的东西，我更不希望他悉数了解的。

"所以这房子……"这会他总算说到了正题，"我结婚时候已经写清楚了，我占3/4的产权，如果我死了，那她应该是有，1/2乘以3/4加上1/4的产权，你拿剩下的就可以了。"

"哦。"我说，并默默在心里启动了1减去以上他所说的那串数字的演算。算了几遍，全不得要领。父亲见我不声响，以为这件事就算完了。他起身开了电视，将遥控器递给我，还补了一句"爸爸都想好的呀，总归不会亏待你"。

"是哦……"我心想。

"嗯。"我却说。

我看着他起身，悠悠地晃到了厨房，阖上门。不一会，油锅便爆发出一阵"嗞啦啦"的响声。我突然想起来，进门的时候，我瞥到水斗里卧着一条湿漉漉的花鲢。待我回过神来，一时间也不知道该做什么，手里还紧紧地捏着遥控器。

电视里似乎是在放儿童节的新闻。要知道在上海，这类新闻总是数十年如一日重复着陈词滥调。只是镜头转到锦江乐园的时候，我心头一紧。我突然想起了一些许久都未曾想起过的事来。

那时候我家已经搬到了曹杨，靠近大自鸣钟的一处公房，也是上海改革开放以来最新的一带公房。我母亲在台湾人那里做事,她一直用上海话跟别人说"我在小台湾小台湾",我以为是潭湾潭湾,一个靠近水边的地方,其实并不知道那个发音代表了什么意思。父亲则因为一些原因,赋闲在家。于是,那个六月一号,我被父亲带到了外婆家。他说:"侬想去哪里玩哇?"我说:"我想去锦江乐园啊!"然后,我们就从爷爷家出来,去了锦江乐园。一路上,我都在想,要是妈妈在就好啦,但是我不敢说。父亲也不跟我说什么话,我们后来就去了锦江乐园。我记得,那天父亲一直都在掏钱掏钱,这个动作让我很忐忑。我就问他:"玩锦江乐园是不是要很多钱啊?妈妈会不会骂啊?"然后父亲说:"不会啊。爸爸很有钱啊。"我说:"你很有钱吗?"他说:"是啊,你想啊,你能想出一个人比爸爸有钱吗?"然后我没有想出来。

我们回到曹杨的时候,还去小菜场转了一圈,这菜场的布局,就跟如今他所住的小区差不多热闹。他也买了一条大花鲢,就拎在手上,滴滴答答,淌着血水。我跟在他后面,觉得鱼真大。他说:"侬今天开心哇?"我说:"开心啊。"他说:"侬开心啥呀?"我也没有说出来。路过曹杨二村门口的时候,有一个大叔在卖煤气灶。然后,父亲就去看了一看,大花鲢滴了一地水,他就扛着一只新煤气灶回家了。我跟在他后面,觉得好开心啊,首先是觉得他很大力,其次是觉得好像拿着一只礼物一样!

我妈在楼下叫他的时候,他放下锅铲,下楼去帮她扛自行车。然后妈妈风风火火地进了门,看到我就说:"肚皮饿哇?"我说:

"妈妈,爸爸买了一只新煤气灶!"然后我听到父亲把车锁在楼道铁杆子上的声音。但我妈的脸色变掉了。

他们大约吵了半个小时左右,内容是诸如父亲不上船又乱花钱之类的,反正一段时间以后,我才终于有饭吃。其实下半天的时候,我很想吃肯德基,但是又觉得父亲老是掏钱不大好。反正花鲢也不错,至少它的头十分美味。吃饭的时候,我妈问我:"侬今天去哪里玩啦?"我说:"锦江乐园。""很开心。"我还特地说。

其实他们不在的时候,我去看了一看那只煤气灶。我知道妈妈不喜欢这个,因为它太贵了,并且"找不出优点"。如果我早点知道的话,我会跟父亲说不要买的。但是我看了很久,也没有看出来它到底有什么不好。烧出来的菜,也没有什么不一样。

我妈直到这两年才开始真正会做红烧鱼,但是她从来不在里面放粉皮,也不是因为绿豆涨价的关系。外婆身体不好以后,我再也吃不到粉皮花鲢头了。很多次突然想起来,也没有要让父亲再烧一次的意思。因为我其实也不是很喜欢粉皮。

今年一月份的时候,我们家又换了一次炊具。有新的煤气灶,也有新的锅。我特地问了一下,煤气灶多少钱,我妈说了一个数字,比父亲当年买的可要贵多了。我说:"这么贵啊。"她说:"这种东西不能用不好的,慢点出了问题,是要死人的。侬不懂的。"她还买了一只锅,据说对温度比较敏感。她用新锅做坏了一桌菜,据说就是因为掌握不好油温。

父亲再进客厅的时候,我闻到了一股扑鼻的酱油香,不禁就笑了一下，他问："侬笑啥?"我也说不出什么来。我问："小范阿姨回来吃吗?"他说："不回啊。"我于是就笑得更开心了一点，要是没有那"1减去什么什么"的事情，我想我都能开心得哭出来。

其实近二十年来，我再也没有去锦江乐园玩。谈恋爱也不觉得一定要去一个乐园。我倒是想跟在一个手提花鲢的人身后再走一走，比如六一儿童节的时候。他要是还能扛上一只煤气灶的话，实在太像《DEFENDOR》(《保卫者》)里面的脑残超人啦!

而即使他随手就抽走了我给他的报纸，垫在了那碗热腾腾的花鲢之下，我也没有感到丝毫的沮丧。吃饭的时候，他还说："阿微，侬什么时候出一本书给爸爸看看呢……不可能的是哇，啊哈哈哈哈。"

我最后问他："爸爸，为什么大自鸣钟叫大自鸣钟呢?"他想了想说："大概以前这里有个钟的吧，现在没有了。"

"其实我们现在说的很多东西，都没有了呀。"他又补充道。

2010年第33届时报文学奖散文组评审奖

常州忆往

我父母都是常州人。我小时候填写籍贯"江苏武进"时,总搞不清为什么不直接填"常州"。问大人,他们也说不清楚。只说"武进"大一些。这个"大",究竟是依据府城的概念,还是反过来,以常州市下的武进县(或区)来看,真是一片模糊。常州和武进之争,也是出生在上海的我,童年时就略微感受到的名称权力之争。若是"把我包括在外"来看,倒是很有意味的趣事。常武有两套行政中心、电视台、自来水公司、燃气公司。网络上戏说"散装江苏",嘲讽江苏人不团结,其实这种"不团结"中,并不只是"认同"的问题。2019年,《小说界》杂志邀请我和周洁茹一起去常州市武进区一个书店做文学活动,题目也定得很妙,"独在异乡为异客——她们如何在他乡写作"。当地电视台来采访我,不断问我对家乡的印象、离开家乡的感受，我都说不好。但那是我第一次被称为"武进籍"作家，印象很深。

民国初年，行政区划基本沿袭清制。我奶奶家"横林"属于"怀南乡"，我外婆家"戚墅堰"属于"政成乡"。抗战胜利后，这两处就划归到一个区，可见离得很近。我们在崔桥也有不少亲戚，崔桥因南宋名士崔廷硕隐居于此而得名，戚墅堰下的剑湖乡也早在宋代就已得名，地名都很好听，亦有来历，我长大后回忆起来都很喜欢。

我们祖辈之间来往多，我去得就少。父亲嘴里经常提到的"横林"，其实是一个热闹集镇，从古至今就有非常多的商铺、布场。他年轻时在那里认识我母亲，母亲当时已在上海生活，回老家玩耍，结成一段短暂的姻缘。他们的婚姻并不长久，又因家乡离得太近，是非也多。横林距离无锡很近，与无锡县接壤。七八年前，我父亲曾突然在常州买房，住过一小段时间。之后，他便总觉得我去无锡出差时，就应该去看他，因为很近。其实开车也要两个小时路程。从前崔桥养蚕业发达，被誉为"养蚕之乡"，布厂工业也是常州拿得出手的产业之一。我的小叔叔就从事服装行业，发过一些小财。我最后一次去他们工厂，就是被父亲从无锡叫走。在小叔叔一贯的描述中，我以为这是一个非常现代化的工厂，实则不然。厂的面积不大，工作条件还是很艰苦。我自诩为"富二代"的表妹，居然暑假里也不得不在厂里帮忙上班，早起晚归，吃的是盒饭，工厂厕所也不太干净。上工的时候，灯也舍不得开足。那时我才意识到，他们的富庶是一种展示性的富庶。例如朋友圈里的车、包、国外旅行等，实际生活方式还是比较朴素，常州的女孩子也比大城市的女孩子吃得起苦。横林镇因北与横山遥望，昔有林木，故宋时已名横林。我很喜欢这个名字，听起来有古意。当地出过一些江南抗日将领，我们家族来到上海的那一支，不是参军就是逃难，和许多清末民国及抗战时期的流民一样，移居到上海成为工人。改革开放以后，生活反而不如常州乡下富裕了。

我刚学习写小说的时候，有几则故事就以"横林""戚墅堰"为背景，例如《妮妮》《你所不知道的夜晚》，现在想起来非常奇异，其实没有什么调研依据，只有童年我随大人回家玩耍的乡土记忆。在那两个地方，我和亲戚们学习如何打井水，如何和土狗一起玩，有一些听来的民间故事，有几个参加过的丧礼，还有永远也打不完的蚊子。常州没有什么美食，最有名的是百叶千张，那不是一种适合抒情的食物。常州河道多、水多，我爷爷和父亲都喜欢钓鱼。我父亲住在常州时，会特地叫我带他钓到的鱼回家，不过是青鱼、草鱼。我外婆经常回忆童年的蝗灾，也说见过草蛇聚在一起的奇怪场景。我的姨婆们，个个是干农活的好手。前年我外婆在上海过世时，她们都来陪护。农人身体素质强过工人，对待死亡，她们也很乐观，没有什么矫情的色彩。这很像我印象里的常州亲戚们，能干、健谈、吃得起苦。常州话，其实并不好听，远不如苏州话软糯，音调都很生硬。我父亲常州话说得比上海话好，爷爷奶奶、外公外婆更是只会说常州话，不会说上海话。后来我知道，我小时候刚开始写小说时，许多被称为"方言写作"的作品，那"方言"也不是纯正的"沪语"，而是夹杂着常州方言的上海话。我小时候背诗背不出来，被母亲打，外婆为了保护我，就把我接管过去，她说"我来教"，所以我会用常州话背诗，背得最熟练的，是宋代王安石写的《梅花》。

常州有不少名人载入史册，宋代以来出了不少进士，明代有理学家孙慎行，清代有史学家赵翼（及他的后人赵元任）。民国时期，出了第一个获得会计证书的谢霖，也有创办中国第一所中医学校的丁甘仁，尤其是女性名人，包括中国第一位女硕士、留美的陈衡哲，画家陆小曼等。对我们家影响最大的，其实还是戏剧方面。

我母亲曾考上上海县沪剧团，她至今保留着自己的录取通知书，上面希望她好好唱戏，又红又专。我们家没有什么文学书，但有一些《沪剧小戏考》，这也是我最早接触到的艺术启蒙。在录像带的时代，母亲就在家里放沪剧和锡剧，我外婆则喜欢看绍兴戏，外公热爱评弹，我父亲京剧唱得不错，还会拉京胡自己伴奏，后来参加中远海运的员工京剧比赛，还拿过奖。但他们都没有专业训练。后来我看了一本《常州戏剧家》，才恍然大悟，原来家乡出过那么多戏剧工作者。早在元代，陶国瑛创作的杂剧《森罗殿》已见诸史载。嘉靖年间，蒋孝所编《旧编南九宫谱》是我国现存最早的南曲曲谱。嘉靖初年，谢林泉参与昆曲新声的创制，昆曲教育家赵子敬也是常州人。此外，薛近兖与《绣襦记》，阿甲与现代京剧，是戏剧论文常会看到的名字。除此，民国以来，还形成了常州籍戏剧评论家群体。在同一个地区产生如此众多的戏剧种类、表演和评论的人才（洪深、吴祖光等），真是罕见。我没有做过确切的研究，为什么常州这样的地方，会有孕育京剧的文化土壤，出了包括白凤霞、白玉燕、曹淡云、陈梅兰、荆剑鹏、杨天笑等演员。常州还出过几位武生，其中最著名的崔龙海，他演过的戏，如我做"《西游记》研究"非常想看的《孙悟空大闹天宫》等，被誉为锡剧"猴王"。据说，六小龄童为了演好电视剧《西游记》，也曾拜师汲取锡剧与绍剧"猴戏"的演出精髓。杨洁导演的电视剧从戏曲中吸收的东西多，影响也大，如世德堂本《西游记》原著中从未出现过"俺老孙"三个字，但是京剧、昆剧的西游戏就有。许多改编作品，也从西游戏曲中吸收灵感，大刀阔斧地拓展取经人的魔幻试炼。在这一方面，锡剧的贡献是被长期忽略的。

总之，各种语言的戏剧对常州人来说应该是很不陌生的。我小时候母亲经常跟我说，锡剧好听，后来她自己学习月琴和柳琴，就是为了在上海考个戏曲乐师，没想到考官觉得她演奏水平普通，长相还可以，嗓子也不错，反而当演员更合适。我母亲当时18岁，心里当然是开心得很，没想到我父亲和外公都不同意，只得哭哭啼啼地放弃了艺术生涯。她在插队时加入了塘湾的文艺小队，插秧水平一塌糊涂，去工厂轧螺丝也总是轧坏，最终还是搞文艺最擅长，她此生最爱的依然是沪剧。而我在她的熏陶之下，算是年轻人里对中国戏曲非常感兴趣的了。教书后，我慢慢感受到，这种遥远的影响，可能也是家乡的土地孕育的。即使没有受过非常完整的教育，我跟着家人听故事、听讲述故事的音乐，慢慢也积累着有别于阅读文字建构故事的听觉和视觉经验。毕竟，中国戏曲的年轻观众越来越少，它的视听经验在成年后要重新培养，是非常困难的。我想，常州应该建立一座戏剧博物馆，它值得这样的纪念。

我博士阶段做的"《西游记》研究"令我和淮安、连云港产生了新的联结，我早期的小说写过常州。或许这就是人的来历，在神秘的繁衍中，继承着某种并不新鲜的文化基因。江苏是一本大书，任何时间打开它、进入它，都会有新的发现、新的启迪。

新年作

今年过年晚，从元旦到春节的日子就显得涣散。天气又十分寒冷，每日夜寒由腿下爬上心头，总有一些静谧的时间是惘然的。我都不知道应该要好好总结旧年，还是认真地畅想新年，这就稀里糊涂到了二月。年前，上海下了久违的雪，早晨起来看到窗外的社区一片银白。回想又只记得深夜虽不曾见到雪落，却依稀听到过雪声，噼里啪啦从难以承重的枝头，或宽不盈尺的房檐上往下掉。那不算是唯美的声音，不过是一声又一声承受不住的降落，一片紧似一片的辞诀。翌日，拉开窗帘，眼前的一切都有了白色周密的覆盖，逼仄的生活空间也就显出无垠的况味来。最可爱的要数地上动物经过的脚印，踩在不深不浅像撒了薄薄一层盐巴的地面上，如落英碎锦。它们来过又不知道去了哪儿，像旧年里我们曾匆匆遇过，又匆匆错过的许多人。

城市里的节奏要放慢下来,好像唯有等过年。因为其余的假期就只是变相的加速,加速购物、加速旅行、加速社交……过年则反其道而行之,人人都被打回原形。你从哪里出来,就回到哪里去。城市人追求进步,每天都要进步,生怕一不努力,就遭遇逆水行舟。但过年的七日就没法进步了,人人都没法进步。所有被掩饰好的生活突然推翻了,三好学生,100分,直到博士毕业……再大的事哪怕刚转上山隘,都要勒住马。前面的去路再清晰,此刻也要被迫停泊,无怨无悔的。为什么呢?因为大家都要过年了。"年"像一个垂泪老母或绝世美人,是前世里欠下的"深恩",周而复始,永远也还不清的。总之,即使说不清楚它到底是什么,"年"却能让人甘心停下前进的脚步,蓦地思量。集体性的悬崖勒马并不为了真的要做些什么,但日常的丛林荒谷由此神秘的停摆仪式陷入原始的静止中。在此之下,个人的情绪反而是微不足道的。

书写这种原始的静止,写得最好的莫过于张爱玲的小说《半生缘》。开篇就说世钧人生里第一次没有回家过阴历年,"过去他对于过年这件事并没有多少好感,因为每到过年的时候,家里例必有一些不痛快的事情……大约也因为这种时候她(世钧母亲)不免有一种身世之感……可是不知道为什么,一到了急景凋年的时候,许多人提早吃年夜饭,到处听见疏疏落落的爆竹声,一种莫名的哀愁便压迫着他的心"。然后在除夕的那一天,世钧在好朋友叔惠家吃过年夜饭,就请叔惠看电影,一连看了两场,"那一天午夜也有一场电影。在除夕的午夜看那样一出戏，仿佛有一种特殊的情味似的，热闹之中稍带一点凄凉。"深恩"与"身世之感"，恰是我心中最能象征过年的词汇，带有一点反省、一点惆怅。那倒也不是真的凄凉，而可能是情于深处情转薄的沉默，又或者是，不去面对也可以是一种面对的坦然。父母老去、孩童喧闹，即使维持不变也会感染到无名的压力。唯有世故地、坚毅地，无悲无喜地将那七天过完。

新年里，无知的孩子们也许是最高兴的。唯有孩子们的高兴，能令心肠柔软的大人们为他们的高兴而高兴。那是因为孩子们的明天总是欣欣向荣，充满了奋斗的希望。我也是这么长大的。没有特为要在大年夜找场电影看打发时间的年岁里，大年夜的电视机里充满了歌舞晚会、周星驰或者周润发。也有些时候，耳朵里会听见家族的牌局，牌局里又有若隐若现的八卦、拙劣的谎言与深刻的自恋。但平安到场、和睦聚散，也是挺好的追忆。因为又相隔很多年后，这样的牌局也不再有了。

我的外婆是我身边最喜欢过年的长辈，我不喜欢过年，但喜欢她。如果我知道，去年会是我和她在一起度过的最后一个年，我就不会出去玩了。我心中稀少的关于过年的热闹记忆，都是外婆一人创造的。包括祭祖、餐食、零食，家里来来往往的人，流言蜚语，也都围绕着她。所以对我来说失去过年并不可惜，失去她，却真的失去了"过年"的意义。我的理智可以控制我理性地看待风俗、看待离散、看待人的生老病死，但我的理智没有办法控制我想念她。

对于我们单亲家庭出身的人来说，过年总是很难的。一方面是困难，一方面是为难。因为总有一段路，从爸爸家到妈妈家，或从父母家到继父继母家，需要年少的自己清醒地走过。这种清醒的孤独感，就好像接力跑第一棒摔了一跤……耳边都是喝彩声，还要坚持往下跑。一天里要密集地奔波，去参观似是而非的团圆的意图，又都不真是团圆。说上一些美满的话，说得也磕磕绊绊，因为明知道美满是可疑的。后来年纪大了一点，我对于过年这样的事，也渐渐能平静以对。云冷树冷，冰霜难解，映照之下，心里反而是晴和的。我已经开始学会珍惜这种"不向往"的心境，因为每到这时，看七天里街市繁华、人烟阜盛，心上添一笔岁月，也是微不足道的欢欣。毕竟，小家族的兴衰离散并不是一条难认的路径，还因简明、净洁而显得磊落、温馨。早早地意识到过年的难，却不失为人生的财富。尤其是过了而立之年，我才知道不仅是过年，过平常日子也需要智商情商，才能看起来和其他人一样平静。我很羡慕有真正团圆年可过的人家，但那也仅限于看一眼的羡慕，他们也在奋力遮蔽着辛劳。新的一年，低开高走，对我来说早已经是可以接受的、乐观的期望。

三十二年来，我仅有过两次挣脱过年的经历。一次是在外读书，特意就不回家了。倒是有很多异乡的长辈愿意照顾我，约我去围炉。围炉也无非是观看别人的团圆，怕的就是这个。但意外的是，那个生平第一个孤独的农历年，我虽是千方百计地获得了私人自由，却并没有想象中高兴，只记得安静，很安静。另一次是去年，我像这个城市里很多年轻人一样，很"正常"地出去玩了。走前约了父亲一次，还送了他烟酒。我们俩吃了顿面，不到十五分钟，他就去买单了。那是在我常常约人吃饭的百货公司，也是一家我觉得算得上平价的日本拉面店。但我没想到父亲已不能吃糖，一丁点都不能。所以他也很为难，他也没有怪我。一年见一次，我们对彼此的生活都不算太熟悉了，冰冻三尺，总有让人心酸的细节。好在，我们已经二十多年没有在一起过年了，这并不是一个突然降临的尴尬。我有时会想到他那天回家之后重吃一顿饭的场面，那到底是我们两个人的团圆，好像一个隐喻。因为就连这样的"团圆"，都是我努力争取来的。依稀记得是五年或者七年前，我终于有勇气对他说："过年我能不能单独和你吃个饭？我们已经好久没有两个人吃饭了。"他居然听进去了，而且坚持了那么久，这也让我感到心酸。

没有过年的气氛，但我家也会有冬日窗台，会有兔子花、水仙花，会有洗衣机工作的声音，会有窗台上街猫轻盈地路过。过年当作平常日子度过，好像一种耐心的修炼，和爱的自我教育。我已经到了要给父亲母亲买过年礼物的年纪，也知道对他们来说，过年和我都在，就算是一种信念、一种礼物，好像我希望他们平安健康，那对我也是一种激励与安慰。尽管我们并不在一起，也不会再坐在一起度过那几个特定的日子了。"回头皆幻景，对面知是谁。"那也是一种平民百姓的年味，一种市井小民的默契与通达。

有一部电影叫作《狗十三》，许多朋友看完对我说："拍的好像你。"我看的时候，心里只有一个念头，"她（女主人公）把人的爱看得太重了",那也是《简·爱》里的小天使海伦·彭斯说的话。我曾经很喜欢,也一度很怀疑。对我来说,也许过年是一种"连接感"。它提醒我们,人与人之间的联系也会有春、夏、秋、冬的流转,像自然界完全不把我们放在眼里的时间,锤炼我们对于变迁的接纳。而"爱"是一种新的知识,每一年,都从新年里生长出来。它有时是尴尬的,有时是沉默的,有时是微凉的,有时是醇厚的,但它不再是重到让人喘不过气的,或是吵到让人睡不着觉的……它应该是轻盈的,祝福或者道别。

有很多年的大年初一,我都没有特地穿上新衣服了。更确切地说,是没有穿上带大一号的新衣服了。长一寸的袖子和裤腿,游移在清贫和实惠之间,是一种"做人家"和"过日子"的平民况味。然而这样普通的事,在此时此刻都令人想念。倒不是想念父亲母亲节制的祝福,而是想念那种手和脚还能长出一寸来的希望,想念等待身体美好变化的好日子。

现如今,再红火的日子不过是一场夜雪后,细算往事,白驹隙影。而春越过我们每个人的时候,像沉重的雪在耳际的崩落,温热的酒在腔子里的经过。

新年新世,莫失莫忘。

本命年

今年是我抵达的第三个本命年。

我出生在1987年兔年的春天，农历二月初十。据我母亲说，那个季节上海还很冷，对坐月子的产妇来说，不是太友好。记得24年后的2011年，冬天也很冷，全国的平均气温是零下4.1度。大自然似乎有它自己运行的逻辑，会让一些时间有规律地流逝，又重现，提醒我们曾走过的那些岁月。

小时候的春节，上海天气也比现在要冷得多。屋檐上会挂着冰柱，走在路上容易滑跤，手过一下自来水就会变成红萝卜，小朋友藏在手套里的小手和帽子里的小耳朵，许多都长着冻疮。好在吃完年夜饭还能放烟火，现在想起来都是危险的事情。大人挂鞭炮，小孩子掼划炮，胆子大的青少年玩窜天猴，乖巧的小孩就放放夜明珠，还要顾及不要烧到别人家阳台上晾晒的易燃物，以及黑夜里看不太清楚的对面的小朋友。长辈们做的菜都很复杂，需要好多天的流程，比如走油肉、肉丸子、蛋饺、鳗鲞……房间里热气更多来自厨房的炊火，而不是电能。

过年也是小孩子能见到神明的日子。

我们家是在大年夜祭拜，外婆会兢兢业业地烧两桌菜，在傍晚四点半的时候先给看不见的人吃。桌上也会放酒。她会以自己的方式来召唤那些只有她一个人看得到的亲人，给他们排座椅。谁和谁坐在一起，谁和谁不能坐在一起，在世恩怨像棋盘一样静止在某一刻，只有外婆一个人搞得清楚的那一刻。我十岁那年，多了一个属于外公的椅子。

一般是在烫完酒的时候，外婆就宣布开始这个重要的欢迎仪式。看她开始倒酒点蜡烛，母亲就会拿一个火盆去外面烧金纸。这个流程里，需要小朋友帮忙。一直到成年，我都负责做这件"小朋友"负责的事。

金纸是摺得很考究的，烧前要把它们一锭一锭地拆开，丢进盆里，再点燃一锭，燃烧其他的那一些。专门给太祖父家族的，外婆会用红色的大袋子包好，用记号笔写上他们的名字。烧红袋子前，还要先烧一些黄纸。我想它们都有自己的含义，只是我说不清楚分别是些什么。烧完纸，就是磕头。对着看不见的两桌人，还有土地公公婆婆磕头。磕两遍，也许是三遍，依据的是桌上的蜡烛和香的质量。有时它们能多烧一会儿，有时很快就塌了。磕头的时候，可以许愿,我从没认真许过愿。

有很长一段日子,尤其是青春期,我都十分反感这个仪式,理由也比较单纯,因为日子明明一天天不好了,我的小家庭也解体了,我们的祝福都落空。一年到头,经历的都是灰色的事,就很难对那些看不到的人有漫长的耐心。我也抱怨过为什么大过年要把热菜放到冷再吃,抱怨过火烛和木家具很危险,但没人理我,最后还是要磕头,这让人无比压抑。上大学的时候,我把对这些仪式的反感和怀疑,写成了中篇小说,投稿给《上海文学》杂志举办的征文比赛,很幸运被刊登了。那是我写的第一个中篇小说,给我带来了5000元奖金和一张证书。但生活还在继续,挣扎也在继续。我对神明不冷不热的服务态度,和对文学创作的热情由此形成了奇异的冲突,不知是前者在供养后者,还是后者令我一再地回到不痛快的世俗生活现场,一遍一遍地审视自己的来历。

真正令我的想法改变,是在2018年夏天,外婆过世后的一周。常州的亲戚们都陆续来到上海。虽然神明没有来,但灵堂就在神明们吃年夜饭时一样的位置,火烛和香也是相似的气味。我的亲戚们,尤其是女性,好像都很会摺纸钱,她们能变着花样地摺出许多"钱"的形状,元宝、金条、莲花……而我只会一种,我母亲连一种都不会。外婆甚至有先见之明地,在她生命最后的几年里,为她自己过世后的五年,摺好了整整齐齐几箱的"钱",她知道我们不相信也不会做,就耐心地为自己的相信做一做。那天,亲戚们就坐在这个房间,为她摺了整整一夜元宝,算作守灵。我也缓慢地叠了一些，坚持到夜里 10 点钟，实在太困，就回家睡觉了。第二天再去的时候，仿佛看到了一盒一盒奇迹般的亲情，多到让人灵魂震颤。它是那么手工、整齐，那么真诚。我为外婆身后拥有过那样的一个夜晚而高兴。虽然我依然不是那个世界的人，但我突然明白了她曾坚持为那些看不见的人做的事，形成了她自己完整的生命故事。原来她不是为祝福生活越来越好而祭拜，她是怕我们可能感受到的孤零零、失去凝聚的联结，提前做着她心中万全的准备。也许我们看不见神明，但神明每年都见过我们。

有一年，我就和很多当时的年轻人一样，过年旅行打发年味。但是坦白说，也没有多开心。我还以为自己躲过了命运的诅咒，没想到逛到山里一间城隍庙门外，头顶上三个门匾大字——"你来了。"那年是我 24 岁，第二个本命年。那时我还不知道，自己在几年后会被抛入更奇诡的文学旅程中，例如进入"《西游记》研究"的神魔世界，一遍又一遍地解释龙王改雨簿、唐王游地府、刘全送瓜；地藏王、应赴僧、受生度亡经。有时上《西游记》导读"课，上到灵魂出窍，我也会想起年轻气盛的自己，和再也吃不到的神明吃剩的年夜饭，觉得也许是命中注定的一课，给我充分的机会，去了解民俗中的生计、情谊、祝福、丧葬与那些日后残酷的遗忘。

我想，也许少年时对磕头的反感，在于那种看不见的"召唤"，否定了我年复一年想要突破自己、创造自己的努力。它会给我一种努力了半天，一切都没有改变的幻觉，那是年轻人最不喜欢的。对于"联结"的感知，是随着年纪才一点一点生长出来的。这种生长的感受是复杂的，就好像亲情是复杂的。它并不复杂在仪式上，而是复杂在内心。小的时候，觉得一年做了很多事就能改变一切。长大以后，发现做了很多事又怎样，好像都没有意义，好像都只对自己有意义。我是谁呢？我和世界的关系是什么呢？我们以后又将去哪里呢？外婆曾给我一个路径、一种邀请，我不喜欢。那我就要自己披荆斩棘去找路，有些路来自书本上的文明，不认识的智者给过一些锦囊。有些路，书上也没有写，那就是很难走的。

我已经没有爷爷奶奶、外公外婆了。因书写不快乐的青春时代而开凿的那个文学世界，我也不太眷恋，只希望一切快点过去。12岁、24岁的我都不太成熟，充满强烈的情感，却撑不住真正的生活。真正的生活应该是什么样的呢？未来的家庭在小说里会是什么样的呢？36岁的我还在创作的世界里低效地探索着。

我在出版的博士论文扉页上，写了一句，"献给我的外婆"，就像外国人一样。外婆的背后有一个……看不见的宇宙，总在春节时若隐若现。已不再相信自己会成为祖先的我，曾经自以为看破了它，后来才知道，我只够短暂的生命去看一看它。我一点也不讨人喜欢，但我喜欢外婆的。在生命的最后一个春节，她曾对那些看不见的人说，希望他们保佑我快点写完论文，快点回家。"就算是瞎子磨刀，她也应该写完了吧！"一点不像祝福，反而像丧失耐心的牢骚。她觉得我是瞎子，在那语境下，她也没有说错。

2020年，我曾写过一篇小说《字字双》，收在了不久前出版的短篇小说集《四合如意》里。主人公的母亲，让研究老人情欲互助的女儿把自己的博士论文烧给已故的父亲，我其实想到的是外婆：

"他一直跟我说，他没有读过书，希望你多读一点书。你那本《老人天使》有没有烧给他啊？"

"最好不要啊。"安栗说，"我以后写得好一点再烧给他啦。"

"我觉得你烧给他也没有关系的，他也看不懂英文，但是他会开心的。他就想看到你这样。不想你再过苦生活。"

36岁，我和家人们度过了困难的一年。平安变得格外令人珍惜。爱过的人在不在，要比爱不爱重要得多。也在这个新年里，还有重启生活的机会，变得真的像一种生活希望。在我的心里（而不是那个具体的客厅），早有了一张只属于外婆的空椅子。每年春节时，它会在那里。

上海谣

很多年前，我接过一个工作，为一家楼盘写售楼文案。那是一个沿湖而建的别墅区，有山有水，缺点是几乎没有任何生活气息，有大自然的清静，也就有大自然的寂寞。以当时我做学生的想象力，我都没有说服住在宿舍里的自己，为什么一个人一生中一定要拥有一栋这样的沿湖的房子，周围什么都没有，但我还是写了。那段日子，我写过很多我并不理解，也不认同，更不敬爱的生活，现在想起来非常荒唐，但再荒唐，也不至于后悔。我们文科专业的学生有福，不管是海子还是荷尔德林还是乾隆康熙，只要能从故纸堆里找到一个典故，就有了编排语言游戏的素材。编排得灵活一点，还能得到夸奖。可惜，这根本不是文学的初衷。世俗化的语言，根本不可能承担时代，好在那样荒唐的日子很快就过完了。直到最近，兜兜转转，我又去了一次那里，故地重游，身边有人问我："你以前来过吗？"我这才感到惊讶。因为我不想说我来过的，承认自己来过，承认自己书写过，好像要重会在死胡同里饥饿过的自己。听说那里已经不能开发房产了，也不能做度假村。山还是山，湖还是湖，迟睡的老树还是迟睡，夕阳里依然有世故的威严。我还是不理解为什么要到这里居住，或者游玩，因为看上去真的太荒僻了。到了夜里，湖水甚至泛起让人抖擞的凉意，四周漆黑无物。凝视着湖面，会感到被深渊看破般的震慑力，需要内心的勇气站立于前，才能产生款款的反思。

也就是在那个夜晚，我好朋友的母亲过世了。有个数字曾经在冥冥中拉近了我们的距离，就是CA199，因为去年，我的外婆也是因为这个病去世的。这个悲伤的消息让我想起一部纪录片《人间世》，真是非常好的生命教育，它告诉健康的、平安的人们，如何面对身体的局限，如何面对死亡，以及如何面对被死亡威胁过、打扰过，又侥幸抛下过的生活。而疾病所传递的冰冷的数字，以及面对它的说不出来的灰心，会拉近有同理心的人的距离，建立珍贵的友谊。死亡的召唤，好像在那个我曾经经过的大自然里，那片漆黑到足以恫吓星光的深湖，吹出的飘来飘去的夜风。那样的风，不仅凝视过我的年轻、清贫、狼狈、无法承担，也阒然亲见过缆断舟沉的千万个瞬间，对人间的苦意置若罔闻。它一定是看尽了人生尽头的难过，听得懂车载斗量的沉默，才最终呈现为肃穆的平静。

在葬礼上，我的朋友没有用惯例的音乐，而是放了母亲唱的歌。那首歌唱的是上海，歌词说的是，上海人买大饼油条，在黄浦江边谈恋爱，在石库门里生孩子，西装旗袍多浪漫……在葬礼上听到"哎生活多精彩呀，多精彩呀"。居然一点也没有突兀的感觉，反而只有无尽的哀戚。这首歌叫《上海谣》。阿姨是一个支内工人，退休以后回到上海，平常喜欢的歌反而会更思乡一点。她认真的声音会让人觉得，出奇的平凡的生活真的很值得歌唱。这首歌我以前也听她唱过的。她放歌给我听的时候，还在中山医院做化疗。我不是特地去看她的，而是像在一个很普通的日子，我来看病，偶遇了她。那天，我发现她画了眉毛。然后她就抱怨眉笔不好用。过了几个星期，我拖拖拉拉去医院复诊，送了她一支眉笔……她对我说，这个打针间里谁都不容易，她说自己还不是最乐观的人，旁边那个人更乐观。旁边那个大叔就有点洋洋得意，朝我挥挥手，问我吃过饭了吗。

如今在我的耳朵里，还留着那个打针间的喧闹之声，喧闹之声里的歌声，歌声里精彩的上海日子，听起来都是很普通的日子。可阿姨是多么爱上海啊，她在病中的歌声让自己的孩子永远记得了这件事，也让身为女儿朋友的我记得了这件事。她凭自己微弱的努力让这首歌变成了一首很特别的，会永远让我想起上海母亲的歌。

我想，人生的道路是会很艰苦的，难免会有让人抖擞的凉意，母亲怎么会不知道呢。但我们唯有从母亲身上，才能学习耐心地度过平凡的一生，拥有像个斗士一样撑到尽头的勇气，她们都是很厉害的。

新的自己

兔年是我的本命年,到此刻我终于可以说,已平静度过。传统的力量不可忽视,记得开年时,总觉得这一年要谨慎些、仔细些,自我暗示不经意就成了自律的枷锁。冒险的事情不敢做,太远的地方不敢去,平安是平安了,遇到的最大困难不过是刚放寒假就腰椎间盘突出症发作,莫名其妙"躺平"了一个礼拜,把兔年最后的时光给耗完了。

元旦时去看英国爱乐乐团的新年音乐会,我在会场外遇到了许多老朋友,不知为何心里特别高兴。就仿佛一年的压抑烟消云散,一切终于可以以崭新的面貌开始,打开社交,重起炉灶。像小时候那样想,过了一月一号,自然而然就成为新的自己。"新的自己"是到底怎么来的?从前我没想过这样的问题。躺平的一个礼拜,思来想去，倒有了新的感受，灵感得自一家社区的养老护理院。

2023年，我给自己布置的文学任务是去做一些没有即时反馈的事。我和朋友去了附近一家社区养老护理院做调研，上班之余，断断续续地访问了十几个护理员阿姨，形成了十几万字的录音笔记。这并不是我的研究内容，我只是旁听，顺便补充提问。听着听着，也听出了一些兴味，和刻板想象得来的经验很不一样。大部分来上海打工的阿姨们，年纪介于48岁到60岁之间，多是经由朋友或家乡中介的介绍，重启职业生涯。她们中有的人还需要护理院交金，有的不用。有的人还有例假，有的已经没有。她们结婚早，如今孩子们都已成年，得以从母职中赦免，本是一个休整的好时候。她们想再出门攒钱的最大动机，一般就是为儿子结婚做准备。如果生有两个儿子，那简直非出门打工不可了。

她们最先想到的工作，是去大城市做月嫂，收入高。可如今北京、上海赛道竞争激烈，月嫂不仅需要年轻，还要会开车，甚至还需要外语，最好持有日本签证和美国签证。她们第一关就受挫，退而求其次的选择，是做长护险和养老院的工作。长护险相关的工作不必熬夜，但要风雨无阻在路上奔波。养老院工作需要倒班，但能免去通勤，包吃住也容易存钱。两三年下来，小有一笔积蓄，人的精神气慢慢就不一样了。她们在心里盘算，赌儿子婚姻争气，彩礼不贵；或者自己刚好生了女儿，一儿一女，儿子已经默默结婚，那这笔钱就能留下来给自己。一位阿姨说："我对我儿子说，你一定要多夸你老婆的妈妈。她愿意带孩子，我不愿意。带孩子多烦啊，她带孩子，那我就能出来挣钱……你们说对不对？"我们只能笑。

有的护工阿姨会说，"只有你们城市人有养老的问题，我们没有养老，我婆婆80岁了每天都要下地干活，你们城里的老人60多岁就需要照顾了"。可见她们不一定看得上自己照顾对象的身体素质，但这个意外的工种在潜移默化中提示她们可以为衰老所做的经济和医疗准备。她们基本都买了新农合，尽管抱怨涨价厉害。另外，她们每年体检，有一位阿姨甚至给自己体检增加了近千元的项目，她和同事攀比，说其他人最多加了一百多块，她是加项第一名。我们又笑。

大部分护工阿姨都很能吃苦，排班如此密集，为了攒钱倒没什么怨言。我们只遇到一位阿姨抱怨过班排得太密，私人时间不够。巧合的是，我们刚好问到她平时的手机使用，想看看她的手机桌面。她的微信突然弹出一条新消息："你能再给我一次机会吗？"可见这位阿姨还有自己的情感生活需要处理。那天也是我第一次觉得这些访问开始变得有意思，溢出口述和录音的，才是有血有肉的人生。

还有一位阿姨，令我印象深刻，她年纪轻，精力旺盛。在工作之余，她还给自己报了各种学习班，学习画画，学习创业。听说我们是大学来的人，她就把自己的创业报告发给我们看，问我们可行性。她是个有很多梦想的人，考护理证的时候，想当给她们上课的导师，觉得这个职业不错，是养老业不需要熬夜的岗位。她存下了第一笔积蓄，后来发现家人都不要，于是很快又把钱花了出去，开始是学习水彩画，后来觉得光培养爱好不行，还想要为干大事做准备。护理员们困在护理院，虽然时间不自由，但互联网是天堂，不仅可以上网课，还可以建立生活。她们用拼多多买水果，开抖音唱歌。我问一个阿姨："你在哪里录歌啊?"她说："我就在养老院的洗手间里。"

"新的自己"是怎么来的？我在这些护理员阿姨身上看到了一些新的气象。要有钱，要为自己想，还要唱歌、画画和健康。

黑板报

　　作为一个不善于社交，又看似有很多朋友的人，我很感激上天依然赏赐我交友的缘分，以及每一个不嫌弃我冷淡生活的人。2020年为疫情所困，许多朋友都很久没有见面，其实私下也没有什么联络。就仿佛，朋友圈已是一种私人生活的黑板报。愿意出板报的人，就当发布过了自己的近况。不愿意出板报的人，他们总有自己的道理。虚拟生活对心灵的复杂影响在于，几年之后，我们会发现自己对那些仅有一面之缘又喜欢展示生活的人非常了解，谁喜欢跳舞，谁擅长做饭，谁不会错过每一个假期出门旅行。一些距离更近的人的生活，反而所知甚少。时间久了，就连从何问起都不太知道。怕说得生疏，又怕说得不对，索性也就不去问了。和老朋友的关系，至少有很长一段时间熟络得从不需要问"最近"，却有了更长的一段时间让无数个"最近"变得不再值得一提，也不都是疫情的原因。我们的日常生活，像一轮又一轮擦掉的黑板报。擦得越来越快，越来越干净。这也是一种成长的加速。

春节的时候，有些朋友来找我玩，他们很少在媒体上更新自己的生活，秉持着一种古旧的生活方式，就是见面说话，一年一次，因为疫情的关系，延长到了一年半。这样的"说话"，不是社交平台的"展示"，亦不如日常聊天般轻松，总感觉背负着一些期待，需要偿付一些友爱的职责。有一瞬间，当我看到朋友们越来越像小时候见过的叔叔阿姨，谈的话题也很类似，居然有些伤感。伤感之处在于，我们再也不写卡片，也没有什么拿得出手的"心事"可以煲电话粥，一年一次的"说话"，就连矛盾都不会有。而且我们成为到春节会走动的那种"朋友"，可见人的社会关系是家族生活的投射。小的时候不在意，长大以后会不知不觉成为自己见过的那些人。

突然想起黑板报，是因为在中学里，我一直担任宣传委员，这个工作，我负责过很长一段时间。学生时代，我没有参加过任何一次完整的军训，总是在训练第二天，就被叫去做了通讯员，而后就开始出黑板报，写油印出来的通讯。寒假整理书架，我还看到了小时候买来的板报字体书，如何画黑板报四个角的花边，如何写大字和美术字。有时候书出新版了，我也会省钱买一买，无处报销，只是因为觉得，这件事可能会和我有关，可能是有一天会需要我负责的工作内容。尽管，并不一定真的如此。我也没有多擅长做这件事。我根本不会画画，也不懂色彩搭配，我只会把文字切成一块一块，然后用花边隔开，就像报纸副刊一样。

2019年秋天，我办一场关于《西游记》的电影讲座。讲座开始前十分钟，有个女孩子匆匆忙忙跑来教室，在黑板上写讲座题目。我跟她说，"你好像写歪了"，她愣了一下，居然对我说："老师，那你写吧。你写得肯定好一点。"我接过粉笔，她就迅速跑走了。那是十多年后，我第一次在黑板上写那么大的美术字。

巧合的是，后来我们创意写作专业办过一个学生作品的匿名评审会。会务都是研究生做的，我到研究室的时候，看到有个女孩子正在画黑板报，是我们当天的主题。她的背影跟我中学时很像，衬衫外面穿着很厚的羊毛衫。因为活动标题太长，站在椅子上的时候，需要让开一条腿，侧身才能够得着。我问她："你是自己来写的吗？"她说："是的，中学也写过。"现在真是很少有学生会写好看的美术字，更不用说觉得自己应该去写。我突然想起来，她的作业都是手写的，她也会给读书报告排版，像一种肌肉记忆。现在用钢笔写字的人不多了，会用粉笔的人也不是很多。越来越少的人知道，钢笔比水笔更有一种"驯化感"，写顺的钢笔是隶属个人风格的，它了解手的用力方式，换一只手就不顺了。粉笔的使用，也有很多技巧。中学的时候，我会把喜欢的粉笔藏起来，等下次出黑板报的时候用，因为也不是每一种粉笔都顺手的。

看到自己的同辈有了一些长辈的问候语，又见到自己的后辈身上有过自己曾经的影子，是春天里怅惘的回忆。

到花花世界去

解除封闭后的第一餐堂食,献给了我指导的第一届硕士研究生们。他们一共有五位,其中一位同学在德国做交换生,延期毕业,其余四位都顺利拿到了学位证,也找到了工作,十分不易,我很为他们开心。学生们也很有意思,说要送我一个小礼物,他们曾经担任过我"《西游记》导读"课的助教,所以想给我一棵西游元素的盆栽,我第一次知道,还有这样奇怪的植物。不过和学生交流,始终是一件快乐的事情。因为可以知道很多新鲜事,都是手机大数据刷不到的趣闻。

我念书的时候,习俗里会称这样一餐饭为"散伙饭"。我硕士毕业时,也吃过这样一餐。记得那天非常随意,中文系研究生人数不少,因为专业方向不一样,很多同学我念完三年书都不太认识。

"散伙饭"那天，坐在我身边的同学很紧张地问我："这里是中文系的桌子吗？"但创意写作专业有些不同，因为学生人数多，共同体的意识就会强一些，不会发生同班同学到了毕业才第一次说话的事情。没有疫情的时候，我们每一年都会有毕业聚餐，老师们都会来聊天（主要是请客）。

博士毕业时，我答辩完在台湾吃一餐"谢师宴"，风俗和上海不太相同。台湾同胞很重视"谢师宴"，男生都要穿衬衫西装，女生都会穿比较正式的裙子，门口还要签到。这件事给我留下很深的印象，因为到了毕业的季节，天气极其炎热，穿得很正式，出门会有负担。不过，我记得白先勇老师上"《红楼梦》导读"课时，也是每次都穿正装。想起来这些小事，是因为这次聚餐，他们跟我说，在创意写作读书第一年，彼此都有很强的服饰焦虑。后来自己也去买了很多衣服。而我从来没有留意过这些。我猜想，这些年这些细微的风俗也在发生变化。因为他们也穿得很漂亮来和我吃"散伙饭"，拍照的时候又很严肃，鬼脸都没有一个。

坊间称经历疫情的学生为"疫三届"，我和学生大多在网上交流。但他们自己有群组，和我又有群组，真正的交流，其实我也看不到。在我看来，他们个个都很辛苦，作息很辛苦，对未来也很焦虑。但他们不太跟我说细节。我问他们好不好，有吃的吗？写作有困难吗？他们都表示没问题。

一直到现在，都要毕业了，在饭桌上他们突然问了我很多问题。比如说："你在硕士毕业的时候是怎么打算？""你最孤独的时

141

候是什么时候?""你每天待在家里,写作材料都是哪里来的?""现在你有工作了,出书还是为了钱吗?""为什么要买房子呢?"大有一种,斗胆问一问,问完就跑的架势,很好玩。

这是一个很"真心话"的时刻,好像我不说些真心话,就会辜负他们的期望。于是我也掏心掏肺地说:"我特别害怕你们四个人,有三个找到了工作,一个没找到,这样吃饭的气氛就会很怪,还好没有发生这样的事。"最后大家在一片"苟富贵,勿相忘"的祝福声中,结束了"散伙饭"(他们又去别的地方继续聚会啦)。

有时学生会把我随口说的话,记得很清楚,当成压力,搞得我很自责。我可能(其实记不清楚)建议过一个学生去准备法考,结果他很认真问我,"你是不是还希望我去准备法考"。但我也只能,硬拗回来说,"多学点技能也挺好,至少不要犯法"。最后变成我的毕业祝福,"不要犯法"。

他们也写小卡片给我祝福,祝福我保护颈椎和关节,祝福文学继续陪伴我,抚慰我的灵魂,甚至幽默地疯狂地祝福我成为"一代宗师",我看得笑中带泪,又很欢喜。其实我没教他们什么,但我们能有这场相遇,是我很珍惜的缘分。

我也会永远记得这场离别。记得我有四个很喜欢的学生,在2022年,各自去往他们自己的花花世界。

走江湾

最近怀念起三月时常去散步的虹口江湾。沿纪念路穿过车站南路，会遇到一个驾驶员培训场，一直走到底，就是凉城，那是一个市民味道很重的热闹地方。没有疫情的时候，夜夜有广场舞的人群，远远就能听到音乐声。广场舞落幕后，约十一点光景，会看到很多遛狗的年轻人，夜晚是他们的。这一路很寂寥，能见到好看的复兴高级中学，这是一所老中学了，前身是"麦瑟尼克"学校，始建于1886年，1915年迁入定名为"汤姆·汉壁礼男童公学"。

有时我会在水电路转弯，穿过车站北路奎照路，就会抵达即将拆迁的万安路，亦是另一种风貌。沿路可能有四五家红烧牛肉面的铺子，映照周围也许有不少喜欢吃面的人。也有不到一平方米的小商铺，夜里还在卖买二送一的葱油饼，12块两篮的草莓，可见老江湾坐拥水网，买卖兴隆，至今依然看得到古朴的市声。

万安路是这两年才有点认识。教课时我带着复旦创意写作的研究生采风走过多次，去年和媒体合作"上海在地写作计划"，又走一遍，刚好赶上了万安路旧改动迁，当时有爷叔阿姨主动跑出来带我们学生导览，说起三观堂历史，直接从清朝开始讲起，完全不认生，也不在乎下雨，不在乎时间。我拍了点视频，没想到时隔半年，人去楼空。现在万安路几乎已经搬空。我认识它的时候，它就已经要消失了。

三观堂本来是个道教活动场所，两百多年后又改为佛教寺庙，香火不旺，但经历风霜。解放初，在江湾镇共有三处道观寺庙，万安路一线，在三观堂东面，即现逸仙路东侧原有东王（岳）庙；在万安路西面，即现江杨南路处原有牛郎庙。我们采访到一位老镇长倪卫民，他说自己在东王庙里上的小学，每天上学从大殿进去，右边是阎王爷，左边是关公。"三月廿八轧江湾"时，当地小学生可以放假三天，市里的学生则不放假，所以他从三月一日就开始期盼。现在东王庙与牛郎庙都没有了，只剩下三观堂静静地留在原地。有趣的是，对面社区人家的空调护栏，都是镂出三观堂简笔画造型的花纹。不知是社区规划的，还是三观堂赞助的。疫情期间生鲜电商告急，春生街、魁星阁附近的水果店、粮油店、菜店倒是供货充足的，可以买到便宜的鸡蛋、竹笋和草莓。理发店多达六七家，店员比顾客多得多。每次路过龙腾小区附近，我都会停一停。因为曾有人说，抗战时期那里有一个慰安所。二十年前，曾有一位韩国女士来到这里寻找遗迹，但是没有找到。上海师范大学中国

"慰安妇"研究中心的老师，曾在 2015 年公布一批江湾镇慰安所的照片，后来收在《证据：上海 172 个慰安所揭秘》一书中，想到这些照片，沿路的沧桑便加深了许多。

再折回铁路，穿过逸仙路，可看到高架下的花，有勃勃生机。从学府街一直走到住过三年的复旦北区宿舍，想到时光就这样匆匆流去，当时的自己却从没有耐心和闲心如现在一般，把一条旧路走了又走，一有空就走走。

去年我还会继续往新江湾方向走，一直走到湿地。从古老走向草创，从沉重走向轻盈，空气也会越来越沁人心脾，鸟叫声会越来越清晰。虽然同样叫"江湾"，风貌则大不同。往虹口江湾走去，那是乡土而沧桑的；往江湾体育场走去，那是全上海外观最像台北市的地方；往新江湾城走去，则是对我这样"江湾"的外人来说更容易接近的样子。我最喜欢的湿地公园中庭，每天下午都会有七八位萨克斯风乐手同时吹奏，惊人的是，他们几乎可以同时开始，同时结束，吹的却是不一样的曲子，如果我有机会做声音民族志，我一定会在那里待上很久很久。他们的观众，大多抱着柴犬。观鸟亭里，有设备完善、长枪短炮的叔叔们。河道边又有一群"姜太公"，但是我从没搞清楚观鸟亭里那么多人到底在拍哪只鸟，也没有等到一条跃起的江湾鱼。

就这样，有时从天亮走到天黑，有时从天黑走到深夜。最终从江湾走到家，我总要给自己的膝盖贴上两块药布。

新村与我

我曾多次受邀谈谈"新村"和自己的文学生活。有一次在海报发布以后，一个学生给我发短信，说她很喜欢这个题目。然后我们就客套了一下，她突然说，她也在做新村的研究，她很羡慕我在工人新村成长生活那么久，她出生就住在楼房了，我是三十岁以后才从新村搬出来。我在三个新村（曹杨、田林、上南新村）几乎完成了全部的知识和生活积累，然后我离开了那里。因为工作关系，我原来生活的地方，无论是田林还是浦东，到复旦大学都要18公里，属于极端通勤了，所以我搬走了。她却希望能够住"新村"。我猜想她跟我说的不是一个"新村"，我就问她，你去田野调查的是哪个新村，她说是大陆新邨（村），也就是鲁迅故居所在地。鲁迅在上海换过三个屋子：景云里23号、四川北路2093号拉摩斯公寓以及大陆新村9号,三者在方圆一公里以内。这些地方都在虹口区范围。上海唯一一处对外开放且能参观的鲁迅故居——大陆新村9号,位于虹口区山阴路上,这是鲁迅在上海最后的住所,他在这个房子里住了3年半,这占据了他超过三分之一的上海时光。显然,我学生说的"新邨"跟我说的不是一件事。我又问她是哪一年出生的,她说是2002年。

这个小例子或许可以给我们一些提示,也就是关于"新村"这个词的来源是非常多义的,也是需要厘清的概念。这是一个许多国家都会用的词,但指涉的概念不同。黎紫书的长篇小说《流俗地》中,读者会看到马来西亚怡保这个小城也有新村,如密山新村、文冬新村。马来西亚的新村,是1950年代马来西亚英国殖民地时期设立的一系列华人集中定居点,目的是为了在长达12年的马来亚紧急状态时期,阻止华人与马来亚共产党领导的马来亚人民解放军接触,现在已经变成旅游景点,我还特地问过黎紫书,新村在马来西亚是什么样的,她说就是她小时候的一个村落,现在很多人会到那里玩。韩国有"新村运动",1970年代韩国政府开发农村,使之现代化、城镇化,是朴正熙的政绩之一;日本也有"新村运动",从概念缘起的角度来说,他们带有乌托邦色彩的"新村运动"可能和我们所提到的新村空间关系更为紧密。

有一本书叫《中国人的新村梦》,赵泓著,给我很多启发。书中提到,"新村运动"是由日本小说家武者小路实笃(1885—1976)发起的。武者小路实笃是日本近代文字的先驱,还写过《释迦牟尼传》。他出生在日本上流社会一个贵族家庭，性格较为内向、孤僻，对文学有着浓厚的兴趣，深受俄罗斯大文豪托尔斯泰作品的影响。他崇尚托尔斯泰的"躬耕"，希望以他为榜样来改造日本社会。托尔斯泰是贵族出身，以不劳而获为耻，提倡劳动主义，这一思想的核心是强调，不论什么人都没有剥削他人劳动、掠夺他人成果的权利，主张要消灭人间种种罪恶，就必须每个人参加劳动，而且必须从事体力劳动。提出人人参加劳动是建立平等社会的前提。不劳而获是罪恶的渊薮。劳动本身被赋予崇高的道德意义，因此也被视为人生最大的义务和善行。1910年，武者小路实笃创办文艺刊物《白桦》，宣扬人道主义，呼吁人们和平、友爱、平等，探讨个人应当怎样生活，这是受到托尔斯泰影响的一些理论。武者小路实笃在1918年创办了《新村》杂志，宣传"新村主义"。同时，他在日本九州日向儿汤郡的一个偏僻乡村石河内村购置了40多亩耕地，组织起20多个人，盖了8间房屋，创办了日本第一个劳动互助、共同生活的模范町村——新村。不久，他又在东京、大阪、京都、神户、长野、静冈、北海道、横滨、福冈等地建立了新村支部。具体的规定，是每日值饭的人5点先起，其余的6点起来，吃过饭，7点到田里去，下午5点止。中午11点吃午饭，下午2点半吃点心。劳动倦了的时候，可做轻便的工作。到下午5点，洗了农具回家，晚上可以自由，10点熄灯。我们可以感受到这个形式背后的哲学内涵，歌颂劳动、互助和平等，生活规律，像个寺庙一样。这个想法，周作人很认同，他和实笃从1911年开始通信，1918年12月号

《新村》杂志发表了武者小路实笃的文章，还提到了周作人订阅《新村》的事。1919年4月，周作人在《新青年》6卷3号上发表《日本的新村》，这是中国有关日本新村的最初介绍。

1919年，周作人甚至携同妻子去日本考察了一下，虽然不擅长农活，但还是加入了会员。周作人介绍"新村运动"，把新村精神传达给中国学生，做了一些宣传工作，吸引了李宗武、毛咏堂，一起翻译了实笃的《人的生活》。译稿经鲁迅校订，1922年出版。换句话说，我们或者可以理解为，"新村"这个词进入中国的源流，是在上世纪10年代末20年代初，作为来自东洋的现代主义思潮一个很小的支脉。它是一个非常小众的、知识分子化的理念，它的精神与劳动、平等有关。而且，这个运动从发起到1996年，一直还在招募海外会员，那时新加入的3名中国人都是北大学生。在如今的日本网站上，依然可以报名。《新村》这本小册子在孔夫子网站上卖价高达五万，武者小路实笃在孔网上还有一些别的作品在卖，例如他的戏剧集、书画等。1933年，上海四马路光华书局印行的《新村》，孙百刚翻译的，孙百刚是郁达夫的朋友，他写了一篇译者序，副标题是"评胡适之的'非个人主义新生活'"。回应的部分，其实也比较复杂，周作人推行新村的理念，很多人泼冷水，比如鲁迅，他认为这个运动可能没有那么重要。批评最激烈的是胡适，胡适认为新村生活是个人主义的新生活，他主张推行非个人主义的新生活，用改良的手段去变旧社会为新社会，变旧村为新村的生活，不能逃避现实，不能独善其身。可以说，在"五四"之后的一段时期，乌托邦和它的载体，像磁石一样深深吸引着思想前卫的青年，除了无政府主义者，李大钊号召"青年应该到农村去"，毛泽东提出"学生之工作"，新村都是他们展望的一个方案，是一个理想的化身。

还有一个人叫江亢虎，也支持"新村运动"，这个人，曾经是毛泽东在湖南上中学时的老师。在1936年和斯诺的谈话中，毛主席还曾回忆起这个人。可见新村在青年知识分子中是一个热门话题，其中有些人后来成为早期共产党人。新村在那个时期，其实并不具有城市的特征，李大钊、毛泽东都把理想化的农村生活投射到新村这个试验基地上，在毛泽东设计的新村里，学校、家庭、社会是连成一片的。通过施行新教育，即工读生活达到创造学校的目的，新学校培养出的新学生为新家庭之成员，若干新家庭组合起来，构成一种新社会。至此，我们大致可以了解"新村"这个概念进入中国的脉络。受到新村主义影响的名人，毛泽东、周恩来、恽代英、蔡元培、郑振铎、王统照、庐隐、郭绍虞、孙良工……对它寄托了很多幻想。

我们可以从早期的新村运动中，看到后来漫长的当代史出现过的许多运动的缩影。比如人民公社，我记得我念本科的时候，还修过张乐天老师的"人民公社研究"课程。还有教育改革的问题，我现在搬到了大柏树附近，我住的地方对面就是虹口区，可以说是杨浦虹口交界处。1925年3月，匡互生与朱光潜、丰子恺等人在江湾镇附近办"立达学园"，他们办过一个杂志叫《一般》，前六卷主编为方光焘，后为夏丏尊。丰子恺担任美术装帧。我还找到了这个杂志，第一期的小说作者有叶圣陶、夏丏尊。能给自己的刊物命名为"一般"，让人想起来就觉得有意思。立达学园的理念，实际上也可以追溯到新村运动扩展后的教育内容，实际上包括叶圣陶、匡互生等人，都有一些理念提倡生产实践和教育的结合，锻炼人的意志，从而领会人类生活的意义。

但那都不是我所熟悉的生活。他们的新村和我最熟悉的工人新村，有一定血缘关系，却不完全相同。我出生在徐汇区，在曹杨二村生活过几年，后来又搬回田林新村，随后原生家庭解体，我随母亲又搬到浦东上南新村。在我的童年，并不是说我体验了工人新村的生活，而是我其实不知道工人新村之外是一种怎样的生活。因缘际会，因为独生子女政策，即使是来自单亲家庭，我也经历了比较完整的教育，按部就班，运气不错，我高二的时候参加新概念作文比赛，拿了奖之后开始给《萌芽》投稿写小说，写小说总是要有题材吧，于是就写自己周围的日常生活，这样居然也出了很多书。可以说，在相当长一段时间里，我既没有感受到生活在工人新村很光荣，也没有因为工人新村居住环境而羞耻。这是一个时代交接的时期，有许多商业文化开始慢慢重塑我们的日常生活。我生于80年代末，我的童年还没有经历到自由交易的房产，总之就是分配，这对普通家庭来说，就是等待和煎熬。但后来，我翻看一些材料，才发现一些有趣的事情。

比如有些话："我很惭愧，我还不是一个工人。""号称是受了高等教育的人了，但是请问回到家里扛得起锄，拿得起斧子、凿子，擎得起算盘的可有几人？""平素我最钦佩的就是那头脑简单、人格高尚、着短衣的劳动界。"这样的话，其实都不是1949年以后的，而是来自"五四"时期。这和我们想象的非常不一样。"五四"时期的新村、工读主义、平民主义、共产主义思潮，是我后来童年生活过的地方被重新改造命名的思想资源。相对来说，新村相比工读主义反而更有田园色彩。工读主义是强调工匠、劳动者觉悟，消灭差别，认为体力劳动和脑力劳动一样有价值，这也是"五四"精神的实践支脉。毛泽东设计的新村里的学校，也就是这种半工半读的学校。我想它对于战后文化教育、识字率提高还是有很好的作用。很遗憾的是，把工人生活写好的作品并不是很多。许多都是带有鲜明的符号性。

我生活过的曹杨新村，上世纪50年代，为了解决工人阶级住房难问题，上海市开始规划工人新村建设。1952年6月30日，陆阿狗、杨富珍、裔式娟等劳动模范和大批先进工作者、工人，手捧鲜花，怀揣着市政府颁发的居住证，敲锣打鼓，燃放鞭炮，搬进了新居。全国劳模就好像是奥运冠军一样。小说里写到工人，同样赋予这个职业很强烈的理想色彩，比如《黄浦江故事》，以造船工人家庭为背景，最终指向欣欣向荣的上海未来工业图景。再比如，1961年11月，汪曾祺写下了他在解放后的第一篇小说《羊舍一夕》。小说写了几个少年，其中有一个少年叫"老九"，一个世袭的小羊倌，后来当了炼钢工人。字里行间，浅浅地表达了一个少年对于工人生活的模糊的向往，"谁都知道炼钢好，光荣，工人阶级是老大哥"。小说里写到放羊的事，几乎都是极其具体的："放羊的能吃到好东西。山上有野兔子，一个有六七斤重。有石鸡子，有半鸠子。石鸡子跟小野鸡似的，一个准有十两肉。"但写工人生活，则都是很抽象的，总而言之就是对于美好的向往。"但是他的情绪日渐向往于炼钢了。他在电影里，在招贴画上，看过不少炼钢的工人，他的关于炼钢的知识和印象也就限于这些。他不止一次设想自己下一个阶段的样子——一个炼钢工人：戴一顶大八角鸭舌帽，帽舌下有一副蓝颜色的像两扇小窗户一样的眼镜，穿着水龙布的工作服——他不知那是什么布，只觉得很厚，很粗，场子里有水泵，水泵上用的管子也是用布做的，也很厚，很粗，他以为工作服就是那种布——戴了很大很大的手套，拿着一个很长的后面有个大圈的铁家伙……"

老九躺在床上幻想的炼钢工人的模样，后来我在上钢新村的门口看到了一组浮雕，可能是挺接近的。这些浮雕是世博会的时候做的，并不精致，时隔多年已经开始霉坏。2010年的世博会拆除了上钢三厂。而2013年，应该是上钢三厂的百年。人们已经逐步淡忘，在相当长的一段时间里，上海曾经是一个大型的工业城市。而如今更像是一个商业都会。这可能源于上海是贸易港的近代历史，通商口岸带来了最早的国际贸易。大型工业基本都沿江而建，为的是方便货物运输。工业化的结果，就是产生了许多工厂，使厂内工人集中一处，从事生产工作，也带来了经济发展。上海解放以后，工业化与口岸城市之间的联系逐步被淡化，工人先锋的历史作用被凸显出来，如《黄浦江故事》，以造船工人家庭为背景，最终指向欣欣向荣的上海未来工业图景。而这个图景作为时代精神的符码，其实也是很抽象的，就像老九心中对于具体的旧身份的离情，与对于不甚了解的新身份的憧憬。而我们在不知不觉中经历了上海走向后工业时代的转型期，经历了重工业、轻工业、手工业的逐步没落、迁徙。许多"80后"一代都还是工人的后代，但现在反而很少听到说自己是工人后代的孩子，因为城市里工人数量急剧减少了。沿江而建的大型工业单位，臻于完美的工人群聚社群，自然也随之没落。

上世纪二十年代初的"新村"概念具有外来的基因，也带有世纪初知识分子对"新社会"乌托邦式的想象，和后来我们所说的"工人新村"不完全是一回事。而解放后，"新村"则带有了社会主义改造的面纱，纯粹的理想主义的成分慢慢转换为基本的生产、居住需求所衍生的集体性认同，地点从农村转移到城市，"新村"的概念也变为"工人新村"。工人新村居民背靠单位，更像是社会大分工之下的标准化产物。我想最大的特点就是平等，厂长和员工隔得也不远，没什么隐私，但有利于互相帮助。夏天一个小孩站在谁家门口，都能吃上一块西瓜，兜一圈回到家里基本可以吃饱。有的工人新村是比较大的，尤其是在浦东。以上海第三钢铁厂为例，鼎盛时期，上钢三厂有引以为傲的两平方公里的厂区、两万余名员工。有一则拍摄于1985年的纪录片《上钢三厂技校》，从片中我们可以看到上世纪八十年代地方钢铁厂的风貌,有几个特征很有意思,原上钢三厂厂区,现在几乎位于梅德赛斯奔驰文化中心的原址之上,厂区内曾经有烟囱,有交通,有小铁轨,有厂区码头,有民用轮渡。纪录片不断强调数据,佐证学校之大,教学空间分类之细腻,实际上也可以令我们想象到,当时这片地域的空旷,以及居住人群的整齐。另一个层面是在性别上,技校作为工厂附属的培训单位,不断强调自己空间广阔、设施完备、学科建设成熟的同时,男女生兼收……我们似乎可以看到,在这样的重工业培训单位里,还有一定数量的女性存在。人们不仅是工业生产的一部分,还作为有计划的预备加以训导。解放后的"新村建设"本来是对战后工业发展和住房短缺矛盾的一种回应。但如此大型的单位所兴建的员工新村,一方面是通过集体性的群居来培养对单位或集体的认同,从而建立其特有的身份标识;另一方面,也是方便生活与管理。浦东因为地大,便宜,空间设计也较浦西更为从容。街道广阔,有医院、学校、运动场、商场,基本生活设施一应俱全。上钢新村辖区原为农田,种植稻、棉、麦、蔬菜等。解放前,周家渡辖区仅有上南路、耀华路两条道路。1952年,上海第三钢铁厂在此兴建工人新村,面积2735平方米,100户职工搬入新居。

上钢三厂真正关闭是在世博会期间。整个厂区也做了大型改造,成为现在的世博公园与后滩公园。最后一批工人下岗,居然是在2000年以后,这点和我们印象中的国企改制大潮很不一样。如今唯一可以看到昔年端倪的,一是世博大舞台,二是两个塔吊,再者是码头。世博大舞台原为上钢三厂的特钢车间。原特钢车间的面积超过10000平方米，保留了屋顶上标志性的三个高炉风帽。此外，原有的钢炉、冷却管、巨型螺栓等构件，被制作成大小不一的雕塑，分布在大舞台内外。塔吊的对岸就是原来的江南造船厂。世博大舞台原为上钢三厂车间，地处浦东滨江部分贯通区域。我现在还是觉得，上南新村、上钢新村除却学区来说，还是相对比较宜居的地方。我拍了不少照片，比较有趣的就是夜市、公园。改造后的三钢里休闲街和昌里路夜市同样是闻名遐迩。"三钢里"是世博后的空间建设，似乎是为了纪念钢铁厂而建的商业空间；但"昌里路夜市"显然更有历史，象征多重居住文化的聚合。"昌里路夜市"不只是小吃摊，卖什么的都有，从睡衣睡裤到武侠旧书，从手机壳到羊绒衫。这些摊贩包裹着百货商场，小吃摊又包裹着打烊的中型饭店，愈夜愈欢乐。十多年来，它与周边居民的矛盾也如浪奔浪流，整顿后扶持，扶持后又整顿，岁岁年年。现在很难追溯它是怎么形成的。《新闻晨报》的记者戴震东在上南新村的调研报告里就提到，"上南新村最早一批居民有一支是从原来南市区福佑路搬过来的。在1990年代中期，摆出小摊位"。这可能是"昌里路"作为小商业街的一种由来。但到了晚上，和其他夜排档相比，"昌里路夜市"又更像是市坊，因为它广泛的商业特征，不只是饮食，来自唐宋市坊制度的建立（也有说法是萌芽于汉代）而衍生出来的夜市文化，仿佛也成为这一住宅区域有特色的休闲特征。"夜市"首先是一个男性空间，其次又联结着民居与商业区，这似乎也与钢铁厂这一以男性为主导的空间文化暗合。"昌里路"商业空间其实很年轻，与民国、1950年代、1980年代都没什么关系。"新村"的生产，至此已几乎没有了期待中的精神文化特质，但它的生活功能反而日趋完善，显出民间强劲的改良能力。从世博时期迄今已经十二年，但若去后滩公园走上一遍，便会看到净洁与荒芜几乎同时到来，人烟稀少。不许摆摊之后，就没有很多人气。世博会令沿江工业消失了，城市花园产生了，但人没有了。人去了哪儿呢？因为前滩房价的暴涨，三林滨江的开发，人又回来了一点，我想很快，那里又会是不一样的面貌。

我有几本小说写的是田林新村，比如《你所不知道的夜晚》《嗜痂记》，还有一些小说写的是上南，比如《呵，爱》。写作给了我很多荣誉，这是我没想到的，我觉得如果不写作，我的人生应该是比较灰暗的，各方面都很普通。写作改变了我的生活，我当然也会回过头去，看看自己到底是怎么回事。我猜想在讨论工人新村的问题时，我们还是没法回避说，其实它记录了上海人生活的不容易，上海人的清贫、辛劳和没有远见。程乃珊的《穷街》、钱佳楠的一些小说，都能读出这种苦味。包括我自己的小说里，也有很多压抑和不开心的历史。在曾经的上海，工厂制造的商品无处不在，工厂也缺乏新奇感。同学的父母，有的在柴油机厂工作，有的是在钢铁厂，或在钢笔厂、仪表厂工作，再早一点，我的外婆曾在纺织厂工作。我最熟悉的家庭生活，就是工人家庭的生活。读金宇澄的名作《繁花》时，读到工人阶级最喜欢红木家具和王盘声的唱片，想想的确是这样。后来我读到玛丽莲·亚隆的《闺蜜：女性情谊的历史》，书里写女工的友谊发生在生产、生病和有人过世时，更觉得准确。这个工业的时代在上海历史上并不算长，它曾经是我童年记忆的全部，也是观看世界的基本模式，直到它悄悄过去了，才发现我并不算理解它。因为写小说的关系，我才记录了一些往事。回头看看，会发现这并不算是"文学上海"的主流，只是一个声部，代表着婚姻私事化、独生子女、拆迁及房屋商品化等政策的影响。历史本身存在许多褶皱，里面都是有血有肉的人的一生一世。所谓烟火气，在我看来，就是人气，是人与人生活的联结形态。

有两部沪语电视剧，上海人都很熟悉，一部是《孽债》，一部是《夺子战争》。我甚至在《孽债》里卢家伯伯家，看到了一张和我家一样的红木椅子，是外公生前留给我的。我们可以发现，故事里最穷的两家人，反而是对红木家具很热衷的。关键时候可以卖掉筹钱看病。公众号"上海市民生活指南"对这些影视剧考古十分有兴趣，还曾仔细找出了他们每家人住的位置。《夺子战争》中备受歧视的乔书铭，他原生家庭可能是在如今源深体育中心的潍坊新村。几年前，《夺子战争》在上海重播，又引发关注。这部作品中体现了很多复杂的问题，包括移民、独子、恶女、留守男性，现在看起来都是社会学研究的案例。

有几位上海作家的作品十分特别，比如王莫之，写的是知青子女与90年代上海摇滚乐的发展史；又如路明，写的也是知青后代和三线人的故事。他们回到上海工作了，再也不用"去上海看外婆"，就好像真的出生在上海一样。如果没有文学，就不会有人知道，他们对于这座城市复杂心酸的童年情感。他们把自己百折不挠的认同，用非凡的抒情能量掩盖了起来。这种勤劳的、压抑的感觉结构和行为模式，我的写作中可能也有。还有一些更硬核的写作，比如王唯铭笔下的建筑主题、留法博士杨辰书写的《从模范新区到纪念地：一个工人新村的变迁史》，他们都是"新村里的海德格尔"。有一本新书《海上凡花：上海工人新村妇女日常生活》，是西交利物浦大学的刘希老师寄给我的，我想他们会有不同的视角，以非文学的视角来考察这个集体主义环境下社区女性情感调研互动的研究。尤其是在疫情期间，也许能给我们一些帮助。近年来，除了文学视角，历史学研究、文化研究、社会学研究也开始关注到工人新村的变迁。以女性的角度关注的，也有好几位，都是我的同龄人，都受到了非常完整的教育，她们对于逝去的一切都倍感珍惜，生活在其中时，又充满苦恼。我的小说，从《家族试验》到《细民盛宴》，几乎就是这类苦恼的总纲。以普通工人后代的角度来说，我们已经得到了很好的照护，上学、上补习班，还能学习一两门乐器，还有机会外出深造。如果没有文学，我们的"不满足"可以被理解为"贪心"。文学收留我们的欲望，并加以照亮。如康拉德所言，"我试图要达到的目的，是通过文字的力量，让你们听见，让你们感觉到，而首先，是让你们看见"。这意味着，"在进行创作的艺术家和作为接受的观众（读者）之间，存在着一种感情上的联系"（布鲁斯东《小说到电影》）。这种心灵关系，是我，和与我相似出身的同龄作家们携手创造的新世界。它一定不是真实的，也不具备修改历史进程的雄心，但它反映了我们心灵深处的渴望。和历史中那些枯燥的工人家庭的刻板印象不一样的，我们有那么强烈的感情，那么深沉的欲求，在文学中开凿出一个理想的世界。这个世界的起点是家庭，边界则不知道在哪里，也许在虚拟世界，也许在多重宇宙，也许书写家庭的初衷是为了反家庭，但它自由下行，兢兢业业地抒情，最终，又回到了对"家"的沉思中。

回归到我自己的情况，《细民盛宴》《家族试验》《樱桃青衣》，令我完成了情感意义上的自我成长。在文学的道路上，我是非常幸运的人。我还在写一些新的东西，也许再过十年，当下的生活"宇宙"又会再度丧失唯一性。一切都可复制，又不复存在，我们的生活历史都被凝结成艺术作品。今年四五月，我在网上见到两个在社区里帮助老年人买东西的年轻人，想办法联系上了。一个是在浦东的男生，叫"也先生"，他在一楼贴了一张纸条，希望帮助不会使用微信的老年人一起团购。他所在的社区我很熟悉。他在电话里告诉我，他主动帮助楼里三个老人买菜。老人家都一定要付钱，不接受免费的菜，但有时也会让他帮助不相关的事情，比如"修眼镜"。也先生是一个山东人，他听不懂上海话，老人家给他发语音，他也只能说"阿姨麻烦打个字，我是山东人，我听不懂上海话"。他告诉我，楼里一共30户人家，有8户需要帮助的老人，比例还是挺高的。我们可以看到，如今的工人新村，老年人和新上海人之间存在着互助的情况。

另一位女生狄小宝，她也是在全职工作之外，用业余时间参与社区服务的热心人。她所在的社区，离我家很近，老人非常多。她提出了一个实用的建议，"老人的团购/生活，最好由那种年纪稍微轻一些的老住户阿姨来负责，然后年轻人里有人专门对接阿姨，随时了解老人需求"。在她们那里，有一个两百人的团购群，但是群里人数多，老人肯定跟不上节奏。因为有的老人没有手机，有的老人虽然有手机，但是他们无法跟上团购群接龙、登记、二维码付款的速度，他们只能看到肉菜团还是水果团、蔬菜团，订购还是需要年轻人的帮助。狄小宝提出要合理分工，"很多年轻人需要的物资，比如盒饭可乐熟食之类的，老人不需要，后者是要青菜。最好按区域来，比如1—10栋由谁负责，年轻人买网上的东西，阿姨们做线下需求统计管理"。团购来的菜只能送到社区门口，要进社区还涉及消杀、分发环节中的风险。狄小宝说："我邻居这几天一直在给我送消杀装备，她也就比我大十几二十岁的样子。"她当时在虹口，现在已经离开上海了。我想她也是"海上凡花"工作中的一部分。

我自己所在的社区，总体来说社会工作都做得挺好。业主群组织团购，有人提醒八楼、十楼、十一楼有独居老人，希望问问他们需要什么。我也会情不自禁想，我父母需要什么。我父亲平时会帮隔壁年轻小夫妻收快递，他们也会帮助他买东西，这是他以前告诉我的。他所在的社区，老龄化程度偏高，近两年慢慢有年轻人进入。有同样问题的当然还有浦东、虹口等。老龄化的社区，更需要社会的关心。尤其是我听狄小宝说，"现在小区里的叔伯阿姨们，都开始叫我'那个住××户的小姑娘',这样也挺好的",非常感动,但是他们都不愿意告诉我名字。我想这是一种特殊时期原子化生活和社区互助碰撞出的奇异景象。年轻人是那么重视个性和隐私,但是又看不得身边的人受苦。也许这些人会让他们想到自己的亲人、心疼过自己的老人。

"也先生"问我是否需要他的帮助,其实我也想帮助他。狄小宝说,前段时间看邵氏电影,主角路遇不平,给一位吃不上饭的陌生人买了两碗面,为她几十年的痛苦提供一个短暂的避难所。对方离开前询问主角的姓名,主角说:"天下有心人,都是无名氏。"他们都是很好的年轻人,曾经短暂地生活在工人新村。希望不管发生怎样的事,他们又去了哪里,我们能记住他们。他们曾经努力互助,是真正的烟火气。

建投读书会"来自工人新村的上海表情"主题演讲讲稿

消失的小狗

纪念路494弄小区与辉良烟酒坊之间有一家小杂货店，杂货店门口一棵树，树边有一只小白狗，我多年前搬家到这附近就经常看到它。杂货店里有一对老夫妻，窗口就做柜台，和很多这样的杂货店一样，桌上会有一只正方形的老电视机。前几年特殊时期作为团购的分货点，他们看起来比从前要忙。我对这样的小店很有感情，以前住在上南社区，一楼的住户开店的非常多。有的是叫露露或者娜娜的美发店，有的是迷你规模的洗衣店，杂货店也兼做快递代收点。再早一点，还有可以修拉链的裁缝店，再早一点还有钟表店。严格说起来那是灰色地带的生意，灰色里又有经营生计的温情。王安忆老师写过一篇散文《阿芳的灯》，写的就是"一排临街的家"里有着什么样的生涯，她写到一家水果店，水果店夜里亮着灯，有一对平凡的夫妻,从结婚到生孩子,早几年还有一位老太太住在阁楼上,那是店主还没有结婚的时候,一对母子一堆水果,日子是那么黯淡,作家到别人的日子里去蹭那一点光,都显出相依相伴的亲密来。最栩栩如生的,是文章里写,"阿芳在看电视,电视里正播放越剧大奖赛的实况……阿芳随着电视里的赛手在唱'宝玉哭灵'"。我母亲唱"宝玉哭灵"也唱得很好,她对我唱的时候,我觉得头疼。但有时我睡过头冲向单位上班,心里想的就是妈妈的声音:"我来迟了!我来迟了!"他们都是电视台戏曲频道的忠实观众。

那时小店白天开着窗,晚上亮着灯。小白狗蹲在门口很乖,也不太叫,有时候它也不在,可能会去杂货店里取暖。每天晚饭后散步的时候,我经常会看一看它。有天下午,狗被抓走了。那天晚上很多阿姨聚集在店门口,都在问这只狗。有个阿姨很激动,说我每天在楼上看它一眼已经看出了感情,又说老板娘今天心情很不好。排队拿货的居民也都听说了这只乖狗,大家都为它叹息。虽说死生有命,但小狗的一生能被一些陌生人记得,已经超过许多默默无闻的人类,可见它这一生的风评真是不错。一只小狗要什么风评呢?这就有一点传奇。经过了很糟的一段日子,又迎来了春风吹来的厄运。很多年前我在北京听一位作家讲过自己营救小狗的经历,说到他们的重逢,狗好像哭了,他也哭了,仿佛是劫后余生,背后则是多年陪伴的情谊。我现在散步再经过那里,或者避免触景生情绕开那里,总觉得有一些神秘的失落和怅惘,甚至会萌生出"还好我没有小狗"的侥幸来。出事那天我和朋友给店主两个从网上找来的电话，店主仿佛看到希望，赶紧找一张纸想要记录，但我们报出号码后，他瞬间泄气，他说"这两个号我都打过了，没用的"。那个表情我久久不能忘记。隔天学校预答辩，有同学写了《刘亮程论》，我问了她，你有没有注意到《虚土》的回目里藏着很多诗，"我们都在等你回来，弄清村里的事，这个村庄仗着二百零七只眼睛，梦就像一座一座的高大坟墓，我又听到那群女人说话"。

社区的小动物本来就过着流浪的生活，自然寿命都不长。但仔细留意，它们也会留下生动的画面，提醒我们生活长什么样子。例如，修自行车的人旁边蹲着晒太阳的小猫，它的爪子下面可能就押着扳手，这令它看起来是那种穿背带裤、戴白手套的工人；又如围绕着爆米花小摊转圈的小狗，孩子们都在等待"爆破"的那一刻，它好像也知道之后会发生的巨响，适时就走开了。所有的新村小花园，几乎都有很多长得不一样的椅子，也许是从各家各户淘汰下来的，最后就聚集到了小花园。太阳最好的时候是老人家坐着开会。太阳小一些，就是小动物开会。有时老人会少一个，以后也不会再来，有时是小动物被抓走了，或者死了。这样的事那么平凡，平凡到完全可以不记得，但真的要忘得彻底也很困难。它们是社区生活中的诗意和美学，要做成一幅画、一篇文章，它们都是重要的内容，少了它们就不真实。我想起年初时看《中国奇谭》中的《小卖部》，就有相似的感受。老树、老狗、消防栓；被子、短裤、棉拖鞋;老鸟、老龟、老师傅;春夏秋冬、众声喧哗,构成了一只小白狗消失的怅惘,"二百零七只眼睛"都在怀念它。

* 《新民晚报·夜光杯》刊发此文后一周,小狗回来了。

行走的形式

　　我的小说和散文中写城市，写上海的新村，并不是出于怀旧。而是因为，老社区在城市中的形态，越来越像散文，生发出一些别致的无用之物，这就有了审美的特征。"新村"是一个集体共用的词语，在马来西亚，在韩国，在日本，说的是不一样的社区群落。即使在上海，鲁迅先生的故居大陆新邨（村）、张爱玲女士短暂居住的重华新邨（村），和我小时候生活的新村，并不是一回事。一个词，有不同的诠释，自带不同的故事，这便很像文学的命运——多义、婉转、边缘模糊。

　　三年前，我搬到了现在工作的大学附近，那是两个行政区的交界处。每个区都有每个区的园林审美，亦有每个区不一样的生活文化，很有意思。虹口区特别喜欢在街心花园里铺满黄色灯光，就连台阶边沿也要布置灯光；杨浦区就是灰暗的，暗中有森严，亦有溢出森严的朴质。上周上班时，我路过邯郸路弄堂的转角，见到了奇异的场景。有个年轻男人，在路口用木板支起一个临时的摊位，上面放着一条黑猪腿。他和黑猪腿就并排站着。他的背后是由几家店铺拼接而成的，小门面的彩票行、机车行和麻辣烫餐厅。机车行里有一只看门的橘猫，我们都叫它机车咪。机车咪缓缓来到彩票行前，看了一眼黑猪腿。它好像不知道这是什么东西，其实我们也不知道。我说的"我们"，包括当日四次路过摊位的我，以及来往的路人。那位青年很内向，他不吆喝，也不介绍。他是猎人吗？他是在哪里打回来的野物？他运到这，又需要花费多久，猪肉不会变质吗？我仔细闻了闻，空气里没有腐坏的气味。那具不完整的动物的残肢，未经消毒检疫、未经现代化分割，就这样原始地、散漫地、安静地横陈在马路边。它为什么会出现在这里，出现在车水马龙的大柏树交流道边。这真让人好奇，也让人不安。

在它的对面，就是虹口区较大的市民菜场。在困难的岁月里，它曾也是附近居民想去而去不得的地方。有一段日子，菜场不便开门，就空关着。菜农在晚上，会把菜摊支到马路边，也就是那日黑猪摊位的周边。这里有生鲜肉类，有鱼虾海鲜，有蔬菜瓜果，还有消防栓上用记号笔写着大字：7点有肉来。没有人管理，也没有人抵制，像一种互相体谅。每个摊位，还会挂一个支付链接的牌子。但现金是流通的，因为现金不会记录行程。如今一切恢复正常，那喧闹的夜市，便成为幻觉般的记忆，再也不复现。这些鲜活的记忆,是智能手机时代回光返照般的生活气息。我曾买过团购的猪肉、牛肉,却苦于家中连分割的刀都没有,对动物的肢体辨识,靠的也是互联网。那时我忽然觉得,我是被现代消费形态圈养的无能者。现代都市,看起来很亮丽,很有形式感,摩天大楼、精品橱窗……但这些"形式",又都很脆弱,需要灯光,需要打扫,需要维护。然而生活本身,却可被精简去这些包装,呈现出实用的任务,和精神性的寄托。从对菜名的辨识,到时鲜程度的判别,再到手工的分割、加工,提取它的部分和其他东西进行调和,这些食材缓慢的处理过程,往往凝聚着长辈们等待孩子回家团聚的期盼,有时期盼会延长至一周,食材加工的时间也蔓延至一周,每天做一点,累积一点,发酵一点,浸润一点,最终才抵达团圆的结果。如果这个过程过速地完成,达到目的,那么便只剩下预制菜及其加热和投递。许多人不喜欢预制菜,是不喜欢添加剂和欺骗,但更在于,它的形式是有缺陷的,不凝结真正的时间、炊火和个别性。它把我们对生活和饮食的形式的理解,给摧毁了。

不去屈从于它,会觉得更安心、更有古老的秩序感。有时我喜欢在附近的街区走走。例如沿纪念路穿过车站南路,能见到好看的复兴高级中学,这是一所老中学了,前身是"麦瑟尼克"学校,始建于1886年,1915年迁入定名为"汤姆·汉壁礼男童公学"。再往前走,会遇到一个驾驶员培训场。一直走到底,再也走不通时,就到了凉城。这一路很寂寥,一点也不文艺,里脊肉7块钱,买一送一,和文胸店一起开到深夜。有一次我在那里的电影院看张律的电影，我是整个电影院最后一个看电影的人，也是唯一一个。我提前退场时，电影院的售票员正在打游戏。他问我："你还回来吗？我还没有打完。"我说："太晚了，我不回来了，你好早点下班。"抵达即将拆迁的万安路，许多矮平房都在拆除中，墙面上的窗户被水泥堵死。大大的"拆"字，让人梦回这座城市大兴土木的那些年。会有小孩攀爬到待拆建筑物的顶上，拉开裤子向下方尿尿。

有一些手机照片，记录了我 City Walk 的冷门路线，如变电箱边的马桶，夜幕中粉红色的儿童机车，十分闪亮。小猫抬头看着树梢，它颈椎真好。树上则还有一只，一只下不来，一只上不去。被清空的垃圾桶边，有大只的废弃玩偶，可能是只大兔子。在非机动车道上，甚至会停有健身器材健身车，它看起来可以骑，其实又只能停留原地，仿佛一种生活的隐喻。一旦凝视这些废弃物失了神，我很快就会被市声拉回现实。身后一个小哥哥对着我大喊，"开背送大鹅，要不要啊"，我前面一个推轮椅的阿嬷突然回头问我："那你们 38 元几次？"我只能笑着快闪。我喜欢这样的生活，会让我忘却白天的苦恼、夜晚的焦躁。我好像一个没有主意的人，被静物吸引，被喧闹影响。如今，于中年生活的逻思中，我重新发现了上海，发现了低科技、不方便的人与人之间的联系，发现了可爱的精神价值，那是生活历练中才能萃取到的真材实料，是诱惑我一生的体裁。人为什么会想去陌生的地方走走，有时是因为一句话，有时是因为一个莫名其妙的念头。

今年四月读书日那一周，我受澳门文化局之邀，去做了两场文学讲座。这也是我第一次有机会去澳门的生活区走走，看看菜场，看看闲人，看看一日二十四小时，别人怎么度过。四月底天气渐热，时不时还有阴雨，但清晨是舒适的。我住在关闸东方明珠附近，靠近澳门最北面，酒店的落地窗足以眺望珠海。有一栋叫榕树的楼，看看就在那里，那么显著，其实是走不到的，因为它在海的对面。居民区附近有许多餐厅和公车站，清晨时分，就有人打羽毛球锻炼，虽然屋宇高且老旧，却很有生活气息。有几个傍晚，我还在居民区中找到了美发店洗头。我很喜欢在不同城市的居民区洗头，有很多表演的机会，可以佯装漂泊的异乡人。记得有一次在广州办签书会，签售之前，我随便找了一家店吹头发，洗头的小姐用蹩脚的广东话对我说："我好像在哪里见过你，你是不是就在这附近上班？"我说："对啊。"她说："其实我不是广州人。"我说："我也不是。"这种奇异的感受，仿佛是亲密的黯然，和对于信口风花的坦然。

　　行走最快乐的，莫过于"节外生枝"的部分。我在澳门读者的提醒之下，想去找一找大圣园和哪吒庙。于是有一个白天，我从友谊桥大马路出发，沿着漫长的马场海边马路走到了罅些喇提督大马路，沿路经过了一座莲峰庙，邻旁是澳门林则徐纪念馆。莲峰庙初建于明朝，主要供奉天后娘娘，是澳门三大古庙之一，又名关闸庙、慈护宫，后因枕落莲峰山而得名。它建于1592年，距今已有400多年历史。莲峰庙前空地是林则徐的全身石像，以纪念这位钦差大臣曾令澳葡当局禁烟的事迹。我会想进去看一看，出自隐微的缘由。几年前，上海曾有一位文学院院长，早年曾负责缉毒工作，他很热情地与我聊天，突然说："小张啊，明年是虎门销烟180周年，会在上海和平饭店举办活动，你记得关心一下。"我觉得很有意思，因为我也不知道要如何关心，又从何处开始关心。后来，我去广州做新书活动时，特地和朋友去到距离广州市区几小时的南沙看了一看，在虎门附近吃了一顿海鲜。南沙在广州的最南端，极少会有人因为巧合路过那里。天黑下来以后，在一棵树下，我们等车要返回宾馆，一等就是四十分钟。天气很热，学妹脱掉了高跟鞋，赤脚站在了地上。她也放下了手中拎着的新鲜龙眼。这种打烊感本来应该发生在更私人的空间，然而太累了似乎也顾不了那么多。我们好像还聊了一会儿女明星赵丽颖的电视剧，然后同伴突然很轻地说了一声，"其实前面的前面，就是伶仃洋"。于是我就朝着前面的前面望去，只望到一片漆黑。往前走了几步，也看不到虎门大桥。那时我又想起那位跟我搭话的文学院院长，我曾以极其拙劣的聊天技能，只问了他一个问题："那么请问院长现在上海哪里缉毒工作比较难做啊？"院长说，"你们浦东"。我如今也不住在浦东了。可如果不是那偶然的一句话，今年的我，也许不会有那样一段行程，不会走进莲峰庙，走进正在修缮的林则徐纪念馆，小转了一个小时。

出莲峰庙，会走过一整条殡仪馆街，部分属于镜湖医院慈善会。我一直走到白鸽巢公园附近的麻子街，停留了约四十分钟，不断问路，却好像没人认识"大圣园"。麻子街巷弄十分错综，往北有家冷巷、罂累巷，往东有红雀围、鸠里、海蛤里、珊瑚里。我在沙梨头斜巷盘旋很久，"鬼打墙"地询问，特别像小说中的迷宫之旅。我在居民区的一条小径走来走去，走过去时还有沿街商户的工人在做焊接，他焊接完了准备收工时，我还没有找到路，浑身已经热得汗透。在平面无法找寻到的目标，我猜想在空间中也许会有可能，于是就找向上登攀的阶梯。最终在麻子街洞穴巷偏巷，我终于看到了它。

行走，就是在凭借自己的方向寻找生活的形式，与工作有关，与情感有关，与一句话有关，与一个念头有关。有些场景，原先是隔膜的，走走就成了参与，就走过了远近的界限。有些人，原先是无话可说的，说着说着，就都成为情景中人，成为记忆和召唤。黑猪摊，也许一百年只会在这里偶然出现一次。伶仃洋，却一直在好友声音的尽头，是漆黑的存在。凉城并不凉，热火朝天中，并不那么热爱真正的艺术。"我好像在哪里见过你"和"开背送大鹅"是一样的廉价，又一样的暧昧。它们汇聚在一起，储蓄着我的生命记忆，我记下它们的演变，也仿佛是在做一项十分基础的园林工作，修剪、拔出、焊接，再余下一些，再留有一些没有走通的迷宫，最终成为文字的演变。那便是生活的轮廓。

播客与我

我录制过很多播客，大部分是为了宣传新书。例如在跳岛谈《散文课》《情关西游》，在华东师范大学出版社的 E 播客谈《樱桃青衣》等。我第一个出圈的播客是 Giada 的"岩中花述"。如今"岩中花述"已经是头部播客，但在 2023 年年初时，它还没有如今那么大的影响力。联系我的是 JUST POD，我们结缘于 2022 年夏天的播客季。当时萨莉·鲁尼的《美丽的世界，你在哪里》上市，人民文学出版社的编辑找到了"社交媒体"这个营销关键词，推荐我聊聊这本书，也可以谈自己的书。这件事后来也引起很多误会，好像我很推荐《美丽的世界，你在哪里》，其实并不是这样。在许多场合，我都会提到萨莉·鲁尼，并不是简单地推荐，而是我确实因为那次合作，认认真真思考过她在写什么，她的小说的物质构成,她为什么会那么火。总之经由JUST POD的介绍,当时找到了如今已经停更的播客节目"一车烂话",成就了我们之间的第一次合作。隔年,我与"岩中花述"的合作,再由JUST POD作为第三方牵线,就比较放心。JUST POD承诺我不低的报酬,但需要拍服装,且要与著名主持人鲁豫完成一次线上的节目录制。我对时尚一窍不通,也不喜欢拍照,当时第一次听说Giada这个品牌,不过为了谈谈自己的书,我还是努力配合,在合约的细则上,我有许多顾虑,JUST POD也充分考虑到我的想法,这点我很感谢。拍照的地点在闵行区马桥镇的一栋别墅,当天还有思文、沈奇岚、祝羽捷。因为等待时间很长,Giada的公关部总监Shirley在化妆时与我聊天。我非常意外的是,Shirley的文学视野和眼光很好,如果我没有记错的话,她毕业于美国麻省理工学院,且上学时通勤去哈佛旁听过王德威教授的现代文学课。她很坦诚地告诉我,本来邀请的是毛尖教授,但毛老师临时有别的工作,后来找到我。我们拍摄时所使用的道具A4纸上印着节目策划,流程上写的也都是毛老师的名字,这可以印证Shirley的说法。因而当时我也只当自己是块"补丁",按部就班完成即可,对节目效果期望比较低。录制播客是在JUST POD公司所在地,一切都开展得很顺利,我当时感觉鲁豫的准备工作做得很充分。因为涉及商务,我还要上班,节目播出时我甚至没有转发。但是太多的人微信我,说他们听了这期节目,我非常意外。这期节目也很快冲上"岩中花述"当年"最受欢迎节目"的前三期。Shirley非常高兴,经常给我好消息报喜,年末时还买了五百本《四合如意》当作送给客户的新年礼物，邀请我去深圳参加活动，可惜我总要上班。隔年，因为这期节目，我获得了一个意外的奖项：2023年小宇宙博客大赏的年度播客嘉宾。对我沉闷的日常生活来说，以上都是美好的记忆。

从那之后，我真正意识到播客对于年轻受众的影响力。虽然我自己并没有很多的时间听播客，但从关注主流播客、尝试付费收听节目之后，我慢慢找到了"播客"在我私人生活中的位置，即医学和女性健康面向的科普。比如播客"当个事儿"，我每期都会听完，我非常喜欢他们的选题，有许多介于社会科学与文学之间的视角。例如，有一次主播提到妇科癌症病患是一位中年女士，她对医生给的治疗方案非常犹豫，因为她实在是想把钱留给儿子结婚。这个时候医生要怎么做呢？这似乎超越了医生的职责，但医生还是会劝说她回家和儿子、丈夫商量。明明是自己的存款，却无法将之用于自己身体疾病的治疗，她还必须自己做出这残酷的决策，这是不是女性的处境呢？那位医生最终也没有等来这位女士回来复诊。我听了很难过。我很想通过小说给她一次活下去的机会。尽管现实里她们放弃了自己，但小说不就是为了那渺茫的偶然性而存在的吗。

最近一次印象很深的录制，是和澎湃"如此城市 City Tells"合作。我们录制了一期三八妇女节的节目"生殖中心旁的家庭旅馆里，渴望成为母亲的人"。主播之一、澎湃研究所研究员戴媛媛，是北京大学医学人类学硕士，在2018年至2021年期间，她在一家生殖医学中心旁的家庭旅馆里做田野调研。她的受访者大多是从农村和县城来北京做试管婴儿手术的女性。我非常喜欢她的田野调研，她在《试管之路》中提到的许多故事都带有高科技叠加"乡土中国"的色彩，听得我多次想要流泪。例如有一位从青海独自到北京做试管婴儿的藏族妇女，一生没有出过远门，最后尝试还失败了。离开北京的时候，她对家庭旅馆的朋友很感性地说，很感谢这次机会，虽然没有生下孩子，但是她得以走出家乡，交到了新的朋友。还有一对卖苹果的夫妻，每当苹果丰收后，他们就会去北京做一次试管。我对生育没有执念，但我很容易被这些故事打动，我和戴嫒嫒有非常相似的复杂感受，一方面是我们知道这些女性的遭遇后，非常希望她们早日梦想成真，不要再受身体和心灵的折磨；另一方面也有本能的恐惧。这些女性身边大多没有丈夫陪同，因为试管高昂的费用给予这些"丈夫"合理的不在场理由，就是要出去赚钱。她们那么孤独，明明没有病，却以病友的认同相互扶持。辅助生殖明明是高科技的产物，家庭旅馆里却贴着"送子观音"的图像。

前段时间，我录了一些播客与创意写作的前沿研究有关，例如我们创意写作专业的学生自己做的播客"偶然事件"，就曾邀请我和哲学学院的副院长尹洁教授谈"疾病与写作"的话题，当时我们聊到了韩国文学与厌食症的书写，不久，我也将筹办一个"进食障碍与创意写作"前沿工作坊，目前已经召集了医学、哲学、人类学、文学、艺术及厌食症病人等青年同人加入研讨。另外也很感谢上海译文出版社的刘盟赟编辑，是王安忆老师介绍我们认识的。刘盟赟的新节目"重启试试"中，使得我第一次有机会认认真真地聊起"叙事医学与创意写作"的话题。当时我跟他说，别人都听不懂我在说什么，你是这个世界加上我妈妈第三个支持我的人。他哈哈大笑。在那之后，才有了我申请到"跨学科视域下的创意写作研究"青年课题的展开，和我申请复旦校内文医融合方向支持的信心。

如果说播客对我的影响，我猜想就在于这样非常具体和实际的层面。播客的受众非常年轻，且有相当部分的女性生产者和受众，反馈直接且话题多元。如今已经有非常厉害的专业团队进入播客产品制作中，这让我想起公众号步入专业化的某个阶段。只希望它不要越来越无趣吧。

照相馆往事

> 我们注视的从来不只是事物本身；我们注视的永远是事物与我们之间的关系。
>
> ——约翰·伯格

我们家曾在新村里开过五年的照相馆，后来倒闭了。虽然听起来挺美好的，但事实要比想象中朴素得多。照相馆位于一个奇特的地理位置，它在一个小区进门口，类似于看台般的高台背面，是归属物业、没有产权的几间小铺子，阴暗潮湿。

在我们家照相馆的隔壁，还卖过三无护肤品，后来又变成了五金店，还有一间洗车铺子，经营者是一个癌症病人，他想把人生最后的积蓄用于一项新的事业，而不是治病，这令他的家人都觉得他有病,虽说他的确是有病在身,精神倒还不错,每天坚持开晨课,教育两个打工仔"要用时间换空间",这件稀奇事后来被我写到一篇小说里。所谓"要用时间换空间",就是抓紧时间多洗几辆车,因为他们只有一个车位。

他的两个手下有一天偷偷来问我母亲,照相馆要不要招人,因为他们觉得自己老板快要做不下去了。我妈说,我们也是。他们就叹了一口气说,要死啊。

我们照相馆关张之后,据说变成了一家米铺,生意还不错,我母亲听闻后只是幽幽地说,那么潮湿的地方怎么能卖米?我觉得挺有道理。

在那不长不短的五年间,我很少去店里。记得有一天,有个顾客来取照片,还对我母亲说,你们招了个小姑娘啊。我妈就笑笑,没有解释。这样来来往往打招呼的人真不少。有一条狗,路过的时候会自己进来巡查,每个角落都不落下,巡完一遍又走,我母亲说它每天都来,跟自己家一样。还有一只兔子,主人也常常带它来店里玩,后来有一天被车撞死了,大家都为此很难过。草丛里会躲着猫,也会躲着捧着电话的躲债的人,窸窸窣窣的,说着"阿姐你要相信我啊阿姐……"之类的鬼话。就是这样一个小环境,令我母亲每天都挺不高兴。她不太喜欢无所事事来店里串门的人,觉得他们并不带来生意,冬天蹭暖气,夏天蹭冷气,恨不得把早晨买的菜带到照相馆来择。门外的人又听起来很不吉利。

我一直都在想,究竟是什么样的人会来我们店里拍照,这真是一个难解的疑问。

我自己肯定不会去照相馆照相，也不会带着我的朋友去。也许很久以前，去照相馆照相对于城市人来说是一件很大的事。小朋友要穿着道具衣服，手里拿着一本卷起来的书，去留下"永远的纪念"。有的人是通过拍照爱上别人的，比如《长恨歌》里的程先生。我很小的时候看过一个悲伤的韩国电影，叫作《八月照相馆》，可想而知电影里有爱情，也有绝症。印象最深的是，男主人公要给自己拍遗像。事实上，遗像的确是我们照相馆的主要生意。每年一到三伏天，生意就会突然变好。

曾经有一个老太太，哭哭啼啼捧着老伴的照片来我们这儿做遗像，开了一个极低的价格。我母亲很生气，叫她去别家做，她就哭，说自己有多苦，老伴将不久于人世，孩子不在身边，只能自己一个人孤身为伴侣做遗照。我母亲有点不忍，就帮她做了。结果第二天，她拿来了自己的照片，依然要求用那个几乎没有价格的价格……

我也是在那几年才知道，原来老年人印照片，是会带着一个U盘，让照相馆的人帮忙拣选的。那随意按下的千余张照片，给我们萧条的生意带来了看似忙碌的愿景。但结果是，她可能只要了三张冲洗，花不到五块钱，分享了自己的家庭旅行、有出息的子女的故事，欢欢喜喜打发了一个理想的下午。每到这时，我就很怕看到我母亲惘然的表情。

还有一种人，会自己跑来照相馆拍照。有个男孩，眉清目秀，乍一看真的是个好看的人，这么说是因为，长这样的人一般不会在新村照相馆拍证件照。我家人热情地接待了他。可是他对每一张照片都不满意，总说怪怪的，要重来，最后他对摄影师说："我出过车祸，鼻子有点歪，你能不能帮我把照片上的鼻子修修正。"

店里有一个常客，一直说自己是地下党。他不做照片，他只要复印材料。照相馆不是影印店，复印本来不是我们的生意，但因为熟络了，就马马虎虎给印一下。五年来，他反反复复诉说他的身世，说能证明他是地下党的人都已经死了，新村里的人已经相信了他的故事，但听说他依然没有拿到证明。那么他为什么要这个证明呢？因为他有一个女儿，年轻时候嫁给日本人，生了一个孩子之后就病故了。这个孩子就在新村里长大，一句日文都不会说，父亲早已消失在人海。老外公不断跟他说，我养你到十八岁，然后你就回日本去。与此同时，他不断找一些没边没际的新材料证明他是地下党，应该得到更好的待遇，以便养活这个孩子。这些如电影般复杂的故事，围绕着照相馆这一小社交空间而生动起来。

还有一个老先生，热爱旧照翻新。他有无穷无尽的精力，为自己做从童年到老年的回顾，为太太做回顾，为子女做回顾。他的相册里，不只有人的照片，还有全家福、奖状、工作证……总之，像自传。他还拿来一个不知身份的女性的旧照片，也不把原件拿回去。也许他觉得，放在照相馆比放在家里要安全。有一本相册，他做完了一直不来拿，我母亲拜托邻舍找他，也只知道他姓什么，兜兜转转找了一个月，终于找到了他们家，才知道老先生病倒了。而且他病倒了，心心念念也在找我们，但他的家人根本不知道他念叨的人是谁。

我母亲问他，你是不是还想拍张照？他就点点头，最后挣扎着拍了生命中的最后一张照片，放在了他自己的相册里，当天就过世了。可当我们连夜做完照片给他们家人送去的时候，他们家人反倒是反应冷淡。他们都不知道，老先生花了三四年的时间，给他们每个人的一生都做了笔记。而且，他还有一些秘密，永远也不会拿回去了。这个故事，后来我也写成了小说，叫作《奥客》，为我得到了一个台湾的文学奖。

我再次想起照相馆，是博士毕业时。台湾的大学似乎有穿着博士服去照相馆摄影留念的习惯，我被同学们拉去拍了一套照片。学妹对老板说，可把我们修得美一点，我们要拿给未来的婆婆看的。老板很憨厚，的确把我们的方脸都修得圆润了一些。拿回照片的时候，我很惊喜，因为我已经很久没有看到过这种白色花边裁剪的小照片了。更令我意外的是，后来我和同学三人拍的一幅集体照，还被挂在了那间照相馆里。这距离我以为自己会被挂在墙上，可真是提前了小几十年。

那时候，我才有一点想念我们家里的小照相馆，尽管它已经彻底完蛋了，却令我在它完蛋以后，略微开始关切起与之有关的点点滴滴。去年，有一本很有趣的书叫作《中国照相馆史》出版了，作者叫仝冰雪。照相馆本身被作为关切的对象，一种特殊的物质文化超越了摄影这个行为本身，获得了社会学意义上的关注。"照相馆"

曾开城市文明中的风气之先，象征着西方文明，也象征着开放。它的起点是很高的，就连"为未来逝去后绘制肖像"这种如今看起来很普通的事，也背靠着特定阶级特定的生活方式，只有一部分有余裕的人才能想到为影像而"未雨绸缪"。从新兴技术到大众艺术，这段不长的历史早已改变了普通人的日常生活。这令我想到那位到我们家照相馆来胡搅蛮缠的老太太，时光如电。

仝冰雪写道："照相馆，几乎是当时社会'大众接触和享用摄影艺术的唯一途径'，照相馆影像……某种意义上，它首次使形形色色的'中国人，得以不分等级身份，在一种静止不失庄重的状态中，不带偏激地凝神观看成为可能'。照相馆不仅仅是每个个人或家庭影像的第一个自觉塑造者，也首次成为中国社会变迁视觉文献的主动记录者。"

然而，照相馆在如今早已没落。能不知觉地参与到了这降落途中，又不知觉地了解到那么多人的生生世世，或许是我难以厘清的幸运与不幸。我最近一次拍摄证件照是在地铁站里，坦白说效果还不错。但从前，我都是在自己家里拍的。

虽然开过照相馆，但我们家是没有一张家族合照的。早两年，继父拍全家福的收费标准一张四十元，来来往往有过几个小家庭，热热闹闹把我们小小的照相馆填满，我们三个人看起来反而像是外人。后来这些照片，变成了样照挂在了玻璃橱窗里。一直到照相馆倒闭，这些团圆的象征，一直都存放在我们家。也许这样的状况，放上自己家的照片会更加合情合理，更加能招揽生意。但合理的事总是一再拖延。如果新年新世里要回想，那些人生中"说起来很容易，做起来困难"的事，那么"家族合照"首当其冲。我和我父母三口之家的合照倒是有过几张的，那时我还是个婴儿。后来父母感情不好，就再没有过了。以至于我大学毕业、硕士毕业、博士毕业，都是没有和父母合照的。室友们很体贴，他们家长来的时候，总会避开我。我是很久之后才知道，原来妈妈是想来的。妈妈为此还哭了一场，说："人家都穿着那个袍子和妈妈合照的。""那个袍子"对我意义不怎么大，对妈妈来说，却成了一个遗憾。

观念的转变，发生在看了电影《四个春天》，我很震动。原来一个普通的家族，是可以留下那么多影像的，影像多到需要剪辑，需要叙事，需要被人观看，还要被人讨论虚构与非虚构的伦理。这些珍贵的影像，让全世界看起来就是他们一家人所命名的自然时间。家族事务小到有人身份证丢了能不能上火车这样的事，居然都有视频记录下来。我想，不是每个家庭都有这样的幸运，唯有生死的大裂变才能将家里的人分开。如我们这样比普通更普通一点的人，很容易就分开了。今年坐在一起合吃一个八宝饭，明年为了借贷或者拆迁就一拍两散。没有仪式，甚至没有最后一餐告别的饭局，也是很常见的。对青春期叛逆、敏感的我来说，告别就是莫名其妙的，不需要记住确凿时刻的。而一家人在一起翻看过去的老照片，全是别人家的温馨。有部电影叫《喜福会》，我很喜欢，电影里有个老先生，把过世的太太的照片送给女儿时说："我不需要借由相片来怀念她，我有太多的回忆。"倒是很像我自我说服后的心理状态。

我曾经编辑过一本文学杂志,因为是校园刊物,没有什么章法。当时的主任说,你们年轻人不是都喜欢搞杂志吗?另一位老师开玩笑说,你可不要在文章后面放一张集体照啊,像支部生活那样。但是因为缺乏经验,最后杂志的封二封三还是排排站的图片,我也不以为意。现在想起来,那是真正的影像时代来临前夕。这几年,随着手机拍照的发展,一切都有了微妙的变化。从像素的增长,到美图美颜,再到小视频,从"让手机先吃",到"让朋友圈先吃"的社交文化,也在潜移默化中对我们这样并不年轻、也不算年老的中生代有了一些新的刺激。

读博士班的时候,每次学期结束,全班同学都会拍一张集体照。这可能是当时学校的风俗,潜移默化间也影响到了我。后来我开始教书,上完一门课,也会和同学们合照。我们有时坐着,有时站着,有时看起来很"支部生活",有时又像比较散漫的"艺术生"。所以,作为一个没有"家族合照"的人,我开始有了一些"家族合照"的变体,那就是和学生们在一起,有时是课后,有时是送她们出国交换,甚至开始送她们嫁人。在合照内外,我可能是一个老师,可能是一个目送的朋友,甚至也可能是照相机本身。我开始需要借由相片来怀念他们,我并没有太多的回忆。我们相处的时光并不长,四散天涯的宿命却一再重复,时光匆匆。

老电影中,经常会有家族合照当作封面。但文艺作品里,团圆是瞬间,团圆之后会有更多的故事发生,譬如《悲情城市》《一代宗师》。深受类似流行文化的启迪，我想我从前惧怕合照，正是因为知道生活本身的残缺不可能用一张照片来弥合。后来我接受了合照，也是因为接受了残缺就是生活的一部分，就连用来掩饰残缺的"合照"，我都与之和解了。三十岁像是一个人生里程碑，有一些分别开始陆陆续续有了重逢，有一些重逢又照亮了新的分别。去年，我见到了一个旧友。我们在一起的时候，一张照片都没有留下。后来很长的一段时间里，每次我都对他说，我们连一张合照都没有，怎么证明我们认识呢？但渐渐地，我再也不说了。我开始珍惜每一年、每一次的聚会，说服自己有些事情不需要用照片来证明的。去年我们看了一场演出，那真是一场不知道如何形容的、并不成功的演出。我举着荧光棒，像一个宽容的观众一样捧场。在演出半程时，他突然拿手机自拍了一张我们的照片，我的脸在两根彩色荧光棒里。我们刚认识的时候，手机还不能拍照，一条短信一毛钱，不会浪费在发"在吗"这样的话上。我有五六年再也不追求任何合照了，但是突然间居然有了一张，那一刻我突然觉得心酸。我曾以为那是我们共同的遗憾，虽然他最后并没有把照片发给我，但是我们已经没有共同的遗憾了。

很难想象，如果有一天，我有了自己的孩子，会不会像朋友圈的妈妈一样，热爱给孩子照相，热爱给家族照相；会不会像自己小时候那样害怕分离，因为害怕分离，宁愿偏信所有团圆都是不长久的。我也在学习改变，三十岁以后，我也开始学习这个世界那么习以为常的"相聚"与"告别"，并不那么轻易就牵涉到痛苦或者伤害，并不那么轻易就关联到"怀念当初你太重要，但你始终未尽全力"。

所以，新年里，多合照吧。家族的，非家族的，似家族的，差一点会成为家族的……

东京流水

暑假时，我和朋友去了位于东京丰岛园的哈利·波特影城。为了往来方便，我们特地住在池袋，到影城不过十几分钟的车程。2000年，曾有一部热血日剧《池袋西口公园》影响很大。《池袋西口公园》是日本作家石田衣良的名作。2012年，石田衣良的作品《龙泪》在上海书展推出时，他还曾首度来到上海，与许多作家一起做活动。如果我没有记错的话，因缘际会，在招待晚宴上我还曾和他分在同桌吃饭。经由石田衣良小说和影视剧，我对池袋的印象就是青春、凶案、混乱、帅哥多。正因如此，之前到东京游玩，不会想要特地住在那里。殊不知经过多次更新，池袋的文化意义正逐渐被重构。在西口区，与百货店与购物街同处一地的还有东京艺术剧场和大学。更重要的是，它离新建的哈利·波特影城真的太近了。

　　东京的哈利·波特影城，是继伦敦之后的世界第二座，也是亚洲首座哈利·波特片场。因为门票售卖火爆，我只买到了夜场，三个多小时虽不比资深"哈迷"在园里游走一天的程度，却仍然不失为一次有趣的沉浸式体验。它提醒着我们，一部优秀的文学作品，可以被开采到怎样的深度。多年前，我和好朋友就曾在大阪环球影城中身临其境地踏上禁忌之旅，买过魔杖，喝过黄油啤酒，坐过飞车，然而这一切还只是浅尝辄止的体验。影城则是巨细靡遗地还原了从环境到装置、从道具到声音的布置，试图呈现魔法世界物质部分的方方面面，它更接近于创作，让观众看得到原始的素材，营建空间的过程，从文字到视听语言的搬演历程，凝结着工业和艺术的极高成就。对于熟悉原著或电影的读者来说，每一个转角都可能遭遇一个惊喜。随着AI科技的发展，有时观众只需通过扫一扫就可以成为画像中人、魁地奇观众，融入已有的影片素材库中。更重要的是，这并不是骗小孩子注意力的幼稚乐园，它背后有文明和文化的复杂渊源。2023年，《哈利·波特》作者罗琳女士的母校英国埃克塞特大学，设立"魔法与神秘学"硕士学位，并将于2024年9月开学。这个极具创新的跨学科硕士学位，贯通了历史、文学、哲学、考古学、社会学、心理学、戏剧和宗教专业知识的学者们，展示魔法和魔药在精神和物质层面对于文化史的认知方式。罗琳女士并不在这个专业任教，她本来是学古典文学和欧洲文学的，但母校换了一种方式认可了罗琳的文学成就。基于《哈利·波特》系列中呈现的跨学科可能性，为新一代的年轻人提供指引路径，帮助他们理解西方文学和艺术中的龙、亚瑟王传说、咒语与古文字学、中世纪妇女境遇、早期现代欧洲书籍历史等。总之学校想尽一切可能，为下一代魔法世界的书写者提供有价值的知识准备。

然而我还是相信，文学的力量不只是来自于知识，还有情感与心灵。我的童年并没有很好的阅读条件，真正开始阅读并喜欢《哈利·波特》是成年以后的事了。对于原著的理解，也是一个成年读者的理解。如果大家留意《哈利·波特》的系列电影，会发现越往后越黑灯瞎火，整个电影都呈现出阴郁的特质。小说中关于摄魂怪和抑郁症的关系设定令人印象深刻。摄魂怪的吻总是很容易袭击哈利，洞悉他内心深处的灰心和绝望。哈利需要用一些正能量去抵御摄魂怪，卢平就教他去想一生中最快乐的事，没想到哈利想到的是第一次骑上魔法扫帚，可见他在寄养家庭经历到的快乐太少了，实在无法与摄魂怪抗衡，这个细节我特别触动。罗琳曾经提到她最珍惜的品格就是勇敢。人为什么要勇敢呢？因为恐惧和软弱总是在折磨我们。我在书中读到哈利很多的创伤，一开始是简单的求不得。别人有家庭，他没有；别人有圣诞礼物、生日礼物，他没有；别人圣诞节能回家，他不能，但是到了后来，痛苦被递进了。血统的问题、朋友死亡的问题、并肩作战九死一生的问题，都很严峻。整个成长的过程，哈利·波特一直在经历失去。一个又一个可以让哈利·波特依靠的人死去。经历这些失去之后，有的关系修复了，比如罗恩和哈利·波特；有的关系就再也无法向前走了，比如张秋和哈利。这很真实，像成人世界的事，又或者说，因为死亡的莅临，大家彼此见证，从此都不再是小孩了。

　　文学的感染力莫过于此。从萌芽的心灵到外化的景观，最终又由精美物质回归心灵世界。要勇敢，是这部经典作品鼓舞我们的核心要义。

女字部首

今年上海夏季酷热，热到走出家门都需要鼓起勇气。夜晚散步，迎面吹来的也是热风。眼前的一切景物，都恍恍惚惚地颤动着，好像海市蜃楼。这样的幻觉，就容易让人想起从前。刚好朋友推荐我读上海女作家殳俏的小说《女字旁》，让我想起上海作家默音也有一本小说，叫《人字旁》。她们有留日经历，且《女字旁》中写过的地景，十分像我小时候经历过的江南。那种秀美风景背后的极度压抑的内心，带着女孩青春期独有的负重感，我不禁想起许多幽暗的往事。可见语言是神奇的路径，虽不一定处处都通向真理，却也能经由重现记忆的氛围，一点一点洇染出同龄人见证过的往昔。

所谓"女字旁"，是因为故事里的三个女主人公，名字都有这个偏旁，"娴"，"媛"，"婷"。小说人物的名字，寄托着作者的期盼，又或者是想要冲破的束缚，在平凡中虚构奇峻的险境，终获成长。女性冒险的故事，经由身体、社会再到茫茫天地，是一条寂寞的不归路。小说名字为什么要锁定在这个部首，可能也是应时代的需求。它初始不完整，所以才需要冒险来补全人物丰满的人格。小说的行文节奏很快，后来我重温了一部老电视剧《上海人在东京》，没想到比印象里要好看得多。对上海人来说，印象最深的几部电视剧，包括《上海一家人》《儿女情长》《夺子战争》《孽债》，都可圈可点，具有市井风情。市井风情不一定都是好的，也有流言蜚语，有欺软怕硬，有金钱和欲望、简陋的温馨与逆天改命的斗争。《上海人在东京》就有些特别，因为这部1996年的作品，主演都是大腕，却不都是上海人。故事的开头是一位因编制问题感到恼火的律师祝月，负气决定远走他乡，另谋机会。他经由不靠谱的中介，到了语言不通的城市，在语言学校学习，日常打工，受了不少委屈，在孤独压抑的异乡生活中，也有了不该有的情感纠葛。我猜想祝月的年纪应该和我现在差不多大，甚至和著名的海外务工者丁尚彪差不多大。祝月的辞职，与其说是编制磨人，不如说是中年危机爆发，令他觉得这一眼看到头的生活十分窒息，一定要外出赚钱改命。

男性的中年危机是文学艺术作品的常用开头。剧中作为留守一方的女性配角，细想起来反而是更具上海精神的有趣样貌。例如祝月的妻子林林，她的职业是护士，娘家条件好，看不上自负的祝月，她却心甘情愿当个"贤妻"。为了丈夫出国改命，她又是算命，又是典当嫁妆，用尽传统美德支持丈夫上进。最后丈夫真的走了，她又期期艾艾、思念成疾。林林的母亲就很有意思，她并没有揪着出国这件大事不放，反而一直劝女儿，才28岁就只想当个妻子、妈妈未免也太短视。后来，随着轰轰烈烈的改制，林林妈下海创业，把一级法人、二级法人这类特定年代的法律问题搞得清清楚楚，亲自经营一间餐厅，搞得有声有色，完全没有老年人的暮气。祝月的出轨，也以命运的真实面目狠狠教训了林林幼稚的情感观念。她在单位搬迁、改制的过程中，终于强打精神，没有彻底退出职场，且为了解决夫妻矛盾，争取去东京出差。林林那么懦弱的性格，却决定加入民营医院，承担未知的风险。值得感动的是，林林的老同事，一位经常带着她偷偷去院长办公室蹭国际长途的医生同事，一遍又一遍鼓励着林林不要放弃自己的事业。这段纯粹的友谊，倒也是林林作为心酸留守妻子之外的福报。另外一位女性配角阿珍，用现在网上的话来说，也是一位"圣母级别"的传统女性。她自己远嫁日本，还要以现任日籍丈夫的身份为前男友做担保，鼓励前男友出国打拼。于情于理，都是一言难尽。阿珍有一位女博士朋友，在学业上受到国别歧视，却不屈不挠，这也感染到阿珍。她是在与闺蜜完全不同的道路上，展现人格差异和应对风险的能量。

  转眼近三十年过去，女字部首有了文学意义上新的命名、新的迭代，总是一件好事，就像王安忆在美国纽曼华语文学奖的获奖致辞中所写："文字、我们的方块字，仿佛一种图案形的密码，扩张一个大我的世界。"

雪花里的仙人掌

秋意渐浓时,自然就揭去了日常里浓情蜜意的面纱,呈现出更为触目的模样。心与心的距离,则像地上两片黑黄的秋叶,枯败着,面面相觑。云物如此淡然地迎接着更为凛冽的上海冬日,心里的笛声尤为颤然。响遏行云横碧落。

十一假期我生了一场病,填满了完整的假期,也因此多陪伴了一会儿癌症晚期的亲人,久别的家人。在朋友圈一派繁荣昌盛的气象中,长假便无所谓长假,休憩则是展示性的休憩。唯有暗地里生命关系的解体及其所裹挟的虚无,无垠而漫长,是私人的壮丽,容不下第二双眼睛。仿佛多看一眼,都是贸然的误解。

闲时读了丹尼斯·博克的小说《回家》,十分喜欢,恰与我如今对于亲缘关系的体认有了关照。这里的"回家",其实是"再回家"的意思，"going home again"，一方面意味着移民返回故地，另一方面也是"樱桃青衣"的隐喻，富贵荣华，情欲热望，甚至天赋亲缘，其实都飘杳如遗梦。

小说最精彩的部分，是巨细靡遗地展露了人与人之间如微生物般缓慢质变、瓦解的依恋关系。有关自私、嫉妒、背叛及欲望的面向上几乎没有高亢的"言志"，它只是"言情"。所以我们看到了在漫长的情路中，一个移民所面临的"解体危机"。表面上，这是一个婚变故事，又交织着绵延一生的"初恋"创伤。但在描述自己早逝的父母时，小说写道：

> 如今，我只记得父母是我曾经认识，并且深深爱着的人，然而总是摆脱不了一种奇怪的感觉：我是凭空把他们想象出来的，他们的生命就像梦境一样转瞬即逝。我并不是不相信他们曾经活过，爱过我，帮着把我塑造成人。可是，他们真的知道我吗？我真的认识他们吗？他们死的时候我还是个孩子。如今，当年那个孩子在我心目中也是陌生人了。当我试图回忆父母时，我幻想全家人聚在一起，幻想我会站在哪个位置，可是，看到以前的自己，我却只能认出这个人的外表。我无法想象自己真正融入那一张全家福。

一旦成为自己的陌生人，往日并不稳固的亲情在主人公查理身上毋宁说是一场"黄粱度梦"。冗长的生活变迁并没有将他的爱人度梦为亲人，他只在面对子女时遥想着自己的失去。事实上，全家福上的每一个人都可以出离这番假象。人们迟早都会知道事实，知道那些被角色、装束、生活状况所掩盖的真相。真相便是在场的全部伦理关系都在逐步松开咬合的连结，全球间迁徙与离散的大潮一同助悲，欢声笑语很快就要悉数解散了。

而另一位杰出的写作者马洛伊·山多尔在《一个市民的自白》对于亲情的描述则更为严酷：

> 我走在亡人中间，必须小声说话。亡人当中，有几位对我来说已经死了，其他人则活在我的言行举止和头脑里，无论我抽烟、做爱，还是品尝某种食物，都受到了他们的操控。他们人数众多。一个人待在人群里，很长时间都自觉孤独；有一天，他来到亡人中间，感受到他们随时随地、善解人意的在场。他们不打搅任何人。我长很大，才开始跟我母亲的家族保持亲戚关系，终于有一天，我谈论起他们，听到他们的声音；当我向他们举杯致意，我清楚地看到他们的举止。"个性"，是人们从亡人那里获得的一种相当有限、很少能够自行添加的遗产。
>
> （余泽民　译）

家庭毋宁说是"我走在亡人中间，必须小声说话"，鞭辟入里，字字抵心。它极不符合我们中国人对于家族和伦理的习惯认知，甚至也不那么巴尔扎克，不那么契诃夫。与其说亲情是我们东方人所理解的义务与财产，不如说是无数前辈死者基因的漂流，是亡人的遗产，填充了我们的肉身；是一个人待在一群人中，并孤独；是虚无主义哲学家萧沆所说，"人无法把自我从自我中解放出来的时候，就会以啃噬自己为乐。再怎么祈求于冥冥中的主宰，上诉到掌管各门诅咒的神灵，都无济于事"。正因其"无法解放"，漫漫人生才有了一丁点服刑的意味。好的人生可以是一段军纪严明的服役。差一点的，则是屈辱的刑求。身心的共生，又是做梦的时间。责难为烂漫的光影所遮蔽。欺心也显得甜美。

于是，当少年时叛离的冲动燃烧殆尽，那个陌生人再度回到曾经的伦理关系中——"going home again"，家不家，父不父，妻不妻，子不子，举目无亲。黄粱与亡人，恰是如今伸手就能摘下的小小温馨。那双手曾经在漫长的时间里，一点一点松开了雪花里的仙人掌。

辑三

谁是问津的人

读卡森·麦卡勒斯

> "只写了一个小小的故事的才能——这是上帝所能给你的最危险的东西"

上海译文出版社重出《麦卡勒斯文集》,多收录了一部短篇小说集。这位早逝的美国作家以五部长篇小说和一部短篇小说集,命名了美国南方腹地于战争前后的人物群像。麦卡勒斯的书名都译得很文艺,如《心是孤独的猎手》《伤心咖啡馆之歌》,这在一定程度上遮蔽了她的小说中畸零人、暴力暴民及种族问题的尖锐性。

《心是孤独的猎手》是一部经典名作。卡森·麦卡勒斯生于 1917 年,是美国文学史上重要的女性作家。她撰写《心是孤独的猎手》时,还非常年轻,只有 23 岁。这部作品为她赢得了很多文学荣誉,换句话说,她在非常年轻的时候就已经登上美国主流文坛,获得了肯定。在大众的印象里,麦卡勒斯和福克纳、韦尔蒂、杜鲁门、卡波特一样,是一个"美国南方作家"。尽管她自己不一定认同这件事情。贴标签这样的事，对于一个成名作家来说不可避免，好处是有利于让更多的人记得，坏处是，所谓的标签就是边界，好的作家会忍不住想要打破它，不想受到限制。有许多研究者都会就这个话题来讨论麦卡勒斯的意识形态、身份政治，或者说历史意识，实际上呢，她确实书写南方，但也不是自觉只为南方书写的作家。

麦卡勒斯出生在美国南方腹地佐治亚州，佐治亚州的首府是亚特兰大，亚特兰大在1996年举办过奥运会。如果我们打开美国地图，可以看到佐治亚州属于东南，弗兰纳里·奥康纳也出生在佐治亚州，《乱世佳人》故事发生的地点也是佐治亚州，作者玛格丽特·米切尔出生在亚特兰大。威廉·福克纳、尤多拉·韦尔蒂的出生地密西西比州，要比佐治亚州靠西一点，杜鲁门·卡波特的出生地新奥尔良所在的路易斯安那州比密西西比州靠西一点，再往西就是新墨西哥州，像美剧《绝命毒师》拍摄地阿布奎基（Albuquerque），就有很多沙漠，很荒凉的地方，可以制毒也可以藏9000万美金。麦卡勒斯在小说里所提到的哥伦布，是佐治亚州第三大城市。

目前看来，麦卡勒斯出生在一个很宜居的城市，当然那是地理意义上的美国南方。麦卡勒斯写作的五部小说也都是以南方为背景，涉及的文学材料，包括有南方的反种族隔离、大萧条时期的生活等。麦卡勒斯成长和成熟的年代，经历了1929—1933年的美国经济大危机，她在《心是孤独的猎手》中写道："大部分小镇上的工人很穷。大街上到处都能看见饥饿、孤独的表情。"麦卡勒斯也经历了上世纪的两次战争。她和当时参战的丈夫有一些通信现在也出版了,我们可以看到她作为一个年轻恋人的许多正常的表现,等待、焦虑、担心……作为年轻作家,麦卡勒斯显然是早熟和敏锐的,她生长的环境和时代,也给她提供了观察变革的机会。尤其是,她到纽约大学读书,在知识储备和写作技巧上获得了更多的培育。纽约也有更好的出版机会和社交圈。麦卡勒斯在很年轻的时候就和许多名人有交往,例如剧作家田纳西·威廉斯,也见过亨利·米勒及他当时的太太玛丽莲·梦露。在她短暂的人生后期,戏剧的影响是不容忽视的。

美国南方文学流派的形成很复杂,有许多议题,我们通过电影或小说才有了基本的了解。它真正获得关注,是由于福克纳的杰出成就。我们普通读者,大致也会了解到,南方文学具有很多元的审美风格,例如怪诞、狂怒、犹豫不安、哥特,同时南方文学也很重视家庭、农业等。在麦卡勒斯的小说里,当然也有一些类似的元素,但更多的,她会关注到人的孤独和爱的无能,不管是南方的,还是北方的,不管是男是女,喜欢男人还是喜欢女人,白人还是黑人。那么,什么是孤独,什么是麦卡勒斯笔下的孤独。

她的长篇处女作《心是孤独的猎手》是最能体现麦卡勒斯创作风格的作品,从这本书中,我们可以看到她日后创作中几乎所有的元素。这本书的书名是出版商改定的,取自一首诗《孤独的猎手》,作者是菲奥娜·麦克劳德,这是苏格兰诗人威廉·夏普的化名,这位苏格兰作家曾经撰写一系列取自克尔特民间故事题材的小说，后来也把凯尔特语菲奥娜这个名字，变得更令人熟知。麦卡勒斯原来给小说起的名字非常直白，就叫《哑巴》，试图参加霍顿·米夫林出版公司的长篇小说处女作大赛。后来，比赛没有获奖，但霍顿·米夫林还是给了她出版合同。她很喜欢出版商改定的新书名。

这部长篇的开篇有一个经典的场景。小说里是这么写的："小镇上有两个哑巴，他们总是形影不离。"这两个人乍一看就完全不同，一个哑巴身材肥胖、神情恍惚，是一个希腊人，他叫安东尼帕罗斯；还有一个哑巴是高个子，眼神中看得出来很聪明，名叫辛格。辛格，也是小说的核心人物。于是，小说就以居住在南方小镇上的聋哑人辛格和他的同性伴侣，另一个聋哑人安东尼帕罗斯作为开场。除了彼此，他们没有其他朋友，但一点儿也不孤独，他们过着安宁的日子。直到安东尼帕罗斯大病一场，性情也变了，最后去了精神病院。安东尼帕罗斯的离场，令辛格开始孤独，从而陆陆续续地带出了其他四个孤独的主要人物，包括咖啡馆主人比夫、赤色分子（工人运动积极者）杰克·勃朗特、少女米克·凯利，和黑人医生科普兰。将这四个人物和他们背后的家庭故事团结在一起的人物，是辛格。

由于孤独，这四个人物在聋哑人辛格身上看到神秘的吸引力，他们十分狂热地想要对辛格倾诉，投射自己的理想化身。他们四个人和辛格的关系，就像是卫星和行星，四颗小卫星绕着行星旋转，而行星辛格则围绕着安东尼帕罗斯转。这是一个非常有趣的小说结

205

构，我觉得也是23岁的作者非常天才的地方。她不只是设置故事和人物，其实也设计了一种动态的关系。以至于小说进行到末尾，辛格因为伴侣病逝而自杀的时候，所有人都失去生活重心的结局得以较为合理地发生。这四个人为什么围绕着辛格呢？表面上，因为辛格是一个很好的倾听者，他很有礼貌，很有风度。他从不拒绝他们的倾诉。他不能回应，所以看起来都能听懂，我们后来知道，其实辛格也听不懂。他只能把他其实没听懂的这个秘密，告诉他的失智伴侣安东尼帕罗斯。

本来，辛格只属于安东尼帕罗斯。安东尼帕罗斯去了医院，他才成为其他人的朋友。只有在安东尼帕罗斯面前，辛格才是倾诉者，他不断打手语跟安东尼帕罗斯表达自己的所见所闻，安东尼帕罗斯却只关心今天吃什么。读到这里，我们会有一个初步的疑问，比起人见人爱的辛格，安东尼帕罗斯到底有何种魅力能让辛格如此喜爱，甚至在他离世之后不惜放弃自己的生命也要随他而去？事实上，如果你喜欢这种莫名其妙，你就会喜欢麦卡勒斯。因为她很善于捕捉这些人与人之间根本说不清楚的吸引，致命的吸引。她的另一部作品《伤心咖啡馆之歌》中也可以看到类似不被理解的、莫名其妙的爱意。令人意外的是，直到辛格死去，那四个倾诉者才知道安东尼帕罗斯的存在，虽然他们自诩为辛格的朋友，但他们对辛格内心世界的了解极其有限。也就是说，在两个人死亡之前，没有任何人走入辛格和安东尼帕罗斯的爱情世界。这个世界是外界无法入侵的。他们也只活在自己的世界里。

这几个主要人物，各有对孤独的命名方式。辛格，顾名思义，Singer，名字是歌唱者，却是聋哑人，他会读一点唇语，但是基本被隔绝在正常人的社交之外。他是有残缺的，却表现得情商很高，充满理解力和同情心，其实是隐藏了自己。他心中所有的感情，都投射到了安东尼帕罗斯身上，只有在这个人面前，他才可以表达真实的自我。他也渴望安东尼帕罗斯的回应，虽然我们看到的安东尼帕罗斯是个傻子，只知道吃，但是他能识别安东尼帕罗斯的智慧。哪里看得出他渴望回应呢，在安东尼帕罗斯还没有大病的时候，他教安东尼帕罗斯下棋。辛格用酒贿赂安东尼帕罗斯给予他游戏般的回应，他们这段幸福的日子长达十年。而辛格在社交生活中建立信任的方式，就简洁得多，基本是通过眼神，通过做事的品格，来换取信任。例如，安东尼帕罗斯去医院以后，他租住米克家，是米克家唯一一个按时付房租的人，哪怕是他要请假去看安东尼帕罗斯，他也会提前支付房租。

咖啡馆主人比夫眼里的辛格，是很稳定成熟的样子，辛格是他的客人。比夫认为辛格身上有一种深深的冷静。比夫的孤独来自哪里呢？表面上来自婚姻。他有一个太太，但两个人关系很奇怪，一次吵架之后，互相称对方为先生、太太。就和很多夫妻一样，他们的关系并没有坏到恨不得要杀死对方，但是讥讽和吵架每天都有。俗话说婚姻是爱情的坟墓，事实上没有那么好的事，因为没有坟墓清静，后来太太死了，他又为自己争取了新的心理空间。对比夫来说，他躲在收银台背后观察别人，是他的舒适区。他喜欢怪人，而且自己知道自己喜欢怪人。太太则喜欢不赊账的正常客户。所谓的怪人，是病态或残疾的，这样的人来店里喝酒，比夫甚至愿意免钱。这是一种很奇怪的心理，也是比夫去找辛格的依据。他为什么喜欢怪人呢？他自己是不是怪人呢？比夫有两个秘密，事关性别认同、婚姻和情欲。一个秘密是，比夫有性别认同焦虑。另一个秘密是，他喜欢米克，后来又不喜欢了。

如果我们留意小说对比夫的描写，会发现这个人"胸部毛发浓密"，说明他刻意露出了胸毛。他每天剃两次胡须，看起来很男人，其实在表演自己很男人。如果大家看过奥斯卡获奖作品《犬之力》，就可以理解，卷福（本尼迪克特·康伯巴奇）在电影里同样刻意像牛仔一样趴开腿走路，不戴手套杀死动物，显得很男人的样子，其实他的内心是很女性化的。换句话说，比夫渴望成为一个女人，他喜欢米克，是想成为米克的母亲。他这种想法，在崇尚男性气质的南方，肯定是没法表达的。他有看起来正常的婚姻，就连吵架都那么正常，但其实，他的孤独难以言说，他擅长缝纫，使用香水，布置卧室，喜欢小孩，想要照顾别人。太太知道这件事吗？爱丽丝嘲讽过他偷用香水，好在她死后，再也没有人嘲讽他了。比夫相信，"从根本上看，每个人都具有两种性别"。比夫什么时候开始不喜欢米克了呢？其实正是因为米克从一个假小子变成了一个南方淑女之后，比夫明确地感觉到自己对米克的喜欢，像夏季的花朵一样凋谢了。如果说，比夫喜欢的是怪人，不如说他喜欢的是在当时还难以被定义的边缘人，或者是正常人幽微的边缘倾向。

赤色分子（工人运动积极者）杰克·勃朗特，是一个堂吉诃德般的人物。在镇子里，他是个外地人。他出身在南卡罗来纳州，9岁就开始打工，因为打零工流浪了很多地方。他和辛格相识，是在比夫的咖啡店喝醉的时候，他被辛格好心地带回家照顾。杰克是个粗人，一直换工作，到处做临时工。他常常会跑到比夫的咖啡馆里喝酒喝到半夜，边喝边演讲，说一堆别人都听不懂的话。"脑子里的各种想法跑马一样四处狂奔，令他无法控制，他想发火。他想出去和谁在拥挤的街上大打一架。"在工作场合，他也经常莫名地与别人打架，常常表现出愤怒的情绪，歇斯底里。他无法与别人融入，变成了别人眼中的"怪物"，变得更加孤独，但他骂骂咧咧的惹事过程里，居然一直没发现辛格是一个聋哑人。杰克这个人物可以提醒我们，美国经历经济危机之后，有大量的工人失业，愤怒的工人们，也形成了大量的矛盾，包括对纺织业工厂主、对社会统治阶级的愤怒。正因为受苦，杰克一双巨大的手上满是老茧，他会说出许多深刻的话，例如，整个系统都建立在一个谎言之上——尽管这个谎言像照耀我们的太阳一样显而易见。那些不知道的人却一直生活在其中，他们就是看不见真相。他不断把这个真相说给辛格听。辛格死后，他和镇上的黑人发生矛盾，其实他在小说出场时还帮助过黑人，后来还是陷入难以调和的冲突：来自白人劳工和黑人的冲突。最后他逃跑时，就和来时一样，一个朋友也没有，是这里的陌生人。

第四个人，少女米克，出场的时候13岁，小说结束的时候她长大了 14 个月。这 14 个月中，她经历很多事，例如家中经济崩溃，她只能出去打工；例如她偷尝禁果，却无人诉说心中的恐慌。她本来是个假小子，身高五英尺六英寸，和男孩子一起上机械课，她充满活力，喜欢音乐，但家里没有钱给她学习音乐。她在公共图书馆看书，偷听邻居的收音机音乐，关于艺术的知识接受得极为混乱，但她自得其乐，还学习作曲。她很容易崇拜别人，表达得很直接。她喜欢辛格，就一直去找他，她过生日那天，辛格送给她一本关于贝多芬的书。好像，只有辛格懂她的音乐梦想。

第五个人物，也是一个典型人物，黑人医生科普兰。在他的身上，体现了刻板印象中南方受过教育的黑人痛苦的精神世界。他的孤独，就是黑人的孤独，无法改变后代的处境，无法改变歧视。他为黑人看病 25 年，去酒吧喝酒还是会被人驱赶。他有一些矛盾的看法，源于他既不认同黑人的民族文化，也不愿意从属白人的生活方式。辛格的友谊对他很重要，是因为他在辛格身上看到了白人自控能力和禁欲主义的化身。更幽微的是，科普兰医生认为辛格是犹太人。犹太民族和他们一样饱受压迫。小说里，他遭遇了一场重大的危机，儿子威利因琐事被罚苦役，最后被白人警察虐待导致截肢。这件事也影响到了其他人，米克十分恐惧，杰克想把事情闹大，但威利害怕得要命，面对不公和黑暗，他们并不团结。科普兰医生的无能为力，也象征着某种孤独的表征，就是无力感。

一直到辛格自杀，这几个痛苦的人最终连唯一倾诉的对象都没有了。我们不得不感叹，23 岁的麦卡勒斯具有很敏锐的观察力，她选择书写的人物，是经过深思熟虑的，代表了不同面向和议题，包括身份认同、性别焦虑、黑人问题、劳工问题、经济危机等，而不只是所谓的成长小说。许多研究者提到，辛格有一点耶稣的化身，每个人都渴望和他说话，且每个人心中的他都不一样。小说里写到关于他的留言："一个黑人老妇告诉无数的人说他知道死人的灵魂回到人世的方式。一个计件工声称他曾和哑巴在州里别处一个工厂工作过。富人们觉得他是富人，穷人们觉得他是和他们一样的穷人……每个人都根据自己对辛格的愿望来描述这个哑巴。"他是一切，又在一切之外。他好像不是一个真实的人，而是一个象征。其实，令人费解的希腊人安东尼帕罗斯也是一个象征。用最通俗的话来说，他们就是小镇上若隐若现的"双希"文明——也就是希腊文明和希伯来文明的精神。伴随安东尼帕罗斯和辛格的死亡，似乎也有了一点上帝之死的孤绝。在这个意义上，我们可以说，麦卡勒斯是一个天才。

麦卡勒斯曾经提到过这本书的写作构思，她说，我的生活里差不多全是工作和爱，谢天谢地。工作并不总是轻松的，爱也是如此。本书的广义中心主题在前十几页中即可显现。这个主题就是，人对自己内心孤独感的反抗，以及对尽可能充分地表达自我的渴望。围绕着这个总体思路，有若干对立的主题，其中可以简述如下：(1) 人内心深处有一种需求，要通过创造某种能够自圆其说的原则或者上帝来表达自我。一个人自己心目中创造出来的上帝是他自己的映像，本质上，这个上帝往往还不如创造他的那个人。(2)

在一个无序的社会里，这一个个的上帝或者原则一般都荒诞不经。(3) 每个人都必须用自己的方式表达自我——而一个趣味高雅却短视的社会对此经常是排斥的。(4) 人类天生具有合作精神，但是一种非自然形成的社会传统让他们的行为与自己内心深处的天性相悖。(5) 有些人天生就是英雄，他们愿意付出一切，却不计辛劳，不求个人回报。

这种表达的困境、沟通的失效，与倾听者的隔绝感、无力感，是艺术家捕捉得最为精确的东西。我想，无论我们是渴望和别人讨论爱，还是我们不断在寻找属于我们的辛格，这件事情都是追寻理想，而不是日常生活的必要。爱是伟大的，说不清楚的，也是致命的，稀缺。孤独倒是无处不在，无所遁形，人手一份的。

实际上《伤心咖啡馆之歌》写得也十分诡异，故事发生在一个几乎与文明社会隔离开的南方小镇，主人公艾米莉亚是一位善于酿酒的咖啡女店主，她有个结婚仅十天就分手的前夫，他是一个罪犯，还有一个冒名是她远亲的驼背男子。因为性情过于孤僻，艾米莉亚对来认亲的驼背男子总是抱有举棋不定的暧昧态度，甚至半推半就让他进入她的家中生活，艾米莉亚爱上了驼背，驼背也因此沾沾自喜，他利用她的喜欢控制了她的生活和生意，惹来小镇上的非议。故事的转折发生在艾米莉亚前夫出狱回到咖啡馆，驼背居然因为他坐过牢而十分崇拜。驼背让出了自己的床位，艾米莉亚又让出了自己的房间给驼背，三个人奇异地共处一户，直至两个男人掳走了艾米莉亚全部的财产，小镇又恢复到荒凉的状态。艾米莉亚则任凭咖啡馆荒废,她自己的人生也熄灭了热情。在这怪诞的故事里,看不到抒情和哀婉的文艺腔,它将人与人复杂的心灵关系归结为上帝的安排。因为人们无法用常理来理解他人内心真正的渴望和需求。这我也是十分认同的。人生来孤独,人和人说话也只是说话,理解是一种灵性甚至接近于神性的苛求。也许我们倾诉的对象,也会和他的"恒星"说,今天有个人跟我说了很多话,但其实我也听不懂。

在麦卡勒斯的故事里,我们可以看到许多关键词,例如南方、酗酒、年幼的兄弟姐妹、孤儿、孤独等。很难说这复杂的创伤记忆究竟源于迁徙、种族身份、南方生存境遇还是其他,它就像是一团忧惧,萦绕在故事内外。她的每一个短篇小说,都呈现为类似孤独惊惧的小场景。它好像是一个青春故事,十分平常的少年、中年,仔细品读又觉得不然。例如故事《傻子》,说的是一个被荷尔蒙引领生活重心的十六岁青少年,暗恋学校一个女孩却无果,在他的家里,有一个小四岁的堂弟却将他作为精神依赖的对象。因为失恋的关系,成绩也搞得很差,主人公显然心浮气躁,年轻的他很难照顾到身边其他人的感受,他冲堂弟发火,他既觉得自己承受不了堂弟的情感需求("你一直把我当亲弟弟喜欢""不管你做了什么,我都知道你是喜欢我的"),又说不清楚问题出在哪里。他称呼堂弟为傻子,内心又自卑地感觉到除了傻子之外没人会真心喜欢他,直到有一天,恼火汇聚成冲突,他说破了一件奥妙的事:"你为什么不去找个女朋友,而是缠着我?你到底想变成多么娘娘腔的家伙?"

说完这些话，他自己都颤抖，而一切开始发生剧烈的变化。他没有爱情了，和傻子亲密的友谊也没有了。"我非常想恢复轻松的心情，比什么都想。我怀念傻子和我之间一度有过的奇特的并非愉快的相处方式。"这个故事我读了很多遍都觉得意味深长，傻子后来的表现，例如充分彰显男性气质，要去阿拉斯加捕猎，或和新朋友们嘲讽鬼混的男女，都让读者不禁怀疑他曾在十二岁那一年对于自我身份认同的焦虑没有很好地处理，当然，这也不是另一个十六岁的少年可以好好处理的认同问题。

麦卡勒斯小说的另一个特征，就是音乐性。她短篇故事的主人公，许多都从事音乐工作，或有音乐的爱好，有音乐神童的互相观看（《神童》），有犹太人钢琴家的手（《外国人》）。他们的孤独与音乐相关，欲望的流动也和音乐相关。《无题》中提到了年轻人逃离的主题，"她想离开并没有什么真正的理由。仅仅是因为在过去的一年里她开始感觉到的一些东西而已。这或许跟音乐有些关系。也或许是因为她长得太快了，而她又不知道该怎么办"。麦卡勒斯以非常精巧的方式，将两个年轻人制作滑翔机飞行失败摔得遍体鳞伤的事件，与音乐和人生的关系形成相似的隐喻，"音乐就如同当初的滑翔机"。很难用语言形容那到底是一种什么样的东西，我猜想就是少年们经由身体发育所产生的激烈而复杂的渴望，有些关于情欲，有些关于征服世界，有些关于逃离，总之是一些令他们感到沉闷压抑、难以忍受的身体的声音。他们对偶像总有一种悲凉的向往。这是麦卡勒斯定义准确的青春。

最像当代小说的《谁曾见过风》，讲述了一个失败的作家所亲历的中年危机，借由小说主人公看待新锐作家的话，道破了每一代作家都会遭遇的焦虑："只写了一个小小的故事的才能——这是上帝所能给你的最危险的东西。你会一直写下去，不停地写，心怀希望，坚信不疑，直到你的青春被荒废……一点点小才是上帝最大的诅咒。"

原为群岛读书会讲稿

读特罗洛普

> "在所有年轻女人值得从事的职业中,文学这一行是最容易使人伤心绝望的"

对我来说,特罗洛普作为作家的励志意义远胜于其他。这位 1815 年出生在伦敦律师家庭的英国作家,前半生并不顺利。父亲治家失败,自己没有考上大学,好不容易进入伦敦邮局工作,同事对他也不太友好。他 26 岁开始写作,写了十年都没有什么成就可言。但他没有放弃。他是英国文学史上最高产的小说家,一生中他写了 47 部小说,12 部短篇集,18 部非虚构著作,2 部戏剧,3 篇论文及两大本书信集。更重要的是,他还正常上下班。他的代表作,是长篇小说"巴塞特郡纪事"系列,其中以《养老院院长》和《巴切斯特塔》最为流行。在苦劳型的作家中,几乎没有人能超越特罗洛普的时间管理。

《特罗洛普中短篇小说精选》这本小书,说它是人物写作的典范也不为过。《凯瑟琳·卡迈克尔》说的是一个二十二岁的年轻女孩，在清贫的家庭突遭变故后的寒心事。父母相继离世，作为家中长女，她不像妹妹一样必须托人照顾；但作为一个年轻女人来说，她对一切人生大事都缺乏经验。好不容易出现一个好心的亲戚愿意收留她，原因却是那个老头彼得·卡迈克尔自作主张让她成为他的妻子。凯瑟琳如果不同意，就会增加可怜的姨妈的经济负担。可她若是同意……她心里还爱着同龄人约翰·卡迈克尔，也就是彼得·卡迈克尔的堂弟。他们两个人青涩的情感，在彼得·卡迈克尔一登场就宣告结束。年轻矿工约翰·卡迈克尔并没有能力对她许下人生的承诺。一路上渡过一条又一条大河，凯瑟琳只希望自己能让河水淹死，这样就可以帮助她解脱生活的重负。在跋涉几条大河之后，凯瑟琳嫁到了那个冷酷、乏味的家。"她是这个人的老婆，她却恨他。过去，她从未体会过恨一个人是什么滋味。"心如死灰地度过了两个圣诞节以后，凯瑟琳听说约翰·卡迈克尔要来了。这使她不得不直接面对内心的拷问。奇怪的是，她并没有像浪漫小说一样和约翰偷偷发生些什么，而是表现得非常理智，她挑明了自己对约翰的好感，以及两个年轻人在一起的不方便，希望丈夫让这个年轻男人离开。这居然让彼得·卡迈克尔产生了复杂的思考。一方面，他觉得自己小看了妻子；另一方面，他偷偷去把遗嘱撤换了。他总是会死得比他们两个早，他原来没有留给妻子一分钱，但在这种情况下，也许是妒忌又或者是别的什么，他把遗嘱受益人换成了年轻的妻子。在送走约翰回程的路上，彼得居然落水淹死了。他的遗嘱生效了。大家都不相信，眼前这个年轻的女人只用三个圣诞节就发了财，而凯瑟琳另有打算。她不断给约翰写信，希望他能回来。约翰听说了堂哥的死讯，十分平静地祝福那位年轻的寡妇（"反正都该归她。很好，很好！"），之后就埋头继续工作了，直到他收到那些强烈的召唤。两个人的谈判也很有趣，凯瑟琳坦诚她不爱丈夫，因此不要他的钱。约翰想了很久，问她："如果不是从他手里，到时候再从我手里接受呢？"她答应了。"卡迈克尔"是她心中所许之人的姓氏，只有她知道这个姓氏背后的含义和幽微的差异。

《玛丽·格雷斯利》说的是另一组关系，一个五十多岁的男性编辑，和一个十八岁的文学少女。这样的故事是很老套的，然而特罗洛普的处理就很奇妙。他写出了一些非常复杂的内容，例如女性写作的不易，编辑明明知道鼓励她写下去可能并不意味着人生幸事，可他还是鼓励她了。他欣赏她的个性，怜惜她的命运，但他做出了耐人寻味的决定，没有把她的作品发表在自己负责的杂志上，而是推荐到了别处。而且他对自己说，可能也就是如此了，她的才华最多也就是如此。"在所有年轻女人值得从事的职业中，文学这一行是最没把握，最不保险，也最容易使人伤心绝望的。"他对玛丽说。玛丽遇到的困难格外具体，才华不足以谋生，未婚夫反对她写作，她非常专注地爱着未婚夫。最后的结果，是她放弃了写作，未婚夫也因病过世。许多年后她改嫁，开始随丈夫从事宗教活动。她烧毁了所有的小说稿，也烧毁了与这位编辑的心灵联结。

那些年轻的女孩子，坎坷的身世都有特罗洛普生活的影子。而他笔下那些从事写作的女性，包括凯瑟琳的母亲，或是玛丽，都有特罗洛普母亲的影子。特罗洛普的母亲曾经通过写作通俗读物艰难地养活了他们一家。我不太了解特罗洛普在英国文学界的地位，但一个显而易见的事实是，尽管有大量的创作，他并不算是文学青年口中经常说起的大师。最为打动我的，还是他对于人生的看法、爱情的看法、女性的看法，即使是在如今的时代，依然没有过时，甚至十分真挚。特罗洛普的风格就是如此，一气呵成地说一个女孩的情感故事，说她的处境、她的抉择、她的悔恨和她在一生中所做出的最不像自己的决定。这些心事般的往事，因其生动细腻的表达，说出了许多一般人不会在生活中说破的世情道理，看完真让人唏嘘。

读安妮·埃尔诺

"我为我的阶级复仇写作"

不久前,张悦然找我填写一个问卷,是一些关于女性自传体小说的问答题。我填了很久,甚至很长时间答不上几个字。尤其是关于 2022 年诺贝尔文学奖的得主、法国作家安妮·埃尔诺,及她基于自身经历的多部创作。虽然感觉十分尴尬,又很怕被误解过于自恋,安妮·埃尔诺的出身背景和早年人生经历有和我极为相似的部分,例如出身工人家庭,偶然念私立中学,成为文学教师,除了教书之外投身写作,居然还没有饿死……甚至是被疯疯癫癫的亲戚告知自己不是父母唯一生育过的孩子,也勾起了我很不愉快的童年回忆。

"候补式的出生"无疑是要提醒我们,存在是如此偶然,正如《另一个女孩》中安妮·埃尔诺写的那样:"我的生是用你的死换来的。"这样的故事是那么普遍，普遍到我们甚至忽略了时代背景、文化禁忌以及尚未被习得的现代心理学常识：为什么这个幽灵般的姐姐让她如此痛苦呢？因为这幽微地关系到，孩子对父母无条件的完美信任在姐姐突然出现的那一刻灰飞烟灭。安妮在听到这个消息的瞬间，心中坚固的部分崩塌了，这既是情感层面上不幸的开始，换一个角度说，也是"文学"这看似高不可攀的事业萌芽于一个工人家庭的神秘开端。她开始思考自己的生活圈不被鼓励思考的问题：我是谁，我为什么来到这里，我为什么要这样活着，我们为什么要经历这样的痛苦？以上的素材，在安妮·埃尔诺的作品《一个男人的位置》（写父亲）、《一个女人的故事》（写母亲）、《一个女孩的记忆》（写自己的青春期）以及《另一个女孩》（写早夭的姐姐）中均有成熟的表达。我很喜欢这几部作品的结尾，作家图穷匕见，写父母对自己的祝福是那么残酷："或许，他最大的自豪，甚至他存在的证明，就是我已经属于曾经蔑视他的那个世界。"（《一个男人的位置》）

我有两个学生现在正在巴黎留学，她们都已经毕业。我们的关系，从一定程度上已经解除，或者说，有待重置。隔着七个小时的时差，柔化了原本"师—生"秩序的生硬感，变得很像古早时期的网友。有时她们给我微信留言，说的都是一些极琐碎的留学生活。其中一个学生乔阳，在学校打排球崴了脚，这本是一件糟糕的事，但对她来说居然产生了轻盈的、隔绝于学业之外的愉悦。她提到一件有趣的事，她的排球老师安慰她说，他对中国学生最深刻的印象，是大家好像不太使用非语言的表现方式，比如表情和肢体动作，法国人是表情很丰富的民族，他们不会刻意节制表情，包括撇嘴、翻白眼和各种感叹的声音。甚至有的学生，嘴里说的和给出的表情完全不匹配，这解释了我心中很大的疑惑。如今我同龄的朋友们已近中年，他们最大的变化就是，表情变少了。尽管生活的悲剧并没有放过每一个人，但他们看起来就是没有什么表情了。我猜想，中国人的常用面部表情和肢体语言本就设定得十分经济，中年以后，更是有大量表情语言需要彻底检修才能恢复功能。

我的另一个学生顾迪，去年 10 月 20 日参加了 2022 年诺贝尔文学奖得主安妮·埃尔诺的文学讲座。这场持续一个小时的法语访谈，主题是"文学，当代的挑战"，我很有兴趣。顾迪给我看的现场记录中，安妮·埃尔诺谈到了她自己的写作追求，是所发生的事情的精确性。大多数时候，是重新找到感觉，重新发现"当下"。顾迪在 AI 协助的录音笔记中强调（也许是安妮·埃尔诺独特的创作观）："我不知道，因为我不需要想象，我不需要想象，我只想重新发现事物。""不需要想象"似乎与传统文学训练的目标背道而驰。我们原本是鼓励想象的，不是吗。在当代享有盛誉的女性作者，大抵在柔性地抵抗着既有的文学范式。例如，布克奖评委李翊云，就在她的作品中明确地反对 cliché-land。她所谓的 cliché（陈词滥调），是与我们第二语言学习惯例相反的，她提醒我们写作的时候要远离惯用语、远离流行语、减少无脑模仿，将词语和意义回归源头，去探索本体论意义上的词与物之间的关系。她们标新立异的文学观，给予我很大的刺激，有些常挂在嘴边的陈词滥调再也说不出口，例如"写作是对阅读的模仿"，或者"发挥你的想象"。我对笼统的"女性自传体写作"的说法也很警惕。我总有奇特的直觉，觉得她们不只做了这些，她们在做一件更颠覆的事情，她们叛逆的部分可不只是性别，而是文体，而是小说的定义。

安妮·埃尔诺和主持人谈到了一些作品，恰好有中译本，例如《一个女孩的日记》。配合《一个男人的位置》和《一个女人的故事》，基本可以还原安妮·埃尔诺的父亲、母亲和作家本人的少女时代。安妮·埃尔诺出生于工人阶级，喜欢阅读。父亲原本是缆绳厂的工人，后来在母亲的鼓励下开了小杂货店。在这个家庭中，没有太多被规训过的审美教育和精神交流。安妮·埃尔诺念完大学后，父母对她的"另一种人生"表现得无措。小说里巨细靡遗地写到这种窘迫和尴尬，例如安妮·埃尔诺不喜欢母亲用膝盖夹着酒瓶开盖子，也不喜欢父亲说"你配享受这样的生活"，她羡慕丈夫的家庭能在杯盏打碎后，随口念出有典故的诗句，她在教育孩子不要在车厢里乱跑的时候，刹那间意识到自己可能已经背叛了出生所在的阶层。社会学有许多大词来形容这种跃迁的个体，类似"阶级背叛"，或者中性一些，"阶级移民"。如果说韩国有"1982年生的金智英"，那么法国也有"1958年生的安妮"。许多读者在看了意大利小说家埃莱娜·费兰特的畅销作品《我的天才女友》后，命名埃尔诺笔下的"安妮"为法国"莱农"。这很有意思。《我的天才女友》中写了两个女孩的友谊，莉拉和莱农，两个人都出生于那不勒斯的社会底层，莉拉被命定野蛮生长，莱农则通过艰难侥幸的教育成为小知识分子，嫁入一个知识分子家庭。从命运轨迹来看，莱农和安妮确实是相似的一代女性，她们通过写作，还原了冷酷的跃迁旅程。在这个旅程中，"性"独具意义，甚至不只是"性"，堪称一种象征性的"投名状"。从这个意义上来说，读《一个女孩的日记》中少女失贞的心灵感受，确实会让我想到莱农和尼诺父子之间复杂的情欲关系。

最后他们谈到了《事件》，2021年法国电影导演奥黛丽·迪万曾将这部小说改编成电影《正发生》，获得了威尼斯电影节金狮奖。这部作品其实是《一个女孩的日记》的虚拟叙述，关于1960年代法国女孩如何面对未婚先孕、非法堕胎的恐惧。奥黛丽·迪万在《纽约时报》的电话采访中表示，安妮·埃尔诺的作品有一种"原始的诚意"。由此，社会学意义上的"阶级"只是这"原始的诚意"中最表象的东西。更重要的是，安妮·埃尔诺关心某一段时间中，女性是如何面对五花八门的禁忌，又如何在禁忌中感受孤绝、感受背叛。从《一个女孩的日记》中侥幸逃脱的，到了《事件》中未能幸免，它以法国式丰富的表情，再现严苛的社会生活对人施加的影响。

法国"莱农"，乍一看有点道理。"莉拉"是更文学性的人物，"莱农"则符合主流趣味地靠记录"莉拉"谋生：不是把"莉拉"当素材，就是把"莉拉"当论文中的受访者。这也是当下受过教育的年轻人最熟悉也最不道德的知识生活。刻薄地说，"莱农"经过不懈努力，最终成为一个十分无聊和不怎么快乐的小知识分子。不管是法国"莱农"，还是意大利"安妮"，这些可以预判的人生发展在性别不友好的环境中，居然可以成为传奇，其实是很讽刺的事。好在文本之外，社会学意义上"安妮·埃尔诺"这样的女孩并没有满足于此，她没有被真正"收编"。一些不好听的标签一直萦绕在她的周围，她毫不避讳把它们放到台前。这种暴力真相在安妮·埃尔诺笔下十分明朗，即"安妮"父亲所认为的"你配享受这样的生活"的幌子并不可靠，受辱和羞耻的感受才是普遍的。阶级移民和任何形态的移民一样，有足够的霉运亲历丑陋的人类世界。这些想法在安妮·埃尔诺的许多访谈中都有体现，例如她说诺贝尔文学奖分散了她的生活，更重要的是，获奖并没有改变她的处境："在法国，身为女性和左派是不被原谅的。"

初读安妮·埃尔诺时，我的感觉并不惊艳。因为不懂法语，也许会有大量意义的损失。她写的都是我最熟悉的那种平民生活外观。但我仍然被她深深吸引，因为阅读她，我甚至有动力找出了大学时期精读过的旧书——法国哲学家卢梭的《论人类不平等的起源和基础》。对屈辱的抵触与规避痛苦的人性本能会让我趋向遗忘，但故事将我拉回原地。可以说，是故事帮助我们重新了解人类，而了解人类之后，才能了解不平等公约是如何渗透至社会结构的方方面面。如果安妮·埃尔诺放弃了抵抗，那么她就是"莱农"；她没有，那便不是。或者说，她只是把自己作为方法，使得"安妮"成为一种全世界范围的普遍处境和可能性。《另一个女孩》是与我擦肩而过的经验素材。我放弃了它，但安妮·埃尔诺重新研判了"替代的生命"背后的社会学意义，例如为什么家里只能有一个孩子，另一个孩子为什么会有如此深切的嫉妒心和罪恶感。平行世界中有许多"安妮"正在面临以身犯险的各种危机，通过个人记忆为桥梁，进入公共生活，包括进入不熟悉的阶层，进入不受欢迎的意识形态，进入自由情欲的惨烈后果。比起"阶层移民"的标签，安妮·埃尔诺处理身体、生育和法律及社会习俗变革的紧张关系，显然更有先锋的意义。

她一直没有变，她说："我为我的阶级复仇写作。"让我想到陈映真的《山路》，以及其他种种。

读李翊云

"有时会遭受的最致命的自然灾害是家人"

2023年年末,李翊云的新书《我该走了吗》问世。随之广泛传播的,还有她谈论创作的两期播客节目。在过去20年中,这位广受关注的华裔作家一直没有中文译本的著作问世。李翊云1972年生于北京,从北京大学生物系毕业后赴美留学,后放弃免疫学的职位投身文学创作。她的首部短篇小说集《千年敬祈》曾获2005年弗兰克·奥康纳国际短篇小说奖,后来被华裔导演王颖改编成电影,由俞飞鸿出演。2012年,李翊云获美国"麦克阿瑟天才奖",2013年担任英国布克奖评委。正如出版人彭伦先生所言,"这么多年来,她在美国或者说在世界文坛的影响越来越大,可以说是目前华人作家里面,用英文创作的成就最高的作家"。那她到底在写什么呢,她怎么看待写作呢?从某种角度来说,如今靴子终于落地。

受益于那两期播客节目，国内读者对李翊云的创作会有更为具体的理解。我想，这种理解不是基于文本和故事的，也不是基于创意写作教育中所谓"文学技法"的传授，而是基于个别的、跨文化视角下的，对于"文学"基本观念的体认。尤其在关于小说的物质部分（作为创作质材的语言，和被语言模拟的思想）的斟酌，李翊云的实践具有吸引人之处。相较之下，"为什么20年来她的小说都没有中译本"反而是最不重要的谜团。

李翊云认为写小说，就是写句子，就是写时间。她解释自己对于词语、句子的严苛，可能源自第二语言学习的好奇和责任心。这很有意思，例如她会在小说中追问许多约定俗成的"默识"，仿佛一个局外人般疑惑，例如她在播客中说，"杀时间"这个词很可怕。这种"可怕"不只是对于夸张的流行语言的警惕，事实上她所理解的"时间"，可能关涉她对于小说使命的基本看法，是一个严肃的概念。她也会借由小说人物追问，为什么人们在打招呼的时候要说"你今天过得怎么样"（How are you today），而不是"你今天是谁"（Who are you today）？她和她的人物们一起沉思，"你是谁"这件事难道不比你当下的情况更为本质和重要吗？此外，在李翊云的叙述习惯中，我们常常会读到同一章节中的同一页，或相邻的几页中出现精妙呼应的文学表达。她似乎十分倾心于雕琢和布置能指和所指所可能带来的想象空间，并经由词语的发生，追索本体论意义上的"连接"，包括如何界定主词，如何叙述和界定什么是什么：爱是什么，生命是什么，时间是什么，永恒是什么。

在阅读《我该走了吗》的同时，我也在读她的另一部作品《理性终结之处》(Where Reasons End)。后者的故事本身很简单，写了一位母亲和她因自杀而失去的十几岁的儿子之间的虚构对话。对话结构了整部小说。对话设计对一般小说创作来说是十分冒险的任务。一方面，无意义的对话会打散读者的注意力；另一方面，当我们使用语言来建构小说时，语言同时也是我们世俗生活功能性的消耗品。文学语言和日常语言应该有所区分，"对话"却会放大这方面的短处，从而使得小说文体在精神诉求上的企图受到打击。"对话"怎么构成小说呢？这是一个好问题。换句话说，我们更应该问的是，在李翊云看来，小说应该是什么且应该讨论什么呢？《理性终结之处》的开篇即处境，这对母子不只是一般的母子，而是在回忆中，追溯悲剧的精神性来源。这是一个移民家庭。对话不落实在日常生活里，而是落实在一位资深的第二语言使用者和一位青少年母语者的精神交流中。众所周知，这个设定在跨文化视角下具有虚构的空间。因为一代移民和后代之间的确存在着思维方式和表达的文化隔阂。以往，我们对这种文化隔阂产生的故事的刻板理解，还停留在《喜福会》《瞬息全宇宙》，甚至是《千年敬祈》的阶段，但是到了《理性终结之处》，边界似乎被突破了。这对母子的对话中充满了对于词语、句子的辩论，在辨析中，母亲的经验基于人生与词源的，是后天的；儿子的经验则是直感的。经由字词、歌谣等最基础的、接近儿童语汇的简单质料，他们讨论到了宇宙和人生最根本的问题：时间、空间、死亡，讨论表述这些词语和词语精确抵达真正内涵之间的距离。他们讨论诗与哀悼,且诗与哀悼是那么重要,最后甚至可以帮助我们重新理解世俗生活中不可辨识的伤心。

最令我感到启发的部分,在于李翊云对于"cliché-land"这个日常语言(陈词滥调)世界的怀疑。我在播客中听到李翊云非常反对写作者使用那些流行语言、流行比喻。主持人笑称这恰恰和留学生模仿"地道"外语来适应生活环境的训练方式相反。李翊云说,是相反的。可见她很认真想过这件事。她喜欢字典,喜欢将词性变化搬演至到她的小说句子中。我不知道如何形容这种词语的表演,类似的雕琢和布置似乎也不能简单用脱口秀提到的 call back(扣题)来类比,它更接近于一种词语的戏剧。总之,小说里有些特定的词语会再次出现,就仿佛我们模仿意识的材质却无法模仿思维的规则。小说家正是在制定着法则。根据语言的逻辑,它的确可能发生,它也可能不发生,是小说让它偶然发生着。这不就是虚构吗?所以,这些再现的词语,既不是押韵,也不是为了抖包袱。它接近于音乐性的再现,暗示我们危机的到来,不可辨识的幽暗从未离去。解释是乏力的,翻译也会有损失,《我该走了吗》还是保留一些十分"李翊云"的特质。例如小说第 244 页写道:"我想告诉你们,不管谁,有时会遭受的最致命的自然灾害是家人。"第 263 页写道:"克里斯可能是世上最乏味的男人,但乏味的男人不大会在家里引起自然灾害。"

失去至亲的痛苦,在李翊云的小说中,是反复吟咏的旋律。也正是自身伤痛的经历,令李翊云的写作走向了更深邃的境界。对于生命选择的不可知、不可理喻、难以理解，她在精确的单词，或单词以外的诠释中探索意义的本质。《我该走了吗》的故事中也有大量的"失去"。结过三次婚的老妇人莉利亚回忆往事，她真正的伤痛在于她曾失去过一个孩子露西，她自杀了，就像《理性终结之处》中的尼古拉一样。露西是莉利亚少女时期和一位只见过四次面的年长男子罗兰所生，莉利亚的第一任丈夫承担了父职。小说的结构于是建筑在一部日记内外。因为罗兰有作家的梦想和写日记的习惯，因缘际会，莉利亚得到了这本日记，成为稀少的读者，和唯一权威的诠释者。从小说的"现实"来看，莉利亚对于罗兰的一生并不重要，但我们不得不经由莉利亚的诠释才能解读罗兰这件事很重要，叙事权力的竞争在精神层面得以悄然展开，胜负难定。这非常像李翊云所喜欢的作家威廉·特雷弗的名作《钢琴调音师和他的妻子们》的表现力。钢琴调音师是一个盲人，太太去世后，他续弦了一位暗恋他多年的女士。因为他看不见，所以后来的太太通过叙述，一点一点颠覆着亡妻对调音师日常生活的命名，包括但不限于家具的位置、生活的看法、情感秩序的先后。一个死去的人和一个盲人有相似之处，他们无法反驳他人对于世界表象的命名。罗兰的情人很多，她们拥有他日常生活的各个阶段，但唯有莉利亚经由阅读日记的方式，走入了他的精神世界。他们本来的关系（一个孩子）已经消亡，但叙述使得一切借尸还魂。

从阅读感受上来看，《我该走了吗》是包含多个乐章的大型管弦乐曲。在作品中，许多旋律同时进行，相互补充。指挥它们，是使得小说之所以成为"小说"的关隘，这很有意思。更奇特的是，如果我们将李翊云作品中的词语、譬喻、句法作为一个大文本来观察，一些质询和答案也会悄然再现。例如她曾在《理性终结之处》中尖锐讽刺有人分不清单簧管和双簧管，"不认识它们没问题，但绝不能不懂装懂"。"单簧管"同样出现在了《我该走了吗》中，被悲惨地改造成了一盏灯。她写道："我为那支单簧管感到难过。如果有安葬旧乐器的墓地，那支单簧管可能宁愿去那儿。"这些奇异的互文形成了若隐若现的意义世界。所谓"我该走了吗"，既是自杀者自问，也是爱他们的人来不及的追问（"你必须走吗？"）。是日记自述者不期望回答的问，也是日记诠释者无声的号召："是的，我们都该走了。"这些声音几乎同时响起，像一种命定的收束。但它永远不可能发生，就仿佛虚构的外观和本质，它建立了虚拟的联结。

在多年前青年作家钱佳楠和李翊云的对话中，她们谈到了对于迅速掌握人物出场"处境"的要义。李翊云说："我教书的时候经常会要在故事和处境中做区分。我觉得处境永远都在，无论你置身何处，你都可以洞察到处境。"在近期的播客中，李翊云又补充了完整的看法，故事不能只是人的单一"处境"，它应该是一种"编织"，写小说就是把多个故事编织在一起。小说不应该只有一个故事，而应该是五个故事、十个故事的编织术。

那么最后，套用她的思维方式来写句子。小说是"交响乐"。"交响乐"的名称源于希腊语，意即"一起响"，盖过一切陈词滥调的声部，一起响。

读菲奥娜·基德曼

"爱情太过复杂，没法向子女解释清楚"

最近我收到一部很特别的短篇小说集《一路到夏天：关于爱和渴望的故事》（后文简称《一路到夏天》）试读本，来自一位新西兰的女作家菲奥娜·基德曼。我至今没有去过新西兰，四年前倒是随复旦大学英文系与创意写作专业的老师们一起去过西澳大利亚，第一次与所谓的"大洋洲"作家有接触。过去我对于新西兰作家的了解十分有限，主要来自文洁若所译凯瑟琳·曼斯菲尔德的短篇小说，与2013年以28岁的年纪就折桂布克奖的女作家埃莉诺·卡顿。菲奥娜·基德曼如今83岁，出版有30多本书，获得了许多重要的国际文学奖项。更重要的是，她的一生经由文学写作或围绕着文学写作，还为新西兰女性议题做了大量尖锐、严肃的社会工作，她还创建了菲奥娜·基德曼创意写作学校。这些努力使得她成为新西兰最受尊敬的小说家之一。

新西兰有文字记载的历史并不长，考古学家认为，公元8世纪，新西兰两岛就有人类居住。今天的毛利人，是我们普遍认为早于欧洲殖民者登陆岛屿的原住民，可惜他们并没有留下明确的文献资料来证明自己发现与开拓文明之前居住地的生活细节。据虞建华所著《新西兰文学史》的介绍，14世纪中叶的毛利船队登陆新西兰同样是有意识地移民。玛乌伊之鱼（Te Ika a Maui）是毛利作家通过诗歌赐予这个岛国的美丽别名。根据毛利人的传说，他们的民族英雄半神人玛乌伊，用其祖母下巴骨为钩，钩住海底深处沉睡的一片陆地，像钓鱼一样将它拖出洋面，于是就有了"玛乌伊之鱼"的说法。在毛利人安居乐业地生活了几百年后，17世纪欧洲人到达，标志着文化冲突的开始。如今的"新西兰"，得名于荷兰的西兰省，具有浓厚的航海发现意味。直至1769年，英国著名航海家库克率船队造访，库克船长以英王乔治三世的名义，宣布对新西兰的主权，新西兰的殖民史就这样开始。自18世纪末起，出于各种理由，如猎捕海豹、传教等原因，白人在新西兰有了较为成熟的生活区域。1860年前后，新西兰出现淘金热，白人人口剧增，多为欧洲中产阶级下层。1840年，《怀唐伊条约》生效，新西兰随后成为英国的直辖殖民地。此后各种各样的移民，怀着各种各样的目的，从遥远的英国来新西兰定居，我们在不同时期的新西兰作家小说中可以看到多元的理由，例如英国天气不好（《一路到夏天》中提到"那些驻扎在上海和天津的帝国军队的参与成员。他们移民到新西兰，而不是回到英国，是因为习惯了温暖的天气，希望往后的日子能像在中国时一样过下去"），又或者生活压力太大（《心里的一根针》中提到"家乡很不景气，比这里情况更糟"），还有逃避宗教迫害等。《怀唐伊条约》因翻译理解及其他不公平事件导致种族矛盾随之激化。20世纪以后，新西兰成为"自治领"，理论上拥有了与宗主国英国平等的地位。

以上便是菲奥娜·基德曼诞生的时空：她出生于北岛，父亲是爱尔兰人，母亲是苏格兰人，她已故的丈夫伊恩是毛利人后裔。第一次世界大战期间，英国向德国宣战，新西兰派出9万名士兵参加英军。第二次世界大战期间，新西兰政府再次为英国出兵……菲奥娜·基德曼的父亲曾在战争期间于空军服役。由此，移民家庭、战后心理、跨文化婚姻等，是我们阅读《一路到夏天》的语境，几乎以微缩的形态暗示我们，《一路到夏天》即将为这一段复杂历史的后果做文学与情感上的命名。《一路到夏天》是我阅读菲奥娜·基德曼的第一部小说集。小说中出现的许多要素，都有别于凯瑟琳·曼斯菲尔德和埃莉诺·卡顿。或者说，若从出生代际来说，她刚好以女性视角衔接上从20世纪初期到80年代的新西兰生活史，桥接了我的阅读盲区。只要我们留心，就可以在菲奥娜·基德曼的故事里读到20世纪人类文明史在南半球的流变历程：毛利人的航海和远征、欧洲殖民者、普通白人与毛利人的混居形态，政治独立、战争怀乡与后殖民时代的多元文化等，是这些要素构成了菲奥娜·基德曼的创作资源。

2020年，菲奥娜·基德曼亲自重编《一路到夏天》，以"爱"为主题，挈领四种爱的形态作为小说分辑的标题：迂回、渴望、迷途、本色。在每一辑中，又各有一部中篇、几部短篇形成整齐的结构。第一辑"迂回"中的第一个故事《绕到你的左边》，讲述了一段中年人的情感回忆。小说题目取自在加拿大北方红河一带的民歌《红河谷》的歌词："哦，我们要去下一个山谷/你绕到你的左边，又绕到你的右边/你从山谷里挑选你的女孩。"是小说主人公爱丽丝14岁登上社交舞会时的伴奏乐曲。如今已到中年，成为电台主持人的爱丽丝·埃默里，有一天接到一位名叫凯瑟琳·福克斯女士的电话。电话里，凯瑟琳·福克斯声称自己在听爱丽丝的节目时，听到一位农场主的口头禅是"我还不如去跟上帝说"，和她的祖父在牧场里工作时说的话一样。她的祖父名叫尼尔·麦克诺特，这个名字真令爱丽丝心惊。因为那个家庭，是她在老家菲殊洛的近邻。14岁时，她还曾差一点成为道格拉斯·麦克诺特的女友。道格拉斯·麦克诺特正是凯瑟琳·福克斯的父亲，于是她问："告诉我，我父亲是个怎样的人。"这真是一个摄人心魄的问题，爱丽丝·埃默里只能说清她愿意说出口的那些信息：道格拉斯·麦克诺特曾远赴重洋，去马来亚打仗，是英国特种空勤团的伞兵。战后，他还患上某种<u>丛林病</u>。她没有说出口的那些，关于性爱的启蒙（"她们知道性是一根烧得通红的火钳，但她们难以想象自己会被烧伤或灼瞎"），关于她初次接受所爱之人可能令其他女性怀孕生子，以及战争对于两个年轻人真正的影响：她不愿意成为麦克诺特家族的媳妇，如马克西姆·麦克诺特的太太诺艾琳一样，成天盘算"我本可以嫁给他们当中的任何一个""我得赶在别人前面生个男孩"。正因战争带走了她的心上人，她开始意识到在菲殊洛之外，还有更远大的世界。"已经领略过山谷外面的世界，但选择回到家里——这是一回事；从未有过离开的机会，于是只得待在这里——这是另一回事。"这是一个14岁、还没有接受良好教育的女孩自我教育的历程。她很爱这个人，但她更想像他一样出去看看。至于另一个女孩、她的情敌，则是其次的原因。她也没有对旧情人的孩子说，当她打来电话的时候，她曾"感到一阵战栗，如同紫罗兰迎来了春风的吹拂"。

细腻的女性心理描写，是菲奥娜·基德曼的长处。比起借由小说女主人公放纵欲望的爽快，小说叙述者却选择了另一种别致的方式，以理性驯服感性，没有摧毁爱情的信仰，而是告诉我们它的力量。爱丽丝知道有过这样的一件事，很动人的一件事，但比起当时心里想做的事、心中想成为的那个人，爱意只是一阵很美好的微风。"走出去"，是菲奥娜·基德曼小说中的重要主题，爱情则成为这一主题的试金石，考验出走的决心。如此的心灵微风，在《帽子》《红甜椒》两则故事中亦有相似的微妙呈现。一位在儿子婚礼上心思浮动的母亲、一位逛超市却遭遇不愉快经历的妇人，她们都感觉到即刻内心秩序被打乱的威胁，那都是生活中"自我保护机制自行启动"的时刻，很难说它来自什么明确的教诲书，而是来自女性敏锐感受到危机的本能："我们在变幻莫测的际遇中求索自己的道路，与此同时，我们一遍又一遍地质疑它，留心地雷与突然的爆炸，追

寻每一刻的真相。"(《红甜椒》)

第二辑"渴望"中的中篇小说《心里的一根针》从小说技法来看，就更为经典，它以十分精巧的结构一层一层拨开女性伤痛的真正原因。它可能也是我近期读到的印象最深的小说之一。故事开始于1925年陶马鲁努伊一个乱哄哄的赛马场，有一家人虽然清贫拮据，却拖家带口去赌马。奎妮·麦克戴维特（原名阿维娜）一共生了8个孩子，她的父亲是来拓荒的白人，后来消失在南方，她的丈夫罗伯特就是赌马成瘾的那位男士，她的女儿玛丽、埃斯梅等，正帮忙她带刚出生的小女儿珀尔。儿子乔已经结婚，他也带来了太太。罗伯特侥幸赢了一局，之后引来了戴夫·墨菲不怀好意的嫉妒嘲讽，他用低俗的语言嘲讽奎妮高龄产女，当着她儿女的面说："你母亲是个干瘪的老太太""那给我看看你的奶子。"令人费解的是，奎妮居然真的要解开衣服给这个不相干的烂人看自己哺乳的能力，幸好被赶来的罗伯特与乔制止。乔的反应也很奇怪："乔张开手，掴了埃斯梅一掌。"小说后来就转去了别的叙事重心，但这个突兀的开场当然令人印象深刻，在叙事中也反复提醒读者不要忘记："听说她们的妈妈在赛马场给别人看过自己的乳房，这是不是真的？"埃斯梅成为小说真正的主人公，她看起来总不快乐，长大后，"她在小屋的铁皮屋顶之下痛苦不已，渴望着自己得不到的东西"。直到她遇到了一个外来的英国人吉姆·墨菲特，那个人写信给她的父亲，声称自己"受过不错的教育……我现在是一名火车信号员。结婚后，我能分到一间铁路员工房"。家人便潦草地把她嫁了出去。他们的家在奥阿库尼枢纽站，就在火山脚下，陶马鲁努伊的南面。奥阿库尼如今是一个滑雪景点，还有一个巨型萝卜作为文旅标志。它最早是纳蒂朗吉（天空人）和纳蒂乌恩努库（彩虹人）定居的地方，可见埃斯梅当时嫁去了孤独之境。有一天，吉姆遇上了事故，他把责任推给毛利人，也在那天，"埃斯梅的手指伸到了飞速运转的针头下面，针断成两截……她敢肯定，针扎进了肉里，可看不见针的踪影"，那根针就成了小说题目所言，像一种身体疼痛的隐喻。在第一个儿子出生后不久，还在哺乳期的埃斯梅就出轨了，那是她在婚后，也是在这一生中唯一一次真正的恋爱，"她感到乳房沉重而饱满，并且可耻。母亲裸露的身体在她脑中闪过"。她的婚姻至此开始有了复杂的变化。一方面世界陷入了战争，吉姆·墨菲特说："我真希望自己能去打仗。"另一方面，埃斯梅似乎总是控制不住自己出轨的欲望。她挑选的对象，总有一些奇怪之处，例如一位电影放映员劳伦斯，因身上的疝气疤痕没有参战，埃斯梅说："谁也不该向别人展示自己的私处。"她让劳伦斯抚摸手肘下面的针，两个人度过了一个愉快的下午。生活如流水般流逝。埃斯梅生下了第二个儿子菲利普。15岁的珀尔写信告诉埃斯梅，"这里到处都是美国人……我只喜欢海军陆战队员"。可惜珀尔年纪轻轻就因病离世。她的死，直接触动了埃斯梅想要离开婚姻的决心。小说至此都带有奇特的悬念，读者很难真正与埃斯梅共情，关于她那个不被爱的丈夫，关于她心血来潮的抉择："他们的心境已经颠倒。从前，她是害怕离开的那个。'大萧条'结束之前，战争开始之前，还有电影出现之前。现在她想走，却不知道该怎么走。"为了离婚，埃斯梅放弃了两个儿子的抚养权，她拼命打工，养活自己的小女儿。菲利普成年后，成了律师，娶了一位女演员，却不愿意在婚礼上邀请任何亲属。直到菲利普的婚姻也开始遭遇困境，他才略有一些想念母亲。母亲也想念他，她甚至偷偷混入婚礼，还给儿媳妇写信。她很喜欢这位名人媳妇，送给她母亲留给珀尔的首饰，倒不是因为她有名，埃斯梅字里行间透露着对于新时代女性活力的赞许。直到临终，读者才知道整个故事真正的答案，埃斯梅曾在童年时被哥哥乔侵犯，母亲奎妮不惜向外人展示自己身体的隐私，努力掩饰珀尔的身份，也不过是为了在那样保守的年代里保护埃斯梅，保护家庭。那一根"针"，是在埃斯梅有觉知的那一刻，疼痛再难消亡。回看故事中段，埃斯梅的痛苦源于她知道了婚姻生活的内容，她意识到自己的创伤来源。她开始恨乔，恨自己，也疏远丈夫。"要是说到事故，实在发生过太多了。已经说不清楚，他们之间为何变得如此疏离。她不觉得是自己的责任。有些事一早就发生了，那时她还没法为自己的生活做决定。在她年幼的时候。在她早年沉睡之际，在某个她没认出来的地方。"好在这样的痛苦，只在女主人公漫长的人生中占据一部分时间。她很快依靠自己的努力走了出来，生育孩子、离开孩子也是一样，通过岁月的力量，她接纳了自己，也获得了菲利普的谅解。在埃斯梅那个时代，她没有选择。但在现在的时代，女孩子的选择可多多了。我很喜欢菲奥娜·基德曼小说中淡淡流露出的温柔世故，一方面她歌颂爱情，这在当下缺乏热情的时代，尤其显得稀少；一方面她并不留恋具体的"关系"。无论是重逢旧爱，还是陷入不伦，再或者是经由情欲确证自我需求，都远不及她在《神奇八人组》中写的"爱情太过复杂，没法向子女解释清楚"。爱情不只属于年轻人，也不只属于女性，更不只属于作家，它属于感受过它出现（"爱真的在向她走来"，《告诉我那爱的真谛》）、不害怕它重现（"感到一阵战栗"，《绕到你的左边》）且知道它厉害的每一个人。正如《心里的一根针》中作者写到的："有时她想表现得像个普通人——一个没有陷入热恋的人。"但她心里明白："这就是爱情对她的影响，爱令她说起话来既勇敢又鲁莽。"

小说中移民生活的书写，同样可以让我们从文学的角度看到新西兰白人移民在战争前后的心路历程，看到他们如何在保守偏狭的文化氛围中经营人生。除了《心里的一根针》里想为英国打仗的吉姆·墨菲特，还有《一路到夏天》里玛蒂父亲的战友弗兰克。那些年轻人既怀乡又面临着对于新世界的征服心，他们没有一个人真正回到英国，只在心里一年又一年盘算："战争结束后我该做什么。我不想一辈子当农民。家里人认为，我理应回亨特维尔定居。但你知道的，一旦你出去过，见过一点世面，你就没法接受一成不变的过去了。"《一路到夏天》写了一个白人移民家庭尴尬的生活处境，菲奥娜·基德曼笔下的男性角色，总是差一点成为战斗英雄，却最终不是因为身体原因去不了海外战场，就是回来后病逝没有进入阵亡将士纪念碑。英雄梦的破碎使得他们务实地进入农场，在平凡的生活中度过余生。相较之下，小说里的女性比男性要勇敢、野蛮得多，《一路到夏天》故事里的小女孩，具有一种在缺水地区探寻水源的能力，作家直白地写到寻找地下水源的能力与性张力有关。这位神秘古怪的小女孩，会让人想到菲奥娜·基德曼的第一部长篇小说《一类女人》(1979)，第二部长篇小说《中国之夏》(1981)，及描写大萧条和"二战"时期的长篇小说《帕迪的疑惑》(1983)，看起来都是怪姑娘感受大世界的母题，且含有中国元素，由此，真心期待读到菲奥娜·基德曼更多的中译作品。

原为《一路到夏天》序言

读阮清越《难民》

"除了故事，我们一无所有"

有三类人较普通人更渴望"故事"——难民、说谎者和小说家。这样说好像对前两者很不礼貌，但我并没有恶意。记得《三体》有一个细节设置很有意思，三体人很喜欢看人类的电影，他们的世界没有电影，因为三体人不会说谎。不会说谎与电影之间的关系，代表着虚构与生活的关系。观看谎言，犹如我们观看魔术表演，我们心甘情愿地受骗，是因为表演的艺术效果具有强烈的感染力，会给我们心灵的震撼，产生复杂的净化效应。这是观众与魔术师之间的契约，也是读者与创作者之间的契约。

最近看到美籍越南裔作家阮清越的长篇小说《同情者》即将由韩国导演朴赞郁执导的新闻。《同情者》讲述了一个潜伏于南越的北越间谍的故事，主人公在越战尾声时期艰难地生活，战后流亡至美国，十分令人期待。阮清越出生于1971年，1975年随父母逃难到美国，1997年毕业于加州大学伯克利分校，取得英语博士学位，后任教于南加州大学至今。《同情者》是他的处女作，拿下了包括普利策小说奖等诸多大奖，2018年阮清越入选美国人文与科学院院士。"难民"主题是阮清越写作的母题，如果没有他的小说，我们对于越战的认识恐怕会被各种官方叙事所定型。阮清越的短篇小说集《难民》同样精彩，它由7个短篇故事组成。开篇《黑眸女人》中借由小说主人公口吻说道："我在美国度过青春期，满耳都是这类让人苦不堪言的事。所有这些证明，母亲的话是对的：我们不属于这里，没人保护我们。在这个国家，决定一切的是人所拥有的东西；除了故事，我们一无所有。"

《黑眸女人》算是我最喜欢的短篇小说之一，它日常、悲怆、奇异又让人生出无力感。叙事者自诩为"捉刀者"，其实有着多重含义。一方面，以难民身份写作，怕被故乡警察揪出来折磨，所以只能用别人的名字写故事；另一方面，故事中的"我"，在13岁那年与家人一同从越南坐船逃亡到美国，中途遇到海盗，15岁的哥哥为了保护"我"，与海盗拼刺刀最终被杀。哥哥是"握着小刀猛地刺了过去"，最终死于机枪枪把，"鲜血从眉骨汩汩淌了下来，下颌骨和一边太阳穴咚地撞在木甲板上。可怕的撞击声至今留在我的记忆里啊"。捉刀者，原意为"执刀护卫"，后来才用来比喻替别人代写文章，哥哥用刀护卫"我"，我又成为"捉刀者"讲述哥哥冤魂不宁的故事。

可是，是谁让他们遇上了海盗，是谁让他们背井离乡，又是谁让他们终于只能在不被身边人理解的和平生活中，在暗夜里等待阴阳重逢？是战争啊。"你知道我那时最喜欢什么吗？每次轰炸完，我们出到掩体外，你攥着我的手；我们站在太阳底下，眼睛给刺得眨个不停。我喜欢躲在黑暗中后迎来阳光的感觉，还有轰炸完后的那种静。"母亲像通灵者般告诉"我"，哥哥会保留死时的样子回到家里看一看，"我"轻摸着哥哥受伤的地方问他："还疼吗？""不再疼了。你还疼吗？""疼。""我"偷偷告诉"再也不疼"的哥哥，虽然他生前教我如何用破布绑住自己的身体，不让海盗发现"我"的女性身份以至于被丢到其他船上去受辱，但最终，在哥哥被杀死之后，"我"还是当着父母的面，被撕去了衣服，经历了哥哥牺牲都改变不了的屈辱命运。"从那往后，母亲、父亲和我在这件事上只字不提。他们与我在这事上的缄默不语，其实一次次割伤我。"她只能在看到哥哥受伤的鬼魂时，才能故作思考地回答他，"疼"。

离散主题一直以来都是国际写作偏爱的主题，它并不是"过去式"，而是始终在发生着。《黑眸女人》中所言"除了故事，我们一无所有"，到了《另一个男人》中也在重复，主人公廉一遍又一遍和人介绍自己，叙述自己的经历："自逃离西贡至今，四个月里，船员，海军陆战队的人，社工，一拨接着一拨地要听他的经历。后来，他们会提什么问题，不用他们张嘴，廉就知道，无非就是：'你经历了什么？''你的感觉如何？''很难过，是吧？'有时，廉跟那些好奇的人说，他的经历几天几夜讲不完，可这反倒促使他们更想知道究竟,要他长话短说……讲述时,他又回到了没人知道其姓甚名谁的年轻难民角色。他的人生剧先从去年夏天离开龙川老家的父母开始,续以在西贡一家所谓的茶吧打工,高潮便是战争结束。即便是这样的精简版也让他既腻又累。"自逃离家乡,难民便收获了一种新的处境,叙述自己、不断叙述自己。这些被迫说起的故事本身,就否认了那些语言界限之外,心灵处境之幽微的不可言说之事。它令人疲惫的同时,也让这件幸存的好事变得越发悲哀。

读裘帕·拉希莉《同名人》

> "不管是好是歹，他们能够离开他们原先的家庭。"

我在离开家乡外出求学的时候，成为裘帕·拉希莉的读者。当时我很喜欢她的短篇小说集《不适之地》。故事说的是一个失去妻子的丈夫，犹豫该不该与女儿同住，在这犹豫的过程中，他回忆起自己背井离乡，回忆起身为一代移民与子女在生活方式中的巨大隔阂。父女之间的疏离感与血缘神秘的力量，令小说充满了感伤的气息。那种"我也不是不爱你，但我不确定自己能否与你日常相处"的亲情体验，我想我们每个人都很熟悉。

相较之下，《不适之地》中那些幽微的伦理冲突和认同矛盾，到了长篇小说《同名人》中得到了激化。同样是印度裔的精英移民家庭，父亲艾修克出生于1939年，毕业于麻省理工大学电子工程系，后来成为大学教师。他的妻子阿西玛，诞生于故乡加尔各答，遵从"包办婚姻"的习俗，后来成为家庭主妇。艾修克少年时喜欢阅读果戈理的小说，又因为经历了一场火车事故，对"果戈理"这个名字有了特殊的情怀。阿西玛怀第一个孩子时，承袭加尔各答的习俗，需要等待祖母取名，但祖母信件迟迟收不到，两个人无法在美国的医院为孩子办理出院，艾修克暂时给儿子取了个小名，就叫"果戈理"。这个名字一直沿用到孩子需要办理社会保障，他们依然没有收到祖母的信件，却从遥远的家乡得知，祖母已经失智。在加尔各答，为新生儿取名是很重要的仪式，同样重要的仪式，还包括孩子吃的第一顿饭。阿西玛秉持着故乡所有的习俗，包括节假日、育儿、饮食，她兢兢业业在波士顿过着印度的生活，虽然和丈夫完全没有美国式的亲密，但他们合理的分工和深切的互信，为家族在异乡的延续提供了很好的保障。真正的矛盾发生在果戈理身上，小男孩很讨厌这个名字，因为它并不是一个印度名字，甚至不是果戈理本人的名，而是他的姓氏，果戈理姓尼古拉。他需要跟学校老师和朋友一遍一遍地解释，一个印度移民家庭为什么要给孩子起一个俄国人的名字。甚至在学校生命教育实践中，去墓地寻找和自己同名人的活动中，他也无法找到和自己同名的死者。这个名字，并没有给他带来比拟俄国文豪的荣誉，而是带给他苦恼，无论是课堂上还是恋爱上。果戈理选择在大学入学时改名，殊不知，命名像一个咒语一般依然无法使他挣脱固有的命运。一方面，他可以用一个新名字在大学开始新生活，与美国女友恋爱；另一方面，印度裔家庭神秘的血统力量、宗族力量，总在一些琐碎的问题上折磨着他的神经，例如过不过圣诞节，或原则上父母不支持儿女和美国人通婚。尽管作为移民二代，他们生在美国，已经具有美国认同，但父母依然保守地认为，和美国人结婚不会有好下场。

果戈理叛逆地不选择律师、医生等印度裔家庭热衷的职业，而是成为一名建筑设计师。他换了很多女友，却没有一个人是印度裔。他自作主张的事，包括不与父母同州居住，不参与任何同乡会，不和父母打电话，不听从父母的任何建议，直至他遇到了一位改变他命运的女友麦可欣，一个纽约富裕家庭的女儿。他几乎完全将自己融入他们家族的生活中，他喜欢她父母的谈吐品位，喜欢他们直接表达爱意的生活方式，他与他们朝夕相处，他们点燃并拯救了他的认同问题，直至他与麦可欣一家在郊外度假时，收到了父亲心脏病发突然离世的消息。出于悲伤和内疚，他选择与麦可欣分手，更出于深邃幽微的羞耻感作祟，他甚至与母亲介绍的同乡女孩毛舒米结婚。毛舒米有着与他相似的童年和少年期，同样反感被诅咒的包办婚姻，却因为美国爱人的逃婚，回到了命定的秩序中。然而，这机械的妥协并未换来父母辈稳定的婚姻。毛舒米的出轨结束了果戈理对于所有认同冲突的逃避，他又不得不回到孤独的生活轨道中，重新寻找生活的秩序。

小说里的人物，符合我们对移民刻板印象的想象。一代移民的隐忍、刻苦、格格不入，与二代移民内心的彷徨被刻画得淋漓尽致。简单说来，果戈理和毛舒米始终没有超越父辈，"不管是好是歹，他们能够离开他们原先的家庭"。而这种勇猛并非没有代价，我们可以在《不适之地》中读到作者另外的解释："他很清楚自己也因迁居美国而离弃了父母。为求上进与追求事业，他舍弃了父母……当他自己的父亲命在旦夕，当他自己的母亲无人照顾时，他自己又做了什么？"父亲艾修克对果戈理的喜爱并非来自浅薄的艺术鉴赏，小说中多次提到的小说《外套》，是艾修克在公务员阿卡基压抑、节俭、奉公守法的生活态度中看到了可怜的自己。他把这本书题字送给了儿子，儿子却在他生命结束后，才真正读懂这第一份礼物的期望。

名字，是一种期望函数，命名既是礼物，也是命定的苦难，正如小说中所写，"一种无法摆脱的负担"。

读爱丽丝·门罗《恨、友谊、追求、爱情、婚姻》

> "你不要去问，知道是罪，对于我对于你"

什么是好的短篇小说？每个读者都有自己的观点。小说人物像是居心难测的导游，引领读者进入虚构的迷宫中，去直面恐惧、惊险、软弱或其他命运曲径通幽处所可能展现的一切幻象。在优秀的作品中，生活的本质会被瞬间揭示——通过悲剧的、滑稽的，或荒谬的方式，让人物自己，看到真相，看到自己。我们可以借由乔伊斯所谓的顿悟（Epiphany）时刻来命名这类瞬间的发生，Epiphany本是宗教词汇——耶稣显圣，或者奥康纳所命名的"安静的炸弹"，作为故事的锚点，再或者是海明威的冰山理论、威廉·特雷弗的"一瞥的艺术"。《都柏林人》每个短篇都以 Epiphany 结束，乔伊斯形容它们为 "the most delicate and evanescent of moments"，在那个转瞬即逝的时刻中，主人公有机会对自己的人生做出不一样的思考，它可能是颠覆性的改变，也可能是某些执念的幻灭。小说人物未必知情，但读者被当头一击。创造这些神启时刻，成为当代短篇小说审美的重要指标。有趣的是，还有一种更为耐心的表现方式，来自爱丽丝·门罗的发明，我更愿意将之形容为"第二只靴子"。因为第二只靴子迟迟不落地，读者只能随着小说提供的新动静耐心等待。这也对小说结尾提出了很高的要求，它必须出人意料，且能让人将先前等待的急躁心情安顿得妥帖。小说集《恨、友谊、追求、爱情、婚姻》或许就是范例。

开篇故事《恨、友谊、追求、爱情、婚姻》初看平平无奇，一个其貌不扬的中年女管家乔安娜，要寄一屋子的家具到交通并不便利的地方——萨斯喀彻温省。寄完家具，她上街买了一条不适合她工作的昂贵裙子。在试衣和比价的过程中，她无意透露自己即将和一个带着孩子的男人结婚，获得了店员的祝福。通过叙事视角的转换，我们看到她所服务的家庭男主人麦考利先生，正怀疑乔安娜偷走了他的家具，女婿肯来信问他要女儿生前留下的家具，同时再次问他借钱，奇怪的是，女管家留下信说自己要离开，她还真的带走了家具。紧接着视线再度转移，来到了肯的女儿和她的好朋友伊迪丝那里。她俩调换了肯向麦考利索要家具的信，并在来往信件中添加了肯对乔安娜的示好，并逐步升级为示爱。小说的结尾，是被捉弄的乔安娜真的去了肯的身边，且经过一系列被省略的具体生活，他们结婚并生下孩子，两年后以麦考利先生的家属身份出席了他的葬礼。"恨、友谊、追求、爱情、婚姻"，不过是少女们幻想爱情时所玩耍的抽牌游戏。小镇文化中不可被言说的女性情欲，成为解开这些故事奇怪走向的重要导引。它看起来轻盈到不值一提，却成为第二只靴子落地的必然成因。

第二篇故事《浮桥》亦有相似的笔法。小说讲述女主人公基尼如何面对肿瘤明显缩小这一好消息的故事，然而，故事开始并不是基尼告诉丈夫尼尔这个令人惊讶的好消息。她隐藏了这个重要信息，并且请了一位名叫海伦的年轻志愿者来照看她。海伦来的时候忘记带她的鞋子。于是尼尔开车去海伦的姐姐家找鞋子，鞋子不在那里。尼尔唠叨着直到海伦同意带他们去她的寄养家庭伯格森夫妇那里取回鞋子。到达后，伯格森夫妇让他们进屋吃辣椒，但基尼只想一个人待着。然后她去了玉米地，她生气的丈夫进了伯格森夫妇家。故事到此才真正开始转折，基尼在玉米地里走失了。只有通过辨别马特·伯格森的声音找到出路。接下来，基尼在伯格森的院子里小便，她反感他，更因为她生病之后没有办法控制小便。这时又来了一个奇怪的人，这家人的儿子，他能在没有表的时候确认时间，可以算一种超能力吧，他感知到了基尼的不安，所以带她回家。最后，他带她在一座浮桥上，亲吻了她，而且是第一次亲吻一个已婚的人。基尼也很惊喜，这种微妙的狂喜构成了她隐瞒自己病情好转的真正原因，她无法描述自己的感受，她的丈夫也不可能懂。这样奇怪而惊喜的结尾，为读者呈现了基尼真正的心灵处境、人生处境。她的喜悦根本无法落地在日常生活中，唯有在生活中清出一条奇径，才能甩出那"第二只靴子"。

《恨、友谊、追求、爱情、婚姻》的结尾，伊迪丝正在翻译贺拉斯著名的《颂歌》。这颂歌中有一句话"你不要去问，知道是罪，对于我对于你"。乔安娜挣脱生活常规，是经由一个有恶意的玩笑。开出玩笑的人心知肚明，它并不来自祝福。伊迪丝翻译完这句拉丁文时，曾"带着满意的战栗"，故事的结局甚至让她感到荒诞和耻辱。也恰恰是这小小的少女恶意，启动了神灵的安排，使之参与到了世俗人生的寡淡故事中，做了一些奇巧更动。相较之下，那些从写实到写实的短篇小说，就显得笨重多了。

读《奥丽芙·基特里奇》

"这给了一个她在人世间的位置"

如果要以长篇小说的结构方式作为创意写作课程的范例，我会举例《桑青与桃红》，这代表着三个时空两个互相映照的人，也会举例《天吾手记》，经验素材缺乏的时候如何讨巧地通过找寻一个不存在的事物推动故事的发展，当然还包括我私心更偏爱的《奥丽芙·基特里奇》，作者伊丽莎白·施特劳斯1956年出生于美国东北部的缅因州，《奥丽芙·基特里奇》是她的第三本书，获得了2009年的普利策小说奖。从创作技法上来说，她写作了一个位于缅因州克劳斯比小镇上的一位女士，以及她身边的人。她的故事是连缀式的，也是日常与人生的。

奥丽芙是镇上的一名小学数学老师，丈夫是药剂师，所以他们熟悉每个家庭对未来的期望和对当下身心的隐忧。奥丽芙性格古怪，不好相处，但丈夫亨利是个好好先生，"天生是个听众"，他喜欢看到人们成双成对，"他不要有人孤独度日"。追溯到祖上，奥丽芙的家族是苏格兰人，基特里奇家族也是新英格兰地区的开拓者，然而到了故事开始的时候，奥丽芙已经不太愿意每周和亨利去教堂。他们有一个儿子，后来成为足科医生，第一次婚姻将他带到加州，第二次婚姻则搬去了纽约。这对老夫妇来说，是较为沉重的打击。一方面他们希望儿子媳妇能够生活在身边的愿望落了空；另一方面他们观看身边的人，越来越觉得自己已不被需要。孤独，是小说的关键词。出轨也是。

2014年，这部小说中围绕奥丽芙故事的四篇被改编成同名短剧，又名《微不足道的生活》。改编的关键就在于对于"出轨"故事的处理，一方面，在《药店》中亨利对年轻助手丹尼斯的帮助，串联起了师徒之间的复杂情欲，他看着她那么单纯地结婚，又突然丧偶，教她学习开车，指点她开出人生第一张支票重新生活，直至丹尼斯改嫁亨利的另一位助手吉瑞，且不可貌相的吉瑞成了一个控制伴侣的坏人，亨利备受妻儿的嘲讽却一直默默忍受，没有跨出越轨的那一步。奥丽芙的出轨则发生在她与同事吉姆之间，吉姆曾邀请她一起私奔，奥丽芙也答应了。那时"他们从来没有接过吻，或有过任何身体接触，只有在走进他的办公室时，两个人彼此擦着身体，靠得很近"。这段私情并没有得以完成，吉姆因车祸丧生。这件事给奥丽芙带来的冲击巨大，不仅亨利在《药店》一篇中意识到了，儿子在《安检》一篇中也对母亲的失态有一场尖锐的嘲讽。

"那是一种时而令人难以忍受的渴望。可人，都要懂得忍受。"影视剧中对这段私情的处理放在了《殊途》这篇故事里。那一天，奥丽芙和亨利的老年生活中遭遇了重大的冲击，两个人和朋友吃完海鲜餐回家，奥丽芙因腹痛去医院借用厕所，被热心的护士安排做过敏检查。在检查途中，医院被几个青少年劫匪持枪劫持。在极端危险和紧张的状态下，夫妇俩绝望地互相攻击，奥丽芙说儿子不愿回家是因为亨利看不惯他娶了个犹太人，亨利则指责奥丽芙想要控制儿子的人生。剧中，还为这一段互相攻击添加了他俩揭开对方出轨的丑事。亨利中风后身体恶化，在条件并不太好的养老院度过了几年，他得偿所愿没有死在奥丽芙之后，他俩都害怕孤独，亨利显然要更怕一点。电视剧开篇就拍了奥丽芙自杀未遂的场景，在老狗死后，她没有活下去的动力了，但她野餐式的自杀被一群孩子打断，他们祝福她不要弄脏他们的林子。奥丽芙在那之后放弃了自暴自弃的念头，还救了一个和她一样绝望的男子。他因为太太过世，女儿是同性恋，便与世界为敌，孤独终老。两个人通过几次不愉快的交手，最终因为孤独结伴，"杰克需要她，而这给了一个她在人世间的位置"。

小说底色悲凉，却在悲凉中又包裹着丝丝缕缕的希望。尤其是在一些支线故事中，许多人来来往往，被人看见又匆匆离开。如《涨潮》中，始终无法走出童年困境想要自杀的凯文，救了落水女子。识别他心魔的，正是那位不讨人喜欢的数学老师奥丽芙。又如《绝食》一篇中的妮娜，因厌食症也曾在奥丽芙的怀里哭泣。这些悲伤的年轻人身边，还有许许多多有缺点、不幸福的大人，他们携手自己的私情对象，居然也帮助了一些原本和他们关系不大的陌生人。

小说中有许多值得展开讨论的部分，尤其是关于婚姻的复杂、代际问题的难解。奥丽芙在劝说厌食症女孩时，问她是不是年轻得连丘吉尔都不知道，女孩说她知道，奥丽芙说："那好。他说过，永远，永远，永远，永远都不要放弃。"女孩说："他那么胖，又能知道什么呢？"可见这样的鼓励不真的有效，但它汇聚着对于他人疾病的陌生，汇聚着陌生而友爱的关怀，也汇聚着一些说不清楚的东西。这是作者笔触的可贵，她不断为主人公呼唤着某种"被需要"的位置。我想那与作者在大学期间研究过老年学有关。

读雪莉·杰克逊

"我们是真正过日子的人"

许多中国现代作家（例如张爱玲、琼瑶等）都曾受到哥特小说的影响，虽然我们现在很少将"哥特"作为核心关键词来考察她们的写作技法。显而易见，在当代文艺作品中，它又有了新的生机。韩国电影《寄生虫》，就具有"下女的故事"具备的要素，一个贫穷的家庭女教师进入一栋豪宅工作，发现了惊人的秘密。而这个故事原型，可以追溯到维多利亚时期"一个孤女到一个大房子里面去做女教师"，它后来成为相对固定的故事套路。既然成为套路，或许可以说明，一代又一代的读者都喜欢看这一类故事，而一代又一代的作者，也会就故事的其他元素做百变的替换，以期让故事变得更好看。在看似日常的生活中，发现诡异的真相，我们在网剧《消失的孩子》中也能窥见它的素材渊源。类型故事的再度风靡，可能与现代主义作品的晦涩、难读有关，读者更愿意阅读刺激惊悚的作品，以缓解生活压力。我最近重读雪莉·杰克逊的短篇小说，也常会有这样的疑惑，这是通俗小说还是纯文学呢？在她所处的时代，她可能就是一个流行文学作家，但历经时间的检验，她小说中所营造的"恐怖"，具有复杂的心理学意义和社会学意义。

雪莉·杰克逊被誉为"哥特小说女王"，是"二战"后美国最受欢迎的恐怖小说作家之一。她的多产、早逝、杰出的写作成就，成就了她的传奇人生。以她的名作《摸彩》来说，她以非常从容恬淡的文笔，描写了美国小镇一场古老的残酷仪式。故事悬置了"摸彩"的真正含义，将这个活动轻描淡写地勾勒为大家早晨工作前抓紧时间可以做完的社区小活动。而那张所谓的"彩票"，其实是一场随机的公开谋杀。抽到它的人会被乱石砸死，以期大家的玉米丰收。并非没有人反抗这个荒谬的仪式，但即使是最终受害者，她所敢反抗的也只是摸彩的程序，而不是这场残酷仪式本身。在此，恐怖的不是一个人，不是一个鬼怪，甚至不是一个诅咒，而是文明外观背后古老的野蛮。

《一念之间》讲述一个贤惠温柔的妻子，始终被内心不知从何而起的杀机所引诱，她最终在丈夫毫无防备时举起了烟灰缸。这既是一个闪念，也是长期被压抑的潜意识。我们或可以从作家的真实生活中窥见端倪，雪莉·杰克逊的丈夫斯坦利是一位文学评论家，他迫使雪莉·杰克逊生了四个孩子，操持家务，却又自顾自放荡不羁。在文学创作上，他也嫉妒雪莉·杰克逊的才华。

《回家吧，路易莎》讲述了一个离家出走三年的女儿，重新整理自己的生活细节，却没料到真实的自己和母亲在电台里深情寻找的那个女儿，并不是一个人。她和其他人讨论失踪的自己，度过了挣脱生活秩序时最初的窃喜，之后，恐怖的感觉慢慢袭来。不管路易莎是否说谎，不管她走得有多突然，所有人的生活似乎很快恢复正常。当她终于踏上回家之路，且看到三年不见的父母，激动得差点儿哭出来时，父母的反应令她惊讶。母亲虽然也在哭泣，却问她："你叫什么名字？"她的家人一个都不认识她，她的姐姐甚至认为她的出现是为了来骗赏金："你们这种人为什么就不能放过我们？"家人习惯了寻找她的状态，他们变得不认识她。他们在深情寻找一个叫作"路易莎"的女儿。而路易莎再也回不了家。

　　阅读雪莉·杰克逊时，我总在想，为什么会这样呢，这个妻子为什么要杀丈夫，这对父母为什么不认识孩子？但那些没有说出来的故事，可能正意味着世俗生活的真相，丈夫像那个神秘的叙事者一样并不知道妻子对自己长期的憎恨，而父母可能并不了解孩子，代际的矛盾假借寻找的温馨被掩盖了。雪莉·杰克逊优异的讲故事技巧，使得她在履行恐怖的叙事职能时，不忘一点一点地抖落生活的尘埃，呈现女性主义的内核。她的故事让人相信，那些兢兢业业当妻子和女儿的普通女人其实心里并不糊涂，也不幸福。她们像没有名字，或者顶着任何一个普通名字的女人一样淹没在滔滔生活里，等待着戳破谎言的契机。她们甚至无法确认自己的枕边人是不是报上连环杀妻案的真凶（《史密斯太太的蜜月》）；她们甚至无法谈论自己路遇的鬼魂（《家》），她们曾努力谈论过，但最终被这个小镇上每一个友好的面孔镇压了谈论的诉求。"我们是真正过日子的人。"这样的话由见过鬼的人说出来，让人相信恐怖其实无处不在。

　　脱去哥特的外壳，我更愿意相信，雪莉·杰克逊所看到的世界正是那样破碎和恐怖的。从类型出发，她却抵达了真正严肃的命题，告诉我们并非所有人都经得起在真相中生活，告诉我们人性的复杂性根植于软弱与自欺。

读《永远的苏珊——回忆苏珊·桑塔格》

"在我看来她似乎很老"

两年前我偶然参与了一场和创意写作有关的文学活动，顺便重读了《永远的苏珊——回忆苏珊·桑塔格》（后文简称《永远的苏珊》）。作者西格丽德·努涅斯曾是苏珊·桑格塔的助手，以非虚构文学作品《永远的苏珊》轰动文坛，后来她又成为波士顿大学的驻校作家，讲授小说写作。

西格丽德·努涅斯是个美国人，1951年生，父亲是中国—巴拿马混血，母亲是德国人。25岁的时候，她认识了43岁刚做完乳房切除手术的桑塔格，开始经由学院，也经由桑塔格，慢慢建立起文学生活。《永远的苏珊》中充满了文学生活的细节与文坛八卦。例如，她生平第一次去作家的聚居地，还不慎迟到了，内心很紧张，桑塔格认为这不是一件坏事，因为"什么事情以打破规则开始总是好的",对她来说,迟到就是规则。这看起来是一个很好的老师会对后辈说的鼓励话,不过事情没有那么简单。西格丽德·努涅斯的记述则包含了很多年轻女孩对盛名之下女作家的复杂看法,例如"在我看来她似乎很老","她的文风并不优美。她不写优美的句子。如果她小说中有什么值得钦佩的,我可找不出来……不过,过了很多年,她才写出一部我能够欣赏的长篇小说:《火山情人》"。

如果我们把女性关系作为女性叙事的考察对象,有许多古老而常态的"关系",例如母女、闺蜜、婆媳。西格丽德·努涅斯似乎介于这些关系之间,是一个书写者观察另一个(更成功的)书写者,且两个人还曾经是亲戚。

25岁的西格丽德·努涅斯在帮桑塔格处理病中信件的过程中,认识了桑塔格的儿子戴维·里夫(著有《死海搏击:母亲桑塔格最后的岁月》),并谈起恋爱。但她并不如桑塔格期望的那样"如果有必要,她会很高兴供养我们全家人",而认为:"戴维和我不该有我们自己的场所?"虽然资料不多,我们会发现,西格丽德·努涅斯的文学之路展开得非常理想,在哥伦比亚大学,她听过理查德·耶茨的课,在她看来,耶茨并不喜欢教写作,每周出现都垂头丧气。她读研的时候,上过爱德华·萨义德的课,还被桑塔格取笑,"听上去像是你迷恋上了他一样"。桑塔格认识萨义德,但他们没能成为朋友。

西格丽德·努涅斯后来出了六本书,是《纽约时报》《华尔街日报》《巴黎评论》等媒体的专栏作家。可以说,从读文学,到认识作家身份的老师，到自己成为这样的人，她对许多文学问题应该是反复思索过无数次。她的自嘲非常娴熟，嘲讽别人也不遗余力，能够透露的八卦也很生动。她触碰到了许多非常复杂的伦理问题，尤其是面对和桑塔格的复杂关系，对方既是恩师，又是前男友的母亲，从而生出微妙的竞争关系。如她提到，苏珊·桑塔格曾说："你与我之间有一个很大的差别。你化妆，而且你着装某种程度上是为了吸引别人的注意……但我不会做任何事情来吸引人注意我的容貌。"她辩解"我的做法是典型的女性的方式，而她则是大多数男性的风格……不化妆，但是，据我们所知，她染发，而且她还用古龙香水。男性的古龙香水。而且，和大多数女人一样，她非常在意自己的体重……"这样的"自我辩解"在《永远的苏珊》中不胜枚举。令人不禁想问，她到底爱她吗？她为什么要这么写呢？

这段文学奇缘对西格丽德·努涅斯产生的复杂影响还不止于此。苏珊·桑塔格17岁时嫁给了28岁的社会学家、文化批评家菲利普·里夫，多年后母子俩与菲利普并没有什么联系。只有一次三个人开车去费城，桑塔格有一场演讲的邀约，她突然对戴维说，"我觉得你应该带西格丽德去见菲利普"。第二天，他们三个人去了菲利普·里夫的家，桑塔格等在车里，菲利普·里夫没有开门。戴维透过玻璃窗，他看到了父亲搜集的拐杖。西格丽德没有见到恋人的父亲。一直到2006年，她看到他去世的消息，立刻想起了那些拐杖，"心里一阵悲痛"。

西格丽德·努涅斯的第七部小说《我的朋友阿波罗》，讲述了一位女性写作教师和一条狗的故事。2018年获得美国书业最高奖国家图书奖，并进入同年的布克奖短名单。它不是一个刻板印象里人类和动物相处的故事，这个动物甚至也没有多少灵性。小说想要表达的东西非常多，女性写作、自杀、写作伦理、生活的意义、文学的疗愈功能，对创意写作专业的反讽等。换句话说，这本书写了"一只狗，与它所在的文学世界"。小说最值得展示的，就是在第11章，故事突然发生了反转，解构了前文铺陈的所有情节，令表述展现了心理学面向的病症，或者说是一种叙事诚意的自杀。

如果我们结合西格丽德的非虚构写作方式来看，就可以深深地感受到她的纠结与焦虑始终存在。这也成为她的叙述风格，在辩解和自我推翻中艰难跋涉。

读《我的天才女友》

> "她在意的事情就是想向我展示出：我学的东西她都会"

一年前，《复旦青年》的学生找到我，希望我谈谈意大利当代匿名作家埃莱娜·费兰特的作品《碎片》。学生很可爱，甚至给了我一个月的阅读时间。我对埃莱娜·费兰特的了解，仅仅停留在《我的天才女友》。我看完小说，四部小说有写得很有力量、粗粝的部分，也有写得很好的讽刺的部分，还有那不勒斯社会生活史。

《我的天才女友》当然是一个经典的"女性友谊"书写结构，一对同乡闺蜜莉拉和莱农，各自野蛮生长，互相映照。莉拉没有机会受到完整的教育，只能凭借女性和草根的本能闯荡。莱农则跟跟跄跄地走过高等教育的独木桥，以一个更被普罗大众接受的生活方式获得尊敬。莱农还是一个小说家，她写作小镇、写作身边的女性，最主要是写莉拉。她在精神上依赖着莉拉。关于莉拉，智商的部分没法说，是"天才"的存在（这在她饱受摧残后居然还能学会编程就可以体现）。除了智商，有个细节足以展示莉拉复杂的性格。莉拉逃脱了第一段婚姻的折磨后，重新开始劳动。她在肉联厂的境遇非常艰苦，一直被工友欺负。她无意间参与了一场工人运动。那些理想主义者空有观念，莉拉就透露了工厂工作的细节，如工头克扣工资、女厂工被猥亵等。莉拉提到，很坏的工头和老板会在检查工人是否偷带肉肠出厂的时候随意控制警报器，让女工进入小房间对其搜身。后来这些细节被中学老师的女儿、她当年的情敌添油加醋写成了文章发表，导致工厂受到压力，莉拉拿回了欠薪。在小说里，莉拉一边理直气壮地利用女性身份哀求"不是我做的，我还有孩子要养，不想失去工作"之类，一面谈完了就淡定走出厂区。这时，警报器响了。莉拉在一片乱局中真真假假地偷带了肉肠回家。这是一个非常不完美的劳动者，一方面确实受压迫，另一方面她会利用自己的角色获得利益。我想，莉拉赢过莱农很重要的一点，是她确实有点坏，而且还很强大，她知道什么时机把水搅浑，她能获利，还能分辨谁有能力救她，而不是像莱农一样，一直在掂量哪个男人爱她，哪个男人爱莉拉。莉拉有能力在命运乱局中甄别出两个可靠的男性，恩佐和彼得罗，象征某种专注安定的力量，供养自己受伤时的栖息生活。尽管她并不喜欢安定。这个人物就像野猫，总能在垃圾堆里找到一个最舒服的位置并保存食物。她的存在本身，就足以讽刺中产阶级生活秩序的虚伪和无聊。

另外一个意义深刻的小说线索，是"劈腿"这对闺蜜的尼诺。

尼诺一家是最早走出小镇的人。尼诺的父亲也很花心，勾搭了小镇上的寡妇。他们家离开小镇的时候，寡妇把家里所有的东西都从楼上窗户丢到地上，愤怒从天而降。这个象征可能是小镇人对能（不受索拉拉家族影响）"走出去"的人极致的恼羞成怒，因为这太难了。到度假岛，尼诺一家见到莱农，夫妇两个人都表现出了耐人寻味的惊讶。他们认为莱农不应该出现在这里。他们本以为不用再看到小镇上的人了。尼诺和他父亲都以自己的方式，有意无意地羞辱了莱农。他们在接受她作为同路人的时候，需要她付出耻辱的代价。后来尼诺回到小镇，寡妇在楼上看到他，误以为是他父亲来了，尽管模样和表情都不像。寡妇看到的是同一个人，同一种希望。这种希望是非常致命的，情感的诱惑力类似于索拉拉家族在金钱方面的控制力，这是小说写得残酷和险峻的地方。我们常说，爱情重要的是找到那个"对的人"，其实所谓"对的人"，都是危险的人。它会照亮我们的弱点和奢望。莉拉和尼诺一家作为精神素材，对于作家身份的莱农的影响，同样很羞耻、不伦。因为就连痛苦所产生的净化能量，都是寄生的。类似于电影《燃烧》里，刘亚仁和他喜欢的女孩子，不只是在物质上会被有钱人施舍，在写作的精神领域，依然受到有钱人设下的"悬念"吸引。

然而，文学不只有故事，还有故事以外的意味，例如作者十分神秘，署名也不是本名。"碎片"一词，可以说是理解本书乃至费兰特写作的核心词汇。"碎片"（frantumglia）一词是她的母亲经常说的一个意大利方言词汇。对母亲来说，"碎片"是生理感受（"头晕""嘴里发苦"),是情感体验("内心东拉西扯""痛苦"),亦是由此引发的一系列举动("自说自话""无缘无故的哭泣")。对作者来说,"碎片"则是一种时间的扭曲,是过往的沉渣泛起,是没有秩序的回忆和感受组成的漩涡。"碎片的漩涡"让费兰特痛苦不安,淹没她的生活和声音,但她也在"碎片"中探寻出了一条自己的写作道路。

读《管家》

"让我感兴趣的人物是那些在我苦思冥想时能够提出问题的人"

几年前,我与梁永安教授做过一次对谈,讨论美国女作家玛丽莲·罗宾逊在1980年代出版的作品《管家》。没头没尾地讨论这样一部作品,其实是一件挺奇妙的事。至少在五年前,国内对于玛丽莲·罗宾逊的了解还在起步阶段。上海译文出版社和人民文学出版社共同出版了她的重要作品如《基列家书》等,《管家》是她的第一部小说。在许多讨论中,也曾被译为《持家》。

《管家》的故事非常简单,小说呈现了一个男性缺失的世界,其中每一位女性都犹如孤岛,独自承担荒芜的命运。露丝和露西尔是一对孤女,生活在爱达荷州的偏远乡村指骨镇,外祖父、外祖母、亲生母亲接连死亡,她们由有着小怪癖的姨妈西尔维照顾。但最终她们发现,特立独行的西尔维只向往流浪。妹妹露西尔则选择回归日常，同时向往与指骨镇完全不同的另一个地方；而姐姐露丝是西尔维一样注定是流浪的人，一起选择无目的地向远方奔走。

这个故事里的男性角色，似乎只有"外祖父"和"治安官"。书名叫"管家"，但它和我们印象中的英国式的管家完全不一样。它的英文名是Housekeeping（管家），但我们看到书的结尾会发现这是一个关于"house burning"（烧房子）的故事。故事中的房子被烧掉了，而且是由孙女烧掉的。这个房子是外祖父建造的，它建在一个不毛的高地上。在《圣经》中，高地是可以看到神迹的，所以在大洪水来临的时候，祖父造的这个房子没有被冲毁，就是这样的一个象征，被孙女烧掉了，然后两个女性角色才开始流浪。可见它解构父权的内涵非常鲜明。

这也是玛丽莲·罗宾逊给我们提出的问题：什么是家庭？她似乎是在试图建构一个基督教父权家庭之外的家庭，比如说姨妈和外祖母，她们承担了父亲和母亲的角色，她们彼此之间是有吸引力、有认同和忠诚的。她们自己建构的这个家庭，有没有在流浪的过程中建构出自己的秩序，这个是作者想要提供给我们的思考。在社会学的讨论中，似乎觉得父权只有不好的一面，所以女性要反抗它。其实父权中也包含福利，象征着庇护。在宗教话语中，女性无法与上帝直接沟通，必须通过男性，哪怕是关于人世间苦难的追问，都必须通过男性。我们能够感受到《管家》有一些新教的色彩，因为女性可以直接与上帝发生对话。这件事并不简单，事实上直到2015年，英格兰圣公会才有首位女主教。这是玛丽莲·罗宾逊在书中所做出的一个先锋尝试。所以在上世纪八十年代，作者提出了厉害的问题：没有父亲怎么办？女性要怎么和上帝发生联结？怎么靠自己活下去？

小说里，这对孤女在外祖父去世、生母自杀、外祖母年迈无力后，被交给姨妈西尔维抚养。但西尔维似乎是精神不太正常，一直想带两个外甥女去湖边流浪。那个地方是十分荒凉的，非常寒冷，经常下暴雪。她们有两个亲人都是在那里死去。三位女性从文明世界中回归野地，感受世界、感受死亡的方式似乎走进了一个与祖先有关的地方。小说写到几个死亡事件，一个是外祖父的意外车祸，一个是母亲开车沉入湖里自杀，用到的词语都很轻盈。比如写外祖母死亡时"手臂上扬，头后仰，发辫拖曳在枕头上……仿佛溺毙在空气中，跃向了苍穹"，都不像我们正常描写死亡的方式，渗透着女性感知世界的方式。她们对自然非常敏感，有很强的感受力。西尔维姨妈是有过自己的婚姻的，外界的人不断在问她："你为什么离婚？"她是不回应的，她认为这件事不必回答。露西尔因为在学校被怀疑考试作弊不想去学校，又去了湖边。姨妈西尔维也没有太多过问这件事，不去就不去了，她不觉得学校教育是一个必经的过程，就像结婚一样。作者在尝试突破常规社会力量规训的可能，打破在家庭里被父亲规定，走到社会上被经济生活规定，被社会风俗规定的那种刻板秩序。在谈到这几个女性人物的设计时，玛丽莲·罗宾逊曾说："让我感兴趣的人物是那些在我苦思冥想时能够提出问题的人。"

当然，玛丽莲·罗宾逊的哲学和宗教性也是她多元思想的魅力所在。有几本书较为详细地论述了中文世界对她小说的接受过程，如《信仰书写与文化认同：玛丽莲·罗宾逊小说研究》《20世纪美国女性小说研究》等。去年出版的《巴黎评论·女性作家访谈》中，亦有一篇是关于玛丽莲·罗宾逊。我们可以看到她在作品之外更多的生活细节，例如她很难"一言以蔽之"的多元信仰，离婚，独居在天气并不好的爱荷华州，很少社交却有一部手机和一部黑莓。

从《管家》出版至今，玛丽莲·罗宾逊出版有四部小说和五部杂文集，并发表了大量访谈、书评和时政评述，获得了主流认可，这使她成为为数不多的在世经典作家，她曾经获得普利策奖、国家书评人奖、笔会/海明威奖、奥兰治小说奖等奖项。2012年，她获得美国人文学者最高荣誉国家人文奖章；2016年，她获得美国国会图书馆颁发的美国小说家奖章，并被《时代周刊》评为"全世界最具有影响力的一百位人物"之一，也是在那一年，她从著名的爱荷华大学作家工作坊退休，并获得了终身荣誉教授职位。

读简·奥斯丁

"令我吃惊，但没有使我反感"

对于所有有志于写作的女性作家来说，回忆自己阅读奥斯丁的历程，都是青春岁月重要的文学记忆。去年，上海译文出版社与企鹅兰登书屋合作引进出版企鹅布纹经典书系，简·奥斯丁的作品是最早推出的系列。重读奥斯丁的过程，其实也是重新理解文学与社会互动的过程，受益良多。有两本书给了我很好的阅读意见，一本是《简·奥斯汀的英格兰》，另一本是《简·奥斯丁的谋略》（作者名字翻译有差别），它们都从文本内外提醒我们，女性小说足以容纳更广阔的天地，不只包括谈情说爱。

奥斯丁一直被定位在婚恋小说或妇女小说的流派中，纳博科夫在他著名的《文学讲稿》中也曾提到他并不喜欢妇女小说，为了授课才不得不拿简·奥斯丁来举例，还原她空间的写实。实际上简·

奥斯丁写作的时代并不单纯，英国当时的社会历史背景是十分复杂的。她生于1775年，狄更斯则是1812年出生。在奥斯丁大概出版第五部小说的时候，狄更斯就出生了。我们看到狄更斯的文学世界似乎更为接地气，换句话说他会关注到社会中下层的生计。狄更斯经常被引用的名句"这是一个最好的时代，也是一个最坏的时代"，我们应该拿来作为参照奥斯丁创作的同一时空。《曼斯菲尔德庄园》的小说背景，已经有海外殖民地出现。这也令奥斯丁的作品面临复杂的批评。比如海军的崛起，代表着帝国的扩张。奥斯丁的小说（如《劝导》）人物中出现了不少海军军官的形象，都是有其现实社会发展的来历。简·奥斯丁的哥哥们也有类似使命，然而打仗并不是浪漫的事，军人身份也不只是代表着择偶的条件。《简·奥斯汀的英格兰》提醒我们，奥斯丁所经历的那个时代，英国一直在打仗。在她的文学生涯中，战争总共也就消停了十年零八个月，我们常常忽略这一点与她的文学世界的关系，换句话说，奥斯丁笔下的时代并不是一个和风细雨的时代，她也不可能不知道这些。在她的文学书写之外，一直有战争的阴影在盘旋，一直都有远征的男孩们。

那么女孩们的处境又是如何呢？为什么会诞生出《简·奥斯丁的谋略》这样的作品呢？把婚姻作为博弈手段，并非如今消费主义盛行的时代的产物，奥斯丁的世界可能另有苦衷。重读奥斯丁小说会有奇特的感受，因为小说里的妈妈们其实跟我现在年纪差不多大，手上居然有三个女儿要嫁，可能代表着当时早婚的环境。更重要的是英国传统中的"长子继承制",与奥斯丁小说有着密切关系。长子继承制有非常残酷的影响,读《理智与情感》的时候,我们会看到,父亲过世以后,女儿们甚至连家里的琴凳都是带不走的。她们不知道家族遗产继承人是远房的谁,会不会照顾这些女眷就全凭他的良心。如果女人变成寡妇,她最终可能会陷入贫困,再婚是理想的选择。这是一件我们现在看起来不太能接受的事情,但正是因为有这样严格的秩序,维持着国家的运行。"一战"时,贵族男性要去前线打仗,因为他们有土地。"长子继承制"一直到1925年以后才开始产生异议,热门影剧《唐顿庄园》中,我们还可以看到它对于现代英国人产生的复杂影响。2013年,经过了11次反复抗争之后,"长子继承制"才有较大的松动。

另一方面我们会读到,奥斯丁笔下的女孩子谈恋爱的年纪都非常小。要在那么年轻的时候做出那么重要的抉择并非纯粹发自热情,更多有现实处境的考量。奥斯丁对婚恋"博弈"的思索并没有臣服于金钱,她也写了有的姐姐嫁给了有钱人之后,生活过得并不好。当时,英国离婚的手续是极其昂贵的,很多女性只能忍受着过完下半生,或者是通过教会做一些婚姻问题的协调。所以,选择即赌博,并不是一桩玩笑事。李安在《十年一觉电影梦》中提到《理性与感性》的拍摄,他认为应该翻译成《知性与感性》更为恰当。因为"知性包括感性,它并非只限于一个理性、一个感性的截然二分,而是知性里面感性的讨论……理性的姐姐得到一个最浪漫的结局,妹妹则对感性有了理性的认知,它之所以动人原因在此。并非姐姐理性、妹妹感性的比较，或谁是谁非。人是一个有机的整体，十分的复杂微妙，这与中国的'阴阳'相通。"

《简·奥斯汀的英格兰》中提到，1808年12月，奥斯丁（本书中为"奥斯汀"）在一封书信里写道："桑德斯太太的再婚令我吃惊，但没有使我反感：但凡她的第一次婚姻中双方是有感情的，或是她已有一个成年的单身女儿，我都不会原谅她；但是我认为，如果有可能的话，每个人的一生都应该有一次嫁给真爱的权利……"她的好恶基于社会法则，又有法外的体恤，最终依然在女性生存夹缝中期待她们相信爱情。

如果有可能的话。

读《阿加莎·克里斯蒂自传》

"我的四周都是毒药"

读阿加莎·克里斯蒂的自传，我会有一种很特别的体验。也许是因为古代普通人不会有传记，我们会期待传记主人公具有跌宕起伏的传奇经历，他至少应该历经一些挫折和坎坷，再或者经历过真正的不幸，再奋起与命运较劲。如果以这样的期待来看阿加莎·克里斯蒂的自述，那读来一定会感受到失望。另一方面，从作家回忆的角度来看，写作爱好者也无法学到什么具体的本领。"我的童年幸福快乐""我嫁给了一个我爱的男人，生了一个孩子，有了自己的住所""周游世界是我一生中最激动人心的事情之一""一生中最让我兴奋的事情有两件，第一件就是拥有了自己的小汽车……第二件是大约四十年后，在白金汉宫与女王共进午餐。"好事不断、充满感恩是这本书的主要内容。也许事实正是如此，在人生的大部分时候，阿加莎都是万事顺意的。她的祖父非常有钱，母亲热爱阅读，这使得她在童年时就受到良好的教育，包括语言和文学，也包括其他艺术才能的培育。硬要说磨难，战争算一宗，另一宗则是第一任丈夫移情别恋，对她的写作构思也毫无用处。直到她第二任丈夫出现，阿加莎·克里斯蒂的写作才得以在素材和灵感方面与丈夫的考古工作有所汇合。

仍有一些篇章令人回味。例如我们现在早已耳熟能详的大侦探波洛，为这个人物做设计的时候，阿加莎思来想去，决定让他是一个比利时难民。这是一个与她学习、恋爱的世界完全不同的世界。是她见过的一群人，比利时难民，侨居在她所在的教区。"他们初来的时候，本地居民很同情他们，对他们非常热情，纷纷将家里的仓库布置上家具让他们住，尽可能让他们生活得舒适。可是，比利时人对这些善行似乎并不十分感激，总是抱怨这埋怨那的。这些身居异乡的可怜人感到惶恐，他们中的大部分是疑心很重的农民，不喜欢去别人家喝茶或接待陌生人来访。他们希望不受干扰地单独生活，他们想存钱，开一块菜地，按照祖传的方式浇水施肥。为什么不能让一个比利时人做我的侦探呢？移民中各式人物都有，一个逃难的退休警官怎么样？"这提醒我们刻板印象本身成为职业身份设计的关键，也许在阿加莎看来，一个英国警官不适合那么多疑，偷听别人说话。自传中强调了许多英式"规矩"，诸如淑女吃东西总应该剩一点。但外国人如我，其实很难搞清楚什么是应该做的，而什么是过于做作的。例如自传中提到："对于亨利·詹姆斯，我只记得母亲抱怨说他总是把一块方糖一切为二放进他的茶里——那实在有些矫揉造作,小小一块整个儿放进去还不是一样?"(那淑女把饭吃完又会怎样?)然而,这些细枝末节的东西,对于侦探小说来说,却又是十分重要的。关键的情节常常诞生于这些带有限制的细节。

"一九一二年,仍是一个感性世界。人人都说自己冷酷,其实根本不知冷酷为何物。"阿加莎如此写道。战争爆发后,许多人都参军,女性还没有足够参与生产工作的机会,但战争所需临时性的辅助活计却有不少。阿加莎也是其中一员,开始是一名护工,后来走进了护理世界,再后来,她开始在药房工作,这使她有机会构思一部侦探小说,尤其是在下午无事可干的时候。"我的四周都是毒药,那么,用毒药害死人自然就是我应该选择的方法。""一战"不仅使阿加莎获得了虚构的特权:成为侦探小说里的绝命毒师,也使她收获了浪漫的爱情。她拒绝了一些能使她生活更安稳的社交对象,选择了一位空军中尉。她的第一任丈夫阿尔奇是"一战"前后最初的一批飞行员之一,"我想他的飞行员编号就在一百出头,一〇五或一〇六。我深深以他为荣"。而我们很容易就可以从另外的资料得知,"一战"前,英国飞行员上天后的平均寿命是七天。在那个时代,飞行是极危险的。但飞行的魅力太大了,飞行员的生活也被投射以浪漫化的想象。我们在齐邦媛的《巨流河》、白先勇的《一把青》中也能领会相似的爱情悲剧,只是我们不会把阿加莎·克里斯蒂和小朱青的命运联系在一起。

阿加莎在不断摸索中，诠释着内心喜欢的侦探小说审美观念。她认为"一部好的侦探小说，成功的关键在于把故事中的人物写得模棱两可：既像是罪犯，又由于某种原因让人觉得不像罪犯。说不通，但又的确是其所为"；"一篇侦探小说的合适长度为五万字左右。我知道出版商会认为太短了……探险小说的合适篇幅在两万字左右，不幸的是，这种篇幅的小说越来越没市场"；"短篇小说的创作技巧完全不适用于侦探小说。探险小说或许可以，但侦探小说不行。"她也提出了"似乎没有人关心无辜者"的深刻疑惑，向读者们对罪犯更感兴趣这件事提出道德意义上的校正，她愿意对受害者更有兴趣一些。

阿加莎·克里斯蒂于一九五〇年开始撰写本书，大约十五年后，她七十五岁完稿。她享受她的生活乐趣，并使我们读者分享到她幸运的智慧。

读安妮·普鲁《鸟之云》

"唯有泥土与天空最重要"

我一直都很喜欢美国作家安妮·普鲁。原因很简单，她是我最想成为的那种作家。我受到真正意义上的文学启蒙很晚。待我经由广泛阅读，了解到自身写作条件的局限之后，2020年我读完了《树民》的中文版，很难形容当时的心灵感受。我只是想，如果有生之年，通过努力我能写一部这样的作品，那就此生无憾了。

安妮·普鲁出生于1935年。53岁时，她才发表第一部短篇小说集《心灵之歌及其他》（1988），可谓大器晚成。安妮·普鲁的父系（家族）是加拿大魁北克移民，母系则可追溯到康涅狄格州最早的英国移民，被她视作"定居新英格兰的近四百年时光沉淀出了一种罕见的香料"。在语言上，她从小受到父亲作为法籍加拿大移民的熏陶，加之硕士和博士均就读于加拿大魁北克法区蒙特利尔市，自带的双语环境和多元文化的历史冲突给予她写作和研究的土壤。能够写作《树民》这样的长篇巨著，安妮·普鲁显露出对不同地域伐木业、航海业、渔场、畜牧业及世界贸易的知识积累和深邃洞见，这可能和她早年的成长背景和长期高度关注的领域有关。亦有研究者提及，安妮·普鲁的文学方法受到法国年鉴学派的影响甚深。年鉴学派在上世纪 50 年代后期，慢慢渗透至欧洲及美国、加拿大等国。年鉴学派强调地理因素对人类活动的限制作用，并把生态环境作为人类社会的一个系统引入了历史研究领域。落实到文学创作层面，地理空间与人类心灵生活的内在联系，是安妮·普鲁小说的重要特征。有两部研究资料可以帮助我们理解安妮·普鲁作家生涯的养成及其文学成就，一部是 2001 年出版的《理解安妮·普鲁》(*Understanding Annie Proulx*)，以个人生活传记的形式对安妮·普鲁的生平与创作历程进行介绍，后来被许多研究者引用；另一部是 2010 年出版的《安妮·普鲁的地域想象：重构地方主义》(*The Geographical Imagination of Annie Proulx: Rethinking Regionalism*)，赋予安妮·普鲁的作品以新地域主义及生态环境叙述的解读视野，后来成为中国读者理解她作品的主流路径。

感性地看，在五十多年的前半生生涯中，安妮·普鲁其实过得很动荡。童年时，她随着父母的生计不断搬家。我们在《鸟之云》的开篇，就能读到安妮·普鲁的生涯起点。她猜测"我们频繁搬家的一大原因是父亲执着地想要摆脱他的法裔加拿大人背景……他和他的家族一直饱受种族歧视之苦……法裔美国人是一群无根之人"。成年后，她不断地求学，又不断地因经济原因辍学。直至博士研究中断后，安妮·普鲁移居美国怀俄明州一个偏远的乡村，在荒野中，从自然中汲取各种原始生存的宝贵经验，包括畜牧、钓鱼、种植等。这些具体的生活技能，不仅成为安妮·普鲁小说中人物的生活场景，也成为她结构小说的纲目。如果我们读过《船讯》，就会发现这部小说的每个章节，居然是由不同的绳结打法来挈领的。而《近距离》中多次写到惊悚的"阉牛"意象，可能是她长期在农场畜牧劳动的观察经验所得。边念书，边打工，边结婚，又数次离婚，中年的安妮·普鲁靠当自由撰稿人、新闻记者的工作维持生计，独立抚养三个儿子。

在《心灵之歌及其他》问世后的短短几年时间，安妮·普鲁凭借长篇小说《明信片》（1992）、《船讯》（1993）拿下福克纳小说奖、美国国家图书奖、普利策奖等重要奖项。《船讯》还曾被改编成电影，由凯文·史派西、朱丽安·摩尔、凯特·布兰切特等大明星出演。1999年，安妮·普鲁的短篇小说集《近距离：怀俄明故事》出版，十三篇小说中，收入后来李安导演改编的著名电影《断背山》（2005）。"怀俄明故事系列"对于当代媒介文化的影响还不止于此，《近距离》中的另一篇故事《脚下泥巴》，与2021年获得奥斯卡金像奖提名、威尼斯电影节金狮奖提名、金球奖最佳剧情片的《犬之力》，亦有难以撇清的渊源关系。《脚下泥巴》的男主人公雷蒙德，几乎是电影《犬之力》中卷福所扮演的牧场主菲尔·伯班克的原型,他们对西部牛仔"男性气质"外观偏执的追求("他学会双腿外开的走路姿势")和对内在女性倾向的焦虑和恐惧(雷蒙德幼年乘坐旋转木马时,拒绝乘坐有着丰满臀部的木马,而选择黑色公牛),最终幻化成了新西兰女导演简·坎皮恩以柔制刚、解构有毒男性气质的视听媒介。与新世纪女性导演的锋芒不同,在小说世界里,安妮·普鲁对类似话题的处理要柔和一些。她只是婉转地表达了一件事:这样的人(驯服这样的对象)已经过时了。"过时"并不可笑。相反,"过时"意味着破解禁忌后的心灵自由。牛仔们(杰克和恩尼斯)只有掉出读者和观众的期望,才能自由地"骑马远赴大角山脉、药弓山脉,走访加拉廷山脉、阿布萨罗卡山脉、格拉尼茨山脉、奥尔克里克等南端,也到过布里杰—蒂顿山脉、弗黎早、雪莉、费里斯、响尾蛇等山脉,到过盐河山脉,多次深入风河区,也去过马德雷山脉、格罗文特岭、沃沙基山、拉勒米山脉,却从未重返断背山"。每次读到这里,我都感到震颤动容。这些陌生的山脉名色,我可能永远都不会到达。甚至如果安妮·普鲁未曾书写它们,我都不知道世界上有这些地方。这些山脉是什么呢?我猜想山脉就是血脉和心脉。山脉的荒僻和私密,宛若心灵的幽深曲折。他们彼此识别、彼此游历,才得以找到最安全的地方,在天地间,以心灵之声,对唯一的人说出唯一的话:"要是我知道怎么戒掉你就好了。"

安妮·普鲁对托马斯·萨维奇所创作的《犬之力》夸赞不已,尤其是对托马斯·萨维奇力图重构西部牛仔形象的努力十分赞赏。

正如《断背山》故事所隐隐渗透的瓦解能量，传统西部牛仔（Cowboy）刚毅、乐观、幽默的正面形象，在上世纪六十年代以后，逐渐成为单一的消费符号。真正的牛仔是有血有肉、有隐私有恐惧的真实人类，他们有自己的苦恼、失落和难言之隐，反而是不被西部以外的观众所接纳的。《犬之力》的电影改编及上映过程，安妮·普鲁都曾参与。在接受媒体采访时，她回忆："我能从欧文·韦斯特的作品看出，它（西部小说类别）是一直发展的。他于1902年写出了《弗吉尼亚人》。这部作品为西部怀俄明州的牛仔文学树立了典范……在1960年代，有一位来自德州的年轻作家拉里·麦克穆特瑞（曾任电影《断背山》的编剧）写了一部精彩的'西部三部曲'，故事均发生在一个虚构小镇塔利亚。包括1961年的《骑士路过》，1962年的《离开夏安》，以及1966年的《最后一部电影》。这个过程十分重要，不仅是对托马斯·萨维奇，还是对我来说，抑或是对那以后所有出版的西部小说来说都很重要。拉里·麦克穆特瑞打破了传统的高尚牛仔范式……与韦斯特笔下的弗吉尼亚人恰恰相反。"在谈到托马斯·萨维奇始终无法广受欢迎时，安妮·普鲁说得非常动情。她猜想，在当代仍有相当多的美国读者更喜欢欧文·韦斯特的牛仔神话，因为那种英雄主义是美国拓荒精神的一部分。无论是以性向还是以其他文学方式解构这种精神，都会遭遇大众文化接受面的冷遇。这可能也是安妮·普鲁身在美国西部小说传统中，对于文学和社会变迁复杂性的理性判断。

　　这段采访给我很大启发。安妮·普鲁的贡献可能不只是西部小说创作层面的。许多人都不知道，安妮·普鲁在1960年代还曾写过几篇科幻作品。此外，她还有丰富的非虚构写作经验，养活了她成名前的艰苦生活。在她的研究论文《危险之地：美国小说中的风景》中，她以创作者的思维方式论述了风景写作与美国文学的关系。论文开篇就引用评论家詹姆斯·斯特恩（James Stern）在1948年第一次阅读澳大利亚作家帕特里克·怀特（Patrick White）的作品提到的观点："我从未去过澳大利亚，但这部作品中的散文描述，以其巴洛克式的丰富性、可塑性和丰富的奇异符号，使一个未知之地的风景如此真实。"我没有去过美国，对于美国的地理及文化的了解同样来自优秀作家的文学建构。好的作家，足以为跨文化的读者命名自己的家乡。那么，怀俄明州是一个怎样的地方呢？如果我们打开美国地图，可以看到它位于美国西部落基山区。州轮廓近似正方形。北接蒙大拿州，东界南达科他和内布拉斯加州，南邻科罗拉多州，西南与犹他州毗连，西与爱达荷州接壤。首府"夏延"，也就是安妮·普鲁小说中经常出现的地景，位于怀俄明州东南角。怀俄明州的州名来自印第安语，其含义是"大草原"或"山与谷相间"。童年时，安妮·普鲁随家人迫于生计游遍了近半个美国大陆，曾在美国缅因州、佛蒙特州、怀俄明州等多个地区生活，我们在"怀俄明故事集"中可以看到她观测的足迹和不同地方糟糕的天气。许多故事主人公都曾举家迁徙、艰难谋生，不仅要与沙尘暴、干旱、低温搏斗，还要忍受孤独与无常。

在一篇名为《身居地狱但求杯水》的小说中，安妮·普鲁隐身于叙事者的身份，沉浸式地体验着天、地、人之间的神秘联结，可见在山与谷之间，人类活动不仅是渺小的，更是朝来暮逝的，不可靠的。生生世世的更迭中，自然之力会让沉静的人心生虔敬，无论是经由无情和暴力，还是经由温煦的照拂，人的力量都不足以与危险冷漠的大地抗衡：

站立此处，双手抱胸。云影如投影般在暗黄岩石堆上奔驰，撒下一片令人晕眩的斑驳大地疹子。空气嘶嘶作响，并非局部微风，而是地球运转产生的暴风，无情地横扫大地。荒芜的乡野——靛蓝而尖突的高山、绵亘无尽的草原、倾颓的岩石有如没落的城镇、电光闪烁，雷声滚滚的天空——引发起一阵心灵的战栗。宛若低音深沉，肉耳无法听见却能感受得到，宛若兽爪直入心坎。

此地危险而冷漠：大地固若金汤，尽管意外横祸的迹象随处可见，人命悲剧却不值一提。以往的屠杀或暴行，意外或凶杀，发生在总人口三人或十七人的小农场或孤寂的十字路口，或发生在采矿小镇人人鲁莽的房车社区，皆无法延误倾泻泛滥的晨光。围篱、牛群、道路、炼油厂、矿场、砂石坑、交通灯、高架桥上欢庆球队胜利的涂鸦、沃尔玛超市卸货区凝结的血块、公路上日晒褪色的悼亡魂塑胶花环，朝来暮逝。其他文化曾至此地扎营片刻，随即消失。唯有泥土与天空最重要。唯有无止境重复倾泻泛滥的晨光。你这时开始明白，除了上述景象之外，上帝亏欠我们的并不多。

（宋瑛堂　译）

"唯有泥土与天空最重要"，这是安妮·普鲁的世界观。正因为她了解面对大自然时人类的脆弱和无力感，"建造"这件事才显露出鲜明的精神特质。即使是在近二十多年来，外部世界包括文学领域，也发生了不少变化。2009 年，收入于论文集《地方主义与人文科学》（Regionalism and the Humanities）中的《危险之地：美国小说中的风景》一文里，安妮·普鲁亦谈到了关注风景写作的非虚构作家。安妮·普鲁清晰地论述了蕾切尔·卡森、爱德华·阿比的创作，并总结道，"1970 年代标志着风景写作和地方叙述的主要文体，开始从长篇小说转向散文和非虚构。在这些非虚构作品中，风景是可塑的、脆弱的、受损的和濒临灭绝的。与此同时，虚构则走上了一条更窄的路径，去探索个人的内心景观和家庭，外部的世界似乎越来越无关紧要"。直至她观察到在美国当代作品中，风景描写几乎失去了原有的地位，也失去了流动性的表达，文学作品中地方性的危机由此呈现。在这一背景之下，我们再打开安妮·普鲁2011 年写作的《鸟之云》，便能更好地理解她为什么会在功成名就后，开始创作这部回忆录形式的非虚构作品。

《鸟之云》的叙事主线，是安妮·普鲁决定在怀俄明一处土地上修建自己"梦想之屋"的过程。女人与房子，会让人联想到另一个文学脉络的观察点。但显然，安妮·普鲁的世界更为广袤。通过确定居住空间，她回忆了自己的童年和家族史，从第一座与家人生活的房子，到因不断搬家经历过的每一处居所（房主包括波兰人、爱尔兰裔兄弟会农舍、德国前战俘、纽芬兰渔民等）。经由这迁徙的逻辑，安妮·普鲁试图爬梳出个体复杂血统的来源及其与美国开拓史的关系。也是经由修缮小屋的过程，安妮·普鲁以非虚构的形态，更肆意地展示了她的文学兴趣，包括对地理环境、地质形态、鸟类生活习性，和土著印第安人被美国政府掠夺家园的过程。有趣的是，阅读《鸟之云》解答了我对《树民》的许多困惑。《树民》讲述的是两名法国白人在殖民扩张的浪潮中来到北美的原始森林开拓未来的故事，涉及西方殖民背景下两个家族整整七代人的发展历程，尤以法国定居者和印第安人对自然世界的看法差异，令我印象深刻。我一直想知道，《树民》中类似阿凡达故事般的印第安史诗是怎么写成的，《鸟之云》镶嵌在"梦想之屋"建造过程中的个人回忆录，则解释了安妮·普鲁追溯家族族谱时复杂艰辛的写作准备。安妮·普鲁的买房、修房过程，和在城市里完全不同，没有现代服务业，充满了波折和挑战。她必须依循大自然的规律，且接受恶劣天气变化造成的延误。植物、动物、工人们都会造成混乱，但安妮·普鲁始终不屈服于现代文明规训的便利，这令她吃尽苦头。安妮·普鲁从中汲取的能量，远超盖房子这件事本身，是她理解人类文明的路径："鸟之云完工之后，随着我在这栋房子里安顿下来，我发现欧美人把时间分为五个工作日和两天周末的做法在我这里崩塌了。我开始更强烈地意识到季节变迁、动物活动和植物习性，也能够借助思考去想想印第安人的世界中时间的不同形态。"

最后房屋建成时，因冬季暴风雪会堵塞道路，安妮·普鲁甚至不得不放弃常年在此居住的想法，这也很像她写过的一些小说。有读者批评《鸟之云》写得枯燥冗长，殊不知写作准备本来就是如此，历经千难万险，差点功亏一篑，留下的那些成品，是作家精心裁剪、提炼的精髓，隐去了失败的过程。我欣赏安妮·普鲁的思维方式，犹如欣赏她在小说世界"自力更生"的建构能力，这确实是小说编织和推进的坚实道路。例如《树民》由两个伐木工人引出的不同产业，其中一个人因为成功将兽皮贩卖到中国，他开始意识到，不得不经过原住民狩猎而成的加工行业远不如伐木成本低。于是他便很有野心地想把木材卖到中国，从而一定要建立航运、港口。建港口就要与政客打交道。有了产业，就迫切要生孩子。没有孩子就先领养孩子投注继承人……每一步解决问题的思路，都是桥梁，桥接的是历史时间、人的野心，也是人类与自然博弈的过程。《鸟之云》无非是把一位优秀艺术家造梦的现实手段，真切地袒露了出来，我们阅读这本书，犹如阅读一位奇奇怪怪的朋友决定做一件奇奇怪怪的事，这件事多么麻烦和辛苦啊，但她乐在其中。就连困难和挫败，都仿佛能成为她的观察定点，协助她考察挫折的过程，就仿佛在上一门历史课、地理课、动物学课、人类学课。

我想起《鸟之云》"后记"中最后一段话："突然，那只新来的雕腾空而起，朝西边飞去，孤雕也追随而去。我以为她不喜欢这个地方。但在第二天的早上，河边的树上停着两只雕。在这个季节建立家庭已经太晚了，心之所望迟迟不能实现，对野生动物来说原也是常有之事。"安妮·普鲁不是一无所获，虽然失去了鸟之云的冬季，但她还有鸟之云的早春。虽然鸟之云不是她梦想中的那个最后的家，但她拥有建造它的意识过程。她还有丰沛的写作热忱和用不完的技巧，来帮助她落成那些现实世界的爱与遗憾。

原为《鸟之云》序言

辑四

我想抓住那道光

读金惠珍《关于女儿》

> "我的女儿为何要选择如此艰难的人生?"

之前谈到雪莉·杰克逊的短篇小说《回家吧,路易莎》,作为心灵恐怖故事的缔造者,这位哥特小说女王为我们描绘了"出走的女儿"在母亲眼中难以辨识的可怖感。当那个心中有事、渴望逃离的女儿回到家时,母亲根本不认识她,母亲年复一年地在电台中寻找那个心中的女儿。这种相见不相识,是令孩子无家可归的真正原因。通俗地说,也许我们的父母只愿意接受那个他们心中的孩子,而不是孩子本人。这样的心理模型,包含着原始的创伤,将伦理悲剧以各种复杂的形态呈现出来,金惠珍的小说《关于女儿》,就是贴切的例证。

金惠珍是韩国"80后"作家代表,取得了不少文学奖项,《关于女儿》获得2018年第36届"申东晔文学奖",这部作品也成为继《82年生的金智英》之后最受关注的韩国女性小说。《关于女儿》的故事情节十分简单，分为两个场景。女主人公是退休教师，兼职在养老院照顾一位叫"珍"的失智老人。她的女儿，是编制之外的大学讲师，因喜欢同性被学校解雇，且投身于投诉学校不当解雇的抗议活动中。故事看似简单，实际上包含的社会问题却极其复杂，所以与其称之为女性小说，不如将之纳入社会小说的范畴来研判更为恰当。

小说中的"母亲"是女性教育的受惠者，她相信教育可以改变命运，让孩子过上稳定的生活，却不想事与愿违。经济的衰退，外加少子化的后果，令女儿复制自己的命运，"只要会读书就能凭自身力量成功"的美梦破碎。社会变迁令资质和教育投入明显高于自己的女儿，不知为何就过上了"不像样"的人生。流浪教师的工作非常动荡，从书本上获得的公平正义的知识只会让她一再身处险境。更糟糕的是，女儿有个同居女友，在母亲看来，这是没有任何美好晚景可言的生存陌路。在与女儿及其伴侣的大量冲突中，母亲被痛苦的情绪裹挟，她实在没法理解女儿的选择，且太想干预女儿困难的人生。

另一方面，"母亲"所照顾的老人"珍"，又映射了她对于自身命运的恐惧。"珍"在失智时甚至会叫她"妈妈"，是另一个超越现实维度的失能女儿。在养老院工作的过程中，她看到了照护的困难。尤其是她被无数次暗示要节约使用成人尿布和卫生纸，眼睁睁看着"珍"的褥疮可以放入一个拳头。而她所派遣服务的机构，在韩国社会已经算是可以领到表彰的养老服务团体。这令她感到恐惧，更是为不会有子女的女儿担心。她对"珍"的倾情投入同样令身边一起工作的人无法理解，他们甚至怀疑珍有其他的财产才引发觊觎。

小说中的无力感，是金惠珍呈现的最好的时代氛围。母亲的愿望就和大多数人一样极为朴素，却从不知什么时候起已成镜花水月："看到我的女儿受到这种差别待遇，我感到很心碎。我担心我会读书又学识渊博的孩子会被赶出职场，在金钱面前手足无措，最后受困于贫穷之中，到老还要像我一样去做苦力活。这件事和我女儿喜欢女人一点关系也没有，不是吗？我并不是在恳求你们理解这些孩子，只是希望你们放手让他们去做擅长的事情，让他们得到合理的待遇。"母亲甚至没有能力和野心去追索社会问题的根源到底在哪里，她只是用尽全力去承受着结构性问题的后果，且要比年轻时更惧怕不稳定，更恐惧和别人不一样。她把这种恐惧以母爱的形式，投射到女儿身上。

《关于女儿》的文学价值，是基于韩国极其复杂的社会问题所预言的女性未来，它的情感谱系是异质的，是女性写给女性的警训。它倒没有将矛盾对准性别议题发难，甚至连少数群体的利益诉求，考虑得也不算成熟周全。小说中父亲的不在场，并不意味着要颠覆父亲的在场，反而是生活所迫根本没法指望父亲在场。父亲若是失能、失业，反而会给这个脆弱的家庭带来更大的灾难。父亲也没法介入女儿少数族裔的压迫环境中，为她做点什么。他甚至不必被取消，对故事中痛苦的远见不会产生任何功能。

　　小说真正令人感到心焦的部分在于，当我们的社会文化终于理解并且重视起女性教育时，《关于女儿》却告诉我们受教育的女性可能也没有办法自救。在这段拧巴、痛苦的母女关系中，母亲所扮演的角色，就好像《红楼梦》里的警幻仙子，她什么都知道，但对这些女孩未来可见的悲剧，她无能力为，也无法点化。我并不太喜欢小说中的悲观消极情绪，偶有一些触动的时刻，恰恰在于它提醒了我知识崇拜的不可取，它其实抵抗不了生活问题的严峻和残酷。在特定环境之下，没有任何努力可以一劳永逸。努力学习也是一样。

读金息《女人们和进化的敌人们》

> "这样追根溯源，那个女性就是最早的妈妈"

　　如果你最近玩过抖音，一定有机会刷到莫名其妙的"敌蜜论"，来自一位网红老师的直播课。我猜想它的字面意思，就是女性友谊的正反面，借来形容这部创作于 2013 年，并于 2020 年引进中国的长篇小说《女人们和进化的敌人们》，想来就很有意思。因为这本小说，以长篇的篇幅处理一段味同嚼蜡的婆媳关系。所谓"女人们和进化的敌人们"，就仿佛是年轻女性观察年长女性的复杂心理。我第一次读到作者金息的作品，是前年一次偶然的机会，学校要求我带学生行走江湾。江湾镇有非常复杂的历史，关于民俗，关于战争。有一处卫生服务中心，据说是战时慰安所的原址，20 年前曾有一位韩国女士前来确认具体的事发地。因而经由苏智良教授的研究材料，我一路搜索，找到了一本 2016 年于韩国出版的长篇小说

《最后一个人》（台湾地区于2021年翻译出版）。

《最后一个人》主人公是一位韩国女性，八十多年前，十三岁的她在抓螺蛳的时候，被几个男人抓到了中国东北（当时是满洲国），从那以后，她的悲惨命运就开始了。小说令人震惊地将笔触对准这个悲情的题材。令人印象深刻的是，女主人公一个又一个同伴离世的时候，谁是"最后一个"，成了悬念。在小说女主人公的心中，还有许多因为痛苦不愿申报的受害者，并没有在"历史记录"上留下自己的名字，所以，历史材料上的"最后一个"，并不意味着真相。她自己也曾换过十几个名字，就仿佛换过十几个灵魂却依然无法逃脱耻辱的创伤。小说的最后，女主人公带着呼吸机坐上巴士，准备去见新闻里那位濒临死亡的"最后一个"慰安妇。小说中每每写到一处女性受害的残酷细节，都会加上一个注释。整本小说，共有312个注释，标注着详述这些迫害细节的提供者姓名。这意味着，作者并非为了题材的煽动性而创作，而是基于仔细的调查和访问。另一方面，正因这些真实信息的注入，模糊了小说虚构和非虚构的边界。这部作品更名为《最后一人》，即将由磨铁大鱼读品重译出版。

相比之下，《女人们和进化的敌人们》处理的题材就轻盈一些。金息是1974年生的女作家。她从23岁起就开始斩获多项文学奖。她早期处理的题材，多带有社会议题的背景，如《L的运动鞋》《漂泊之地》。她的写作方法，有些介于社会纪实与历史小说之间，可见年轻时的她所怀抱的创作野心。2013年以后，她开始处理女性题材。这并不容易，尤其是在女性运动席卷之下的韩国，写作这一类目竞争可谓激烈，稍不留神，就有消费话题的嫌疑。《女人们和进化的敌人们》在女性疾病书写的领域中，找到了一个奇特的叙事切口，即一种罕见的"唾液干燥症"。和许多女性故事一样，"婆媳"这一古老关系的重要连接点"丈夫—儿子"是缺席的。又和金息的创作惯性一致，小说里的"婆婆"连名字都没有，只以"女人"代替，媳妇则叫"她"。把"她"和"女人"区分开来的，是年龄、教育程度，和男主人公的亲密性。取消具体名字，意味着"她"的背后是无数年轻的"她"，"她"在母职和事业中焦虑横跳，对平庸又无能的丈夫无能为力，既依赖婆婆照看小孩，又嫌弃婆婆会用唾液涂抹孩子摔伤的额头；它也意味着"女人"的背后是无数年长的"女人"，她们已不是能和儿子亲密相处的母亲，又和年轻的媳妇完全没有话讲，她们仿佛守着祖传的训条一般恪守着自己可能有义务帮带孙辈的惯性，却连自己身体的不适都描述不清楚，对媳妇堕胎的不满，也不敢直接流露，劝说也不敢，只能在多年后支支吾吾地表达自己朴素的意见。在日常生活里，这样的女性故事几乎是枯燥、无聊和无解的，但作者金息不知为何，愿意调度进化论、心理学、生物学等复杂知识，注入这段关系的血肉中，重新冷眼看一看一位很可怜，只为孩子活着，只为孩子着想的母亲，自己也即将从年轻的"她"一点一点成为的那个"女人"。

小说的回目很有趣，有"唾液干燥之时""繁殖后记""进化与灭种之间""露西以后，K 选择""豌豆和基因突变心理学"等，和许多作家（如刘亮程）一样，他们对于虚构文体的兴趣，会延伸到对小说回目的设计中，甚至回目连起来就是新作品，体现作家真正的创作意图。《女人们和进化的敌人们》十七则小说回目的叙述中，出现了小说"双女主"都不曾拥有的名字——露西。露西是谁呢？露西是人类最早发现的女性的名字，她的生存时期好像被推算为三百五十万年以前，能直立行走的年龄被推算为二十岁左右，身高只有一米，却是"人类妈妈的妈妈，又是那个妈妈的妈妈的妈妈……这样追根溯源，那个女性就是最早的妈妈……即使她对露西不感兴趣，有时看着女人，她还是会联想到露西"。

"她"虽不感兴趣，显然这是作者的兴趣，也是她创作这部作品真正的雄心。

读金爱烂的小说

"我想抓住那道光"

2017年对于韩国文学来说可能是一个"女性"之年,即使不关心韩国文学的中国读者也能感受到强烈的音讯。女作家赵南柱2016年的作品《82年生的金智英》突然流行起来,成为韩国全民热读的篇目。关于这部小说的话题骤然增多,热潮也很快传递到中国的社交媒体,后来结合热门日剧《坡道上的家》(原著为角田光代2016年小说作品),是东亚地区最热门的女性文学话题之一。有人说,《82年生的金智英》是30岁左右的韩国女性生存报告书,还听说,韩国部分男性对此并不买账,甚至疑惑反感,因为他们认为自己才是无差别兵役制的承担者,韩国女性则不必无差别交出生命中完整的两年时间为国家战略服务。韩国出版界趁热打铁,集结女性作家推出了一系列诗歌散文和小说,回应相关社会话题,甚至形成了真正的公共事件，引爆知名男性作家丑闻，国民文学偶像坍塌……在东亚女性运动史上，展现了文学的强大能量。更因为地缘相近、命运相似，中国女性对这场运动也十分共鸣。值得注意的是，许多并不读小说的女性也开始关注女性作家和她们的作品。

在这一背景下，我们来阅读金爱烂的小说，会有一种十分复杂的感受。也是在2017年，金爱烂在韩国文学界拥有很好的奖运。她凭借《外面是夏天》获得了第四十八届东仁文学奖，书中《您想去哪里》为她赢得第八届年轻作家奖，《沉默的未来》为她赢得第三十七届李箱文学奖，她成为史上最年轻的李箱文学奖得主。一方面，金爱烂成名已久，她并不是2017年文学改变社会运动的旗手，能在2017年获得相当的成就是必然中的偶然。另一方面，金爱烂的存在反而会提醒我们，当矛盾复杂的社会问题成为公共事件，文学的任务究竟是什么呢？

我第一次读到金爱烂的小说，是2017年人民文学出版社引进的《你的夏天还好吗？》。同题《你的夏天还好吗？》不愧是名作，小说讲述的是一个心碎的爱情故事。在大学暗恋前辈的胖姑娘女主，因为前辈较为善意地关注过她，说过友好的话，就陷入了卑微的暗恋中。前辈所有的行为，都带着光芒，照射进女主不太自信的情感生活中。即使听人说起前辈是那种会为同事们光顾风月场所站岗买单，自己在外面冷到发抖的狼狈社畜，她也将信将疑。她为了他减肥，为了他提升自己的人生。明明要去参加小学时救过她的男生的葬礼，为了他突然发来的短信，愿意临时赶去见面。见面以后，前辈却提出了让她非常羞耻的请求，希望她能参加大胃王节目的比赛。说是比赛，其实并不公正，一切都有预演。前辈请她来是因为她胖，可以衬托一个瘦而性感的大胃王美女。录节目的时候，前辈用她曾经感动过的昵称"小家伙"，提醒她抬起满是芥末和番茄酱的脸。她居然还曾遗憾过，他没见过她最瘦的样子。他提醒她"像平时一样吃就好了"的话语，狠狠刺伤了她……值得注意的是，小说里出现了很多"光"。前辈"蓝光里的侧脸"，小说中提到的"光合作用的人""吃电子波的脸"，都是单恋的幻觉。摄影棚里有百盏照明灯，倒是现实的，把她最丑的样子、被特意安排穿上小一号衣服突出身材缺陷的事实照得很辉煌。小说的结尾，她没有赶上同学的葬礼，天也黑了，家里天花板上有流动的光影，让她想起小时候溺水时水波的光芒。濒死时，她曾想抓住那道光，她却背叛了那道光。金爱烂十分会写破灭的象征，爱的萤火被大胃王比赛的灿烂强光所射散，剩下的就只有苍白的滔滔生活了。这残酷的爱情故事，天花板上的荧光欲灭不灭，可能也象征着不安的欲望和爱情幻觉的魔力。丧礼的存在，预示着食物链条一般青春爱情的死亡，你救我、我救你，都是幻觉。但那些光，曾经太温暖，看到过的人就忘不掉了。

喜欢金爱烂的读者，很容易就会捕捉到千变万化的文学创造背后那双犀利的女性冷眼。她十分敏感，又敏锐，扫描过城市里受苦的芸芸众生，尤其是女孩子，她们出身普通、长相普通、抓紧微小的可能性坚持学习、打工，为未来的生活积累资源，她们不那么相信爱情，但什么也不信同样需要很刚强。她们的身体和精神日复一日地经历着希望的损耗，她们看得到父亲的衰弱，看得到男友的懦弱，看得到操劳又忍耐的母亲、姐妹，等她们再看回自己，只觉得惘然、荒谬、愠怒。金爱烂笔下的苦涩和困惑，是她精心提炼过的苦痛，鞭打过兢惕又真挚的内心。她的许多故事，经由选材、编织和叙述的过程，会令日常生活裸露在文学世界的物质材料显出原始的粗粝质地，仿佛"某种极度透明的不幸"缓缓褪去了遮羞布。只有更强大的内心，才有勇气去逼问更具精神意义的问题，人为什么要这样活着啊？艰苦的条件的确为女性创造了新的心理环境，她们绕开了一些远古的障碍，自力更生地重建自己和社会的关系，重建是痛苦的，但向往幸福的本能并未泯灭。

在《滔滔生活》里，同题故事是我最喜欢的。这是一个和钢琴有关的故事，但又不只是在说贫困家庭音乐学习的历程。饺子馆老板家的女儿，在母亲难得的经济庇护下有机会学习钢琴，但天有不测风云，父亲因为为人作保破产，家里负债搬去了"半地下"。钢琴是家里剩下的唯一值钱的东西，母亲却坚持没有卖。搬家工人不理解，为什么会有人把钢琴这种东西搬到"半地下"（"不是洗衣机，不是冰箱，竟然是钢琴"），在普通人看来，"半地下"和"钢琴"属于两个世界，新房东也禁止他们弹钢琴（"最后我们多付了管理费，并以绝对不弹钢琴为条件打发走了房东。房东转身离开时又说，既然不打算弹，为什么要带来呢?"），至此，"钢琴已经毫无用处了，妈妈好像把钢琴当成了某种纪念碑"。就这样，一架钢琴，一个并不算有天赋的学习者，和家人们一起受困在被经济游戏惩罚的狭小空间中。唯有这架不能弹奏的钢琴，象征着已逝的生活的希望。有一天，女主人公弹了一个音，房东就来责问她。她只能用手机里数字的声音，幻想音阶。一场暴雨，让本就窘迫的生活更加狼狈，雨水和脏水灌满"半地下"的家，此时幻象产生了，"那一刻，仿佛有一辆全速飞驰的摩托车发出轰隆隆的声音，从我心头划过。摩托车扬起的尘土间，几千个饺子有如气泡般若隐若现。姐姐的英语书、电脑和字符，爸爸的电话，我们的名字飘到空中，随后爆裂"。钢琴被黑水淹没，心疼的钝痛让人产生幻觉，讽刺的是，当钢琴即将毁坏，反而可以肆意弹奏（"我在黑雨荡漾的半地下室里弹钢琴"）。这又是一种心碎，晶莹剔透的心碎甚至演化为艺术的诞生，那是最"金爱烂"不过的文学世界拉开帷幕。在当下这样看似特别歌颂有序、高效、饿不死的时代里，她看到的个体生命、悲伤故事，她看破的希望的幻象，她记录下的破灭，渗透在文字的肌理，呈现罕见的能量。字里行间，她不只有对女性命运的感悟。事实上金爱烂看到的，或者说指引我们读者去看的，是荒谬的存在情境里时间陷落的深渊式的状态。她们都是努力的人，但，既没有传统可以依靠，也没有未来值得相信。没有奇迹了，奇迹是黑水倒灌创造出的更深邃的劫难。本该弹奏出的最精致、最美好的钢琴声音被禁止，唯有在黑水世界，它可以被弹奏出有力的"无声"。他们一家已彻底失去那个"最精致""最美好"的希望,连最后一个音符也被物理性地剥夺了,钢琴损坏了,纪念碑被冲刷,真是一个悲剧性的故事。

《滔滔生活》中的其他故事,如《口水涟涟》讲述了都会女性极度疲惫而辛劳的职场生涯;《圣诞特选》讲述了经济拮据的年轻男女面对"节日"精打细算的心路历程("圣诞节犹如瘟疫般归来")。《过子午线》巧妙地处理了主人公的生命时间,却好像在提醒读者,作者有着非同寻常的补习培训经验,她曾在不止一篇小说中记录辅导学院的生活,那里人数众多、阶层分明,是普通人勤工俭学的选择,却也提出了非常深刻的问题,那么多人试图通过教育改变命运,最终为何(在其他的小说里)也没有让生活变得更好呢?《刀痕》刻画了刻板印象中韩国家庭的生活,事不关己的父亲、勤劳能干的母亲,"刀"是主人公亲情记忆的物象投射,"善于用刀的妈妈仍然有切不断的东西"(如糟糕的婚姻),父亲却因为欠高利贷只想用刀自杀("像个一辈子都没唱过一首热门歌曲的歌手"),最后母亲早逝,葬礼热热闹闹,办得漫长。只在一些相似的用刀行为模式中,作者努力回避着最伤痛的思念,刻意轻盈地遮盖起生活种种不堪回首的细节。换句话说,《刀痕》将更多笔墨分布在母亲的葬礼,是颇有深意的。母亲在故事发生时已经不在场,母亲留下了好多幽默的回忆都沾满了心酸。

金爱烂写得最生动的,是韩国年轻人的贫穷。对地铁站名的敏感,不断转换的面店、饺子店,精确的打工报酬数字,精确的约会开销……无不提醒我们生活的重压。时不时出现的家庭负债，又似乎暗示着长辈穷人们忙着投机和博弈，背后可能是对于幸福生活的绝望。在她的故事里，几乎没有可以成为榜样的父亲和母亲，太多失败者让"80后"一代并不是真的对社会机制、亲密关系没有反思，而是无力反思（"真的好累啊"）。真正的爱情从未降临。作者没有将埋怨和公正的议题直接抛给抽象的男性群体，而是把一些缺乏责任感的普通人偶然设置为"父亲"或"男友"，这在她的另一部小说《她有睡不着的理由》中也有体现，小说里的爸爸不仅不是女儿可以依靠的人，反而会成为女儿的恐惧和担忧，他一出现总会有不太好的事，至少阻断了女儿本来有序的成长轨道。为什么会这样呢？这是金爱烂抛给我们很好的问题。父亲变得越来越衰弱，越来越让人头痛，这是谁的错呢？在金爱烂小说中揭示的世界，深藏着上世纪90年代以后韩国社会生存压力的后果。《过子午线》中雨后春笋般出现的首尔鹭梁津一带的补习学校，挤满了高考复读生和其他考试的年轻人，他们生活在逼仄简陋的空间里晚睡早起，最后上了大学，依然只能回这样的学校当讲师。与此同时，消费文化又为年轻人布置了等级森严的生存仪式，如《圣诞特选》中，因为没有合适的衣服而婉拒男朋友共度圣诞的妹妹，现实冷峻如雪，作家将这些体验都划归为生活本来的样子，它是有温度的，是寒冷的。与此同时，它也是有光芒的，大部分光是假的，这就使得真正的光明变得尤为可贵。

我希望金爱烂能写得更多，也希望这套小说集能被更多人看到。

生活的长夜仓促来了，唯有好看的小说能给我们一些简朴而隽永的星光。

原为《滔滔生活》序言

读金草叶《如果我们不能以光速前进》

当女性去往宇宙

金草叶是韩国"90后"科幻作家领军。她出生于1993年,是一位生物化学硕士。2017年,金草叶凭借《馆内遗失》和《如果我们不能以光速前进》获得第二届韩国科学文学奖中短篇大奖。虽然是年轻作家,金草叶所涉猎的文学体裁、表达方式,却是如今中国高校写作爱好者学习的对象。至少,在我们新一届复旦创意写作的开题报告中,热爱科幻的学生们提供的选题设计框架,基本没有跳出金草叶书写过的范围(意识图书馆、时空旅行者、冷冻人、情感人工智能等)。2019年,金草叶的代表作《如果我们无法以光速前行》出版,2022年就被引进中国。她的畅销程度和影响力,堪比科幻版的《82年生的金智英》,是近年来值得关注的东亚青年文化现象之一。"世界科幻大师丛书"特辟亚洲女性科幻作家系列,将金草叶放在重要的位置。这本四川科学技术出版社出版的《如果我们无法以光速前行》，也收入了金草叶的成名作《馆内遗失》。

《馆内遗失》中的"图书馆"，其实就是数字墓园，作为电子祭奠的虚拟场所。死去的亲人，可以通过"上传思维"的服务，保存并展示生前情境，这些数据片段，也会由电子鲜花、食物作为祭祀仪式的道具。"虽然爸爸不在了，但是只要去图书馆，就可以随时见到爸爸。"这样温馨的前提，是这则故事开始的条件，也是数字墓园商业化的基础。小说从"妈妈失踪了"写起，所谓"失踪"，不是物理上的失踪（因为妈妈已经不在人间），而是寄放在图书馆的数据彻底遗失。主人公智敏正怀着孕，生育的过程使她对生死格外敏感，尤其对于已故的母亲，智敏格外想念。她想去图书馆找到母亲上载的"意识"，寻求安慰，没想到到了图书馆，却发现母亲的意识因不明原因失踪，这令她十分失落。经过调查，图书馆猜测是一位内贼故意将智敏母亲的信息剥离了搜索数据库。这位具有访问权限的人，很可能是智敏的家人。为了调查，故事又向前推了一步，展开了新的矛盾。智敏只有两位家人：七年前断绝了关系的父亲和偶尔打个电话的弟弟。"会是谁呢？"小说的悬念至此抛出。可以想象的是，智敏如此后知后觉地查询母亲生前的意识，还是因为怀孕的激素变化引发的想法，可见她与母亲的关系并不亲密。离散的家庭结构，也为这场寻找增添了复杂的人情滋味。为了配合图书馆修复和寻找的技术实验，智敏被要求寻找与母亲情感联结密切的物品和情境。为此，智敏打开了母亲的遗物箱。一些更复杂的生存难题浮现了出来：漫长的人生在结束以后，存留于世的痕迹越来越淡。"人生与世界失联之后，依然是人生吗？"仿佛哲学和生命伦理的拷问。为了解开谜题，智敏只能去找父亲。小说写到后来，越来越有女性主义色彩。智敏发现了生育之前的母亲，与她记忆中那个难以相处、情绪抑郁的形象完全不同。母亲曾有工作，是一个图书封面设计师。因为"家庭"的出现，母亲早把自己丢掉了，这恐怕是"馆内遗失"的真正含义。馆，是墓地，也是家庭。甚至家庭的出现会先于死亡终结女性的创造力和生命力。由此，金草叶的尖锐跃然纸上。她也为女主人公赋予新的使命："必须找到妈妈。"二十岁的妈妈，在被称呼为"智敏妈妈"之前具有自己名字的妈妈。"妈妈在世界中遗失了，不过，她曾经拥有过比任何人都要耀眼的姓名，她是在这个世界中存在过的金银河。"智敏通过母亲的设计作品、母亲真正的主体性，最终在图书馆找回了母亲的数字形象，爱也因此得以延续。

我很喜欢这部小说，它以十分简明、温柔又尖利的笔触，抽丝剥茧地呈现了作家在科幻外壳之外的真正意图。金草叶的长处，并不在于她小说中设计的科学概念有多复杂，而在于她对人、对关系的深度关照。《如果我们无法以光速前行》的主人公是奶奶级科学家安娜，她意外发现了与空间站相连的虫洞，于是先将丈夫和儿子送走，准备在结束冷冻睡眠项目之后再与家人团聚。然而，政府终止了宇宙飞船计划，安娜只能孤零零地生活在空间站里，利用自己开发的冷冻技术不断延长生命期待飞船重启，获得与家人团聚的机会。一百年后，她再度醒来，即使以光速飞行，也无法抵达丈夫和儿子所在的星球，但她还是决定尝试。她的最后一次航行，目的是早该到达的达斯伦福尼亚星球，她留下了一句话："我十分清楚我该去向哪里。"这个充满隐喻的场景，也不只是在说女科学家的寂寞，还是在说科技对于女性议题的无力，却有一种温柔的魅力，让读者感到遥远、沉静、心酸。

在小说《光谱》中，外婆也是一个天空实验室备受瞩目的研究员。回应宇宙中"我们真的是唯一的存在吗"这样高深的问题时，外婆是唯一知道答案的地球人，最后"我"把外婆的遗骸送往宇宙，还给了那些星星。值得注意的是，金草叶经常以老年女性，尤其是老年女性科学家作为主人公，为我们提供了新的文学女性群像。她们智慧、孤独、有爱，又坚强。在金草叶笔下，她们直接与宇宙对话，不需要通过任何人，她们都是超越时代的女性精英。

读崔恩荣

"女人读到博士有什么用?"

在我枯燥的日常生活中,有一件小事像不起眼的悬疑元素,为乏味的工作增添了一点趣味。几年前,有一位神秘人开始给我的办公室寄送韩国小说。开始时我猜想那只是例行工作,完成营销的任务。但是留意这些选书,又有些特别。这些小说往往不是同一家出版公司的,甚至不只是简体字版,像是整理好的一组推荐书,来自各个不同的渠道。那个神秘人可能也不是编辑或营销,只是一个韩国文学爱好者,希望分享给我读一读。于是,这些"韩国文学"成为我课间休息时打发时间的闲书,再后来,我也一点点累积起了一些对于韩国当代文学和青年作家的了解。所以,我很早就读到《82年生的金智英》《关于女儿》《外面是夏天》等后来在中国很畅销的引进书,都是拜这位神秘人所赐。直到去年为金爱烂新版的《滔滔生活》写序，其实已经历经了一段时间的观察。当时的选书中，有一本《给贤南哥的信》，令我印象深刻。与书同名的短篇由赵南柱完成，赵南柱也是《82年生的金智英》的作者，小说集的编选意图很鲜明，为女性处境发声。第二篇小说《你的和平》出自作家崔恩荣。这是我第一次读到她的作品。

《你的和平》写的是女孩善英首次到未婚夫俊昊家做客，她还不知道迎接自己的会是怎样的未来。但是有一个人知道，这个人就是俊昊的姐姐宥真。分明是别的女孩的人生大事，小说视角却陡然转换成宥真。宥真将心比心的友善，实则出于对无知的善英的同情。宥真的爷爷，是一个传统家庭的男性长辈，是出了名的孝子，将自己太太视为奴婢。宥真的父亲，出于对妻子的同情，迫切期待能找一个可以补偿太太的女人，代替太太扛起所有的家务，还能成为太太发牢骚的倾诉对象，转移家庭矛盾。他十分坦荡地认为，太太的优点是"知书达理"，而所谓"知书达理"，确切的意思就是"一辈子服侍婆婆，从未起过冲突，又是先生的贤内助，也把儿女教导得很好"。他的贤内助太太，也就是善英未来的婆婆，宥真拼命想要逃离的妈妈静顺。虽然从未感到人生的幸福，静顺却强撑着体面家庭的外观，对没有父母、由爷爷奶奶抚养长大的善英百般挑剔。在这种复杂的处境下，当宥真对弟弟说，"你真的要好好对待善英"时，背后的内涵就十分令人心惊了。尤其是看到母亲在明知道善英不吃肉的情况下准备了满桌的肉食，宥真突然想到了自己曾经去男友家的局促、尴尬和羞耻感。小说或许在此把两个适婚年龄女孩的命运绑定在了一起。善英、宥真，还有很多女孩，她们本质上都是一个人，只会有一种命运。甚至读没读过书都无所谓，毕竟静顺对女儿说的话也是"女人读到博士有什么用？都去留过学的人，怎么可能守身如玉"。可惜大部分女孩都妥协了，她们都活在了别人口中"你们这对好像交往得很顺利"的闲言碎语中，一生都没有挣脱出这句场面话。宥真最后斩断恋情，逃离家庭，展露出作家投射的决心。崔恩荣在小说附录的"作家笔记"中，则谈得更加尖锐，她引用 Bell Hooks（贝尔·胡克斯）的话——"父权制是爱情的反义词"，解释她创作这篇小说的动机，她写道："我不想成为那样的人。"

因为只读过这一篇小说的关系，我对崔恩荣产生了"强硬""尖锐"的刻板印象。我猜想她可能是一个激烈的性格，以至于翻开她的新书《明亮的夜晚》时，甚至被这柔和的表达方式惊讶到了。好在 2023 年，是"崔恩荣"正式走入中国出版界的一年。也许读得更多一点，我会对她的风格和思想有更多了解。崔恩荣，1984 年生，2013 年以中篇小说《祥子的微笑》荣获《作家世界》新人奖，先后摘得许筠文学奖、金埈成文学奖、李海朝小说奖、文学村年轻作家奖、《韩国日报》文学奖、大山文学奖等，是韩国文坛冉冉升起的新秀。崔恩荣的代表作《明亮的夜晚》《即使不努力》《于我无害之人》等都会引进中国出版上市。

《明亮的夜晚》写的是一组跨时代的女性故事。小说开始于 31 岁的"我"失婚后独自来到海边小镇熙岭，在那里遇到了多年未见的祖母。曾祖母、祖母和母亲的故事宛如流水般呈现于我的眼前。百年以来，女性白丁的命运，少数广岛核爆受难劳工的家属，一再屈服和忍耐的家族女性"智慧"是"我"确认自我坐标的经纬。本该成为男性庇护对象的她们，在残酷的命运中一点一点地摸索出依靠自己生存下去的方法，有些方法是消极的但是有用，有些方法已经过时了，但打破它们还是需要鼓起勇气。女性长辈们好像也没有什么伟大的观念成为生活燃料，她们和后来成为女博士的"我"在面对生活困境时一样痛苦、脆弱，一样需要互相帮助。最终，命运带领她们绕开了男人，她们回到了女性之间，这场精神跋涉并不轻松。成长也因此表现为复杂的领悟："我们永远无法了解彼此，这曾让年轻的我一度感到绝望，但不知为何，这对现在的我来说是一种安慰。"

2024年开年，我又读了一本她的小说集《对我无害之人》，依然很喜欢。崔恩荣在书中序言"致中国读者"中回忆，十年前她曾经来过复旦大学参加学术大会，还在上海和上海近郊游玩了几天，忽然间让我感到十分亲切。那一年，可能就是崔恩荣凭借中篇小说《祥子的微笑》荣获《作家世界》新人奖的时期，是她登上韩国文坛的起步。这篇获奖作品《祥子的微笑》也收在这本《对我无害之人》中。

《祥子的微笑》中的"祥子"是个日本女孩，高中时通过"韩日学生文化交流"活动来到了"我"的城市，借住在"我"家。短短的一周时间，"祥子"和我们家建立了奇特又绵长的友谊。家里只有"我"和"外公"会说外语，我会一点英语，外公会一点日语。在"祥子"来家里之前，外公几乎不说话，他对家中的女眷，只会说一些命令式的日常用语，例如拿烟灰缸或者倒洗脚水。但外公很喜欢和祥子说话。外公为什么不说话呢？小说后来会交代，五十岁那年，外公把十岁时继承来的小店关闭了，原因可能是他被朋友骗了。那之后外公就随女儿女婿生活，不幸的是，女婿后来也因故离世。这个家庭过得并不开心，正如作者所写："祥子住在我家的那一周，家里流动着怪异的活力。"一周时间很快就过去了，祥子开始给我们家写信，用英语给"我"写信，用日语给外公写信。高中毕业后，祥子的信就断了，这场断联在家庭内部激起的涟漪并不小，"每次提到日本就咬牙切齿的外公"甚至在妄想祥子能考上韩国的大学，之后要带她去济州岛游玩。多年后，"我"才得知，"祥子"为了照顾爷爷放弃了早稻田大学的录取，只留在家乡的大学学习理疗。大四那年，"我"特地去日本找到了祥子家的村庄。祥子看到我时显得很疲惫，甚至有些冷淡。"我"的感受也很复杂。一方面，从高中生成长为大学毕业生的我，看起来比"祥子"更有光明的未来。另一方面，"我"和祥子似乎找不到一个词来定义彼此之间的友谊。"我"要比看起来更珍惜自己从"祥子"身上获取的优越感。"我"洞悉了祥子的生活困境，她十分想摆脱爷爷，但她不能。她甚至莫名其妙邀请好久不见的"我"留在日本陪着她。回到韩国以后，"我"对外公说，没能找到祥子，外公因此也慢慢地不再去看信箱。"我"一晃忙到了三十岁，在电影行业成为一个看似有梦想其实很彷徨的青年导演，对自己十分不满意且长期处于失业状态。有一个雨天，外公从家乡到首尔找"我"，仅仅是为了告诉"我"，"祥子又给我们写信了"。淋雨着凉的外公那时快要走到生命尽头，这个三口之家寂寞的真相才慢慢浮出水面。"我"和家人唯一的合照还是"祥子"高中来家里暂住时拍下的。祥子对我们家是那么重要，怎么都挥之不去似的。我不知道的是，外公给祥子写过两百多封信，他只告诉了这个敌对国度的忘年交朋友，他曾想当一个画家，他从未告诉过"我"……

很难说《祥子的微笑》是一篇什么主题的小说，但它确实暗示了日常生活背后的复杂真相，硬要命名的话，我猜想是一种"冷亲密"。其中有家庭内部在"拿烟灰缸或者倒洗脚水"的基础沟通之外永远不会谈及的心灵生活，包括理想和情感。唯有一个外人的闯入，才有机会揭开真相，这真相因此有了唯一发生的机遇，这个机遇就是"祥子"。有趣的是，我们会怎样对待这样的外人呢？崔恩荣提供的结尾，居然是"心渐渐冰冷，像从前看到祥子微笑的时候"。第二篇故事《你好，再见》也有类似的启示。故事的主人公随家人暂住德国普劳恩地区时，妈妈交了一个越南朋友阮阿姨。因为被孩子束缚在异乡的家庭生活中孤立无援，妈妈和阮阿姨越走越近。作为孩子的"我"也看出这段关系复杂的含义，因为只有在两家人聚会的时候，爸爸和妈妈才不吵架，妈妈才会笑得很好看。然而好景不长，经过两个孩子的争论，我们得知阮阿姨一家曾在越南战争中遭遇不幸，阮阿姨的家人死于韩国军人之手。更由于爸爸说了一句,自己的哥哥是雇佣兵,也死于那场战争,两家人的友谊再也无法回到从前。成年人缓慢而耐心地处理着友谊终结后的生活碎屑。多年后,母亲去世,"我"重返普劳恩,拜访阮阿姨,因为"我"知道,她是妈妈最喜欢,甚至是一生中唯一一个好朋友。

渴望被爱的人,无论是外公还是母亲,并不非得从伴侣或孩子身上才能找到准确的回应。战争、破产这样的大事,是如何影响到亲情和友谊的变故,崔恩荣展示了模范的书写样本。她那么温柔又冷峻地告诉我们,日常温馨是如此脆弱,只因一个陌生人的出现才闪现,又会因为一句错话、一个不合时宜的拥抱而迅速终结。

读郑世朗

当代女性志怪的主题：男人和外星人是差不多

和崔恩荣一样出生于1984年的韩国作家郑世朗，2022年凭借长篇小说《从诗善开始》被介绍到中国。2023年，她的短篇集《孝尽》出版，封面上打出的宣传语是"中国有'招娣'，韩国有'孝尽'"，以凸显其女性写作的特征，可能是为了迎合流行话题。迷信宣传语，实际上可能对于我们阅读郑世朗的作品并无助益。《孝尽》这本小说集收入的九个短故事各有巧思，也许下次可以展开谈谈。整体来说，郑世朗和刻板印象中的"女性主义"作家并不相同，她理解世界的方式、关注的话题活泼多元，"女性"只是题材之一。她的小说里还有许多有意思的事，例如鸟类、珊瑚、无国籍人、无性别人、外星人，以及大量的跨国越界生活经验和恋爱体验，可以想见这位作家对爱情并不灰心，她只是对一般世俗的婚恋和伦理关系感到无趣。

2010年,郑世朗在《奇幻》月刊发表《梦,梦,梦》,登上文坛时她是一个科幻作家。她的畅销作品《地球上唯一的韩亚》写的是外星人京旻和地球人韩亚之间的奇幻爱情。小说里的"韩亚"是环保主义者,开了一家"重生——爱护地球的服装店",男友京旻去了一趟加拿大之后,他们的生活开始起了变化。直至韩亚实在忍不住给国家情报机关打电话报警,说自己有一个常常消失的男朋友,嘴巴里会发出绿光。

郑世朗的写作起点和叙事套路,有别于大部分人由写实到务虚,是一个相反的过程。实际上外星男人为爱移民到地球,身上具有浓重的恐怖情人的特质,例如偷窥、用力过猛的求婚(大口吞下铅笔并吐出钻石),我们在《从诗善开始》的故事里都可以看到影子(移民失败的父亲,自恋的名人祖父),且郑世朗魔法般地借由"诗善"这位20世纪前卫的外婆辈艺术家的传奇之旅,完成了女性代际间生存密码的传递。也就是在这个糟糕的地球上,女性应该怎样生活,怎样识破令人费解的男性,怎样从结构性暴力中凭借强大的心力和智慧脱险。也许在郑世朗的文学世界中,男人和外星人是差不多(恐怖和陌生)的。她在《孝尽》中多篇故事里,也不断切换着男女主人公的国籍,强化陌生感和阻隔感。郑世朗佯装活泼地提出问题:人和人之间的爱情可能是没希望了,那么和外星人呢,再不济外国人呢?

《从诗善开始》说的是三代女性的故事。曾经居住在夏威夷的女艺术家沈诗善是一位名人，她已经过世十周年，曾留下遗言不要举办祭祀活动。没想到后人们却从韩国云集到夏威夷，要复现父权制象征的传统祭祀。家族成员因离散等原因，心灵距离或远或近，小说让每个人寻找一份与祖母有关的记忆或物品，完成了一次团聚和分享。小说结构嵌入了两个时空体，一是名人祖母诗善留下的采访、文章等（"外婆写了二十六本书"），挈领每一个故事单元。每个单元，又会扩展一位家族成员的心路，指向新时代的生活困境。小说如拼图般地还原了一位思想超前、命运传奇的女性生活史。年轻的沈诗善曾经遭受的婚内"煤气灯"、暴力和污名，并没有摧毁她。她的德国艺术家丈夫以自杀的方式，对诗善的后半生施加舆论压力，而这位能量超强的女主人公回到韩国，重新为生活开辟出新的可能。她的第二次婚姻，给予她能量，实现了她作为艺术家的一生。在那个女性画家不能署名，只能留下"某某的夫人"作为自己名字的时代，诗善以勇毅的内核，回到了文化并不算太开放的故土，引领后代们永远忠实于自己的需求，哪怕会再次失去婚姻，也一样清醒地甄别爱情、甄别真理。

《从诗善开始》里有一句话特别有意思，作为诗善家的女性晚辈，禾秀和智秀在讨论外婆第一次婚姻内被家暴时，疑惑地问："能看透一切的人为什么花了那么长时间才理解发生在自己身上的事呢？"她们得出的答案是，"煤气灯效应、性诱骗这类名词，那个时候的外婆并不知道啊"。所以，她们互相鼓励："姐姐，我们不能埋怨外婆。外婆已经完成了外婆的战斗，可能不够高效，可能也没有赢，但无论如何，人都只能看到时代展示给自己的界限。"外婆已经完成了外婆的战斗，这场战斗是永恒的，是代代相传的生机。我们女人的战斗，既是与故乡传统的，也是与复杂的伴侣的，更是与自己的界限的。正因如此，郑世朗的小说才慢慢好看起来，毕竟，"我们是说也说不清的地球人啊"。

诗善这个母系家族的后代们有两种职业取向，一半热爱研究世界（博物馆、美术馆），一半热爱生活。有的人关心鸟，有的人关心海，有的人关心人。他们用自己体悟生命的方式，理解命定的在世创伤，理解悬崖边的女性命运。小说依傍夏威夷的生态观察，写了很多有趣的映照，提醒人类的自大，暗示女性的危机与生机、转机与杀机："夏威夷的鸟类看起来生活得不错……人们普遍对鸟类不关心……鸟类正在逐渐灭绝""所有的一切都从珊瑚中诞生，而珊瑚从黑暗中诞生。"

我读到小说集《孝尽》时，越来越感觉郑世朗应该是个很有趣的人。这种有趣之处，在于一般而言，只有年轻作者才会需要这样一本小说集。然而郑世朗已经成名，出版了6部长篇，她曾被归类成不同类型的作家，这是一个有趣的现象。《孝尽》中的小说风格每一篇都不一样，不仅是故事不一样，连涉足的文学类型也不一样，情感的气息更不一样。正因多变的风格、实验性的特点，《孝尽》很难被提炼出一个统一的话题。

尽管《婚纱44》《屋顶见》中可以看到郑世朗对婚姻的嘲讽态度，但她只是嘲讽婚姻本身，她透过婚姻看到了古往今来形形色色的女人，这些女人"什么时候都有想逃避的东西"，甚至逃避的对象都不固定，结婚只是这空茫的生命焦虑中较为具体的对象。一件婚纱经历了44个女人的身体，44个人因为各种原因必须穿上它，直至这件婚纱终于被一杯打翻的咖啡给报废了，报废前还被廉价地使用过一次。"婚纱"，成为偷窥女性身体和生活的媒介，像一代又一代传承之后濒临报废的生活模式。你可以说这种模式是婚姻，也可能是一种陈旧的女性生活习俗。作家看到也有女人因此感到挺快乐，对于这些庇护是心向往之的。虽然大部分女人对此类习俗只是感到麻木。实际上郑世朗笔下的女主人公们大都已经在社会场域上或喜或悲地活动着，有的甚至还是家族生活的顶梁柱，是自食其力的典范。这样的女人，再回过头看古代女性的生活情貌，并没有侥幸和控诉，反而产生一种搞笑的奇幻感。《屋顶见》中，职业女性模仿古代女性的方式，通过一本叫作《闺中女子密书》的御夫之道，召唤出了一个带引号的"丈夫"。这个"丈夫"都未必是一个真人，连外星人都不是，而是一个叫"丈夫"的怪物。"丈夫"来到了女主人公的夜间生活区域，十分饥渴地要吸食妻子的"绝望"。郑世朗写道："想来是这么回事，它第一次之所以够吃是因为吞下了我积攒一生的绝望，而一天的绝望连一袋粉剂的量都不到，虽然够苦但分量太少了。"虽然女性小说中，对男性的吐槽不胜枚举，我还是被郑世朗的刻薄打动了。倒不是因为共情的愉悦，而是我觉得她已经绕过了生活表象的绝望，并开始玩弄绝望。在爱情这个写作领域，郑世朗好像确实发明出了一些新的东西，这是虚构的天赋。故事因循的原则不是现实的逻辑，而是生造出来的。趣味建立在"生造"之上。硬要概括的话，郑世朗的部分故事有一点像上海作家沈大成小说里的怪异元素。她能看到生活变异的可能性，犹如《奥丽芙·基特里奇》中，学生在车里看到奥丽芙的头变成了大象。

郑世朗还有一个特长，她很容易在叙述日常生活的过程中找到契机逃逸到另一个时空。我们当然可以将之视为"穿越"小说的一种，只是她还有别的目的。《众所周知，隐热》和《永远77码》都以具体的历史事件为依托，一是19世纪初朝鲜平安道农民反对李朝封建统治的起义的"洪景来之乱"；一是1894年朝鲜半岛的甲午农民战争。乱世中幸存的隐热，后来成为一名女性海盗，也是被朝鲜王朝认为是"伤风败俗"之徒的革命精神继承者，除了一位女研究生在一篇失败的研究论文中关注她，没人记得她。同样隐身于历史背后的，还有经由甲午战神点化的女吸血鬼。郑世朗的情欲书写大多很有"志怪"味，女吸血鬼在男人带有辱骂的性活动中完成吸血反噬，使之变成柿饼一样的人干，这和《幸福饼干耳朵》中那位来自约旦的男性，在首尔遭遇意外后长出了饼干耳朵，总在亲热时被女友忍不住一口咬下，异曲同工。能敏锐地注意到历史迭代和饮食行为之间的关系，也许是作家从民间故事和历史故事中汲取的灵感，《伊玛与沙》中的大食国、小食国更往前一步，是语言学上"能指"的虚构。郑世朗也是有能力将"能指"的虚构潜力激发出独特美学的天赋者。

当然这些故事并不是没有缺点，因为太过奇情和荒谬，会让严肃的精神跋涉变得太轻巧。亦真亦幻的死亡太密集，编在一个故事集里，会让现实意义上的死亡变得不可信，从而失去悲剧和反思的能量。例如《宝妮》中的"猝死地图"，实际上"死在21世纪的人，最终都会变成数据"是一个很有意思的故事核，非常有"黑镜"的科幻感，背后当然有都会高度内卷的社会问题和青年抑郁的问题。小说却写得像是一个韩剧的开头，既没有彻底调度起恐惧，也没有调度起悲凉，它就只是一个在现实生活中泯灭个性的开场，一个布景，它未必支撑得起一个故事的血肉。也许只有逃出现实世界的那个刹那，符号意义被触发，才是郑世朗的舒适区。

读赵艺恩《爱，鸡尾酒与生化危机》

"有根鱼刺在我喉咙里卡了十七年"

读年轻作家的作品，我自然会想要读到一些新的气象，希望他们能从新的语言、新的故事中，发明小说文体未来的生机。这种复杂的期待其实隐含悖论。一方面，通俗文学想要流行，大多源于模仿，模仿大师、模仿文化潮流、模仿经典作品；另一方面，读者一旦从青年作家中看到大师年轻时的影子，就自然会对他们有更苛刻的要求，力图逼问出那个"超越"来。不然的话，珠玉在前，"年轻"又有什么新意。韩国青年作家，似乎有着更多自觉性，想要表现出迥异于前辈作家的特质。

赵艺恩是韩国文坛新秀，作为从征文赛事崭露头角的"90后"代表作家，被誉为"韩国文学的宝石"。2023年，她的小说集《爱，鸡尾酒与生化危机》引进中国，很快就获得了年轻人的关注。据策划者李恩真介绍，这本书也是赵艺恩的第一本小说集，收入了四篇风格迥异的作品。开篇作品《邀请》，小说题眼就是第一句话："有根鱼刺在我喉咙里卡了十七年。"熟悉女性主义作品的读者，会很敏感地知道这根鱼刺是一个象征。它可能是一根真实的鱼刺，发生在小说的开端，叙事者混沌的童年生活中。但那种被卡喉咙的不适感，开始日益蔓延，直至足以蕴含多种深意，代表了女性在家族生活中隐隐作痛的心灵旧伤。这不是罕见的方法，如新西兰国宝级女作家菲奥娜·基德曼的短篇小说《心里的一根针》，说的是家族内部不可告人的剧痛对于女主人公一生的影响，女主人公始终觉得身体里有一根针，尤其是在情感生活发生重大变化时，那种刺痛感就尤为强烈。而"写作"这种类似侵入身体、勘探内心的行为，就如治疗室内"黑软管伸进了我的喉咙"却看不到鱼刺在哪里，最终汇合成为叙事的悬念。令《邀请》中的少女彩媛深感恐惧的"异物感"，慢慢被家人认为是在装病。这种感受，和我们在家庭生活中因被忽略而产生的忧愤、哀怨和痛苦是相似的。对女性感受的忽略发生得如此频繁，尤其到了成年恋爱的阶段，恋人的打压贬低包裹在"爱"的话术中，让主人公"屈辱不堪"，且"每到这种时候，那根刺就会变粗，变大，狠狠刮着我的肉"，这是赵艺恩的尖锐。既然要有别于前人作家已经发明的女性感知体系，赵艺恩的新颖表现又落实在哪里呢？写到男友出轨，两个人发生争执，鱼刺的威力显现，彩媛在逃离中昏厥，眼前看到了一位没有五官的女人。随之登场的"惊悚"，是赵艺恩小说美学的舒适区。经由那位没有五官的女人的邀请，彩媛进入一个异世界，也是她童年至深恐惧的世界。姨妈的鱼生刀，挣扎的男友，血淋淋的砍杀邀请，吐出的鱼刺……构建出了小说真正的主题——"邀请"，那不是和风细雨的邀请，而是复仇的血腥邀请。

《邀请》《刀，重叠的刀》有可以被归类的重合主题和相似意象。故事说的是母子二人同时陷入时空循环的故事："父亲总归会杀死母亲，而我，也总归会杀了他。"虽然故事中对男性的刻画，基本没有新意，刻板如酗酒、家暴、出轨等，但赵艺恩试图冲破这种象征性秩序的苦心和雄心，还是可以清晰看到。《爱，鸡尾酒和生化危机》说的是父亲醉酒误食带有丧尸病毒的蛇酒，最后变成丧尸的故事。家中女眷如何料理这样的丑事，其实和女性如何处理家庭内部那位糟糕的父亲是相似的素材。赵艺恩的故事，比支开男性的那些女性故事还是要生动一些，尽管她解决问题的方式有时也是为了粗暴而粗暴，仅体现了绝望孕育的决心。有些细微处的荒诞处理是很有意思的，例如对男性社交中酒文化的激烈嘲讽；又如被丧尸父亲咬住后留下的伤疤在一场荒谬的祭祀后慢慢淡去。

《爱，鸡尾酒与生化危机》中，我最喜欢的一篇反而是鬼故事《湿地的爱情》。这篇故事被收纳在这本对老公、对父亲、对男友充满"仇恨"的小说集中，反倒显出了作家对于情感问题的表达深度。这个名字就叫"水"的水鬼是那么聪明、那么寂寞，他已经可以参透人类世界荒芜的情感生活，但他依然具有活生生的灵气，有湿润的渴望。他像普通人一样喜欢一个女孩子，殊不知女孩子其实已经死亡。他们彼此看见，是因为幽暗世界才使他们的内心变得可见。女孩说的一句话很有意思："虽然看不见我的人永远比看得见我的要多，但我还是存在着的。"他们有一个俗世的名字，亦互相命名幽暗世界的新名字。他们还一起看见了一些被欲望世界（水的欲望，林的欲望，地产商的欲望）吞噬的新的亡者。我猜想赵艺恩为什么要写这个故事，水中鬼魅、林中鬼魅之间的隐秘爱情居然都逃不过人类地产商的破坏。

她展示了一种新的灰心，激进的灰心，也试图通过故事来发明新的"复仇"。

读赵海珍

"如今那个世界已经拉下卷门"

2017年,有一位北京外国语大学朝鲜语口译专业的硕士研究生马畅,在她的毕业论文中附录了一篇韩国青年作家赵海珍的短篇小说译稿《琉璃》,并对自己的翻译实践做了详细的分析。这篇附录的短篇作品《琉璃》很有意思,是为数不多中文世界引进的赵海珍的小说之一。小说《琉璃》的女主人公是水产店家的长女,在大学教写作课,可惜并不是全职教师。她身世沉重,少女时期曾有被侵犯的经历,但无论是学校还是家庭,都对这段创伤冷漠处理,令她对人与人的关系产生了特殊的感知。长大成人后,她在一所普通高校心事重重地教着书,时刻担心下学期就会被解聘,她依赖学生教评,上课却时常迟到,讨厌同事却害怕失去工作。当生活的破碎感频频向她涌来时,她与一位向她示好的男同学展开了仓促、临时、无疾而终的感情。所谓"琉璃",不只是因为女主人名叫"韩琉璃",更是因为她能在日常世界之外,看到一个超验的生活世界"琉璃城"。关于"琉璃城"冰冷、断裂的景象,悬置于小说结构的过门处,时不时突兀地中断写实的节奏。在这座回忆之城中,人们彼此伤害,城中到处是破碎的、裂开的玻璃和粉碎的人。初看如此身世坎坷又没有找到精神生活出口的女主人公并不稀奇,哀伤的情绪和自相矛盾的行为动机也稚嫩如"青春文学"。尤其是在小说结尾处,作者点明韩琉璃仿佛置身于一个密封的玻璃球,既走不出去,也阻挡着他人的进入,预示着女性与社会结构的紧张关系。《琉璃》作为2012年第三十六届李箱文学奖作品集收录的作品,是我们了解赵海珍情感结构和艺术理路的路径,因为多年后,这个"玻璃球"在赵海珍的另一篇短篇小说《光之护卫》中再次出现,就仿佛"琉璃世界"的重启,只是这一次,赵海珍拿出的"玻璃球"变得更大、更坚硬了,成为"水晶雪球"。球内冰天雪地,好像进阶的内心。

《光之护卫》的主人公是报社记者,因采访工作与二十多年前的中学同学、摄影师权恩重逢。当时权恩拍摄的对象是战乱地区的新闻图片。采访快结束时,咖啡馆外大雪纷飞,权恩无意间呢喃:"发条停了的话,旋律就会停止,雪也会停的吧?"在"我"看来,权恩所在的那个世界就是水晶雪球,她决定去叙利亚难民营工作的时候,"我"看到的球体变成了"镜子前化妆的年轻女人想起死去的恋人时那双湿润的眸子",球内有严酷的人类战争。权恩观看世界的方式，出自她欣赏的摄影记者赫尔格·汉森。汉森的纪录片《人，人们》中，有一位叫阿尔玛·迈尔的犹太女性，她的独子诺曼·迈尔与汉森一起经历了一场恐怖袭击，最终诺曼遇难，而汉森幸存了下来，他拍摄了一些阿尔玛·迈尔的影像，记录了这位受难的音乐家曾在躲避屠杀的孤独岁月中，无声地演奏心中的乐谱。"我"在曼哈顿电影资料馆看到了这部纪录片，后来得知权恩因摄影工作面临瘫痪风险的消息。权恩会给已经过世的阿尔玛·迈尔写信，在这徒劳的倾诉中，还夹杂着给"我"的一封。信件内容与叙事线相互暗示，原来权恩的第一台照相机是"我"小时候从父亲那里偷来的。两个人的命运因冥冥之中的联结，迸发出只有她们能彼此看见的精神光芒。另一篇与《琉璃》的艺术设置暗暗相关的作品，则是《散步者的幸福》。故事中，已经执教二十年且即将失业的大学哲学讲师与她的中国留学生，在日常生活之外展开了艰苦的精神跋涉，探讨活着的意义，小说写到"如今那个世界已经拉下卷门"，可见堡垒再现，无论是跨越国境线，还是遁形于精神生活，"那个世界"森严如昨。

总体而言，广西师范大学出版社"惊奇"系列的这部小说集《光之护卫》十分好读，考量到"惊奇"的第一部畅销作品是薇塔·萨克维尔-韦斯特的《激情耗尽》，将两部看似完全不同背景的作品纳入同一系列中，能看到策划编辑的意图，即展示 20 世纪女性的孤独与传奇。孤独并不稀奇，传奇才振奋人心。赵海珍出生于 1976 年的首尔，2004 年荣获《文艺中央》新人文学奖后步入文坛，随后又屡获大奖，出版有长篇、短篇集等作品多部。南京大学的青年学者徐黎明曾就2020年韩国文学思潮写过一篇文章《疾病、场域、权力之下的文学突围》，提到了韩国当代文学，尤其是女性文学的叙事空间正日趋世界化，包括青年作家金成重、白秀麟，以及之前谈到的郑世朗，他们都将小说发生地、小说人物的背景设置为跨文化的世界背景。难怪在近期，旅居美国的韩裔加拿大导演席琳·宋所指导的电影《过往人生》会取得如此良好的口碑。它的受众，也许和新世代的韩国文学所呈现的"世界化"是重合的。在此背景之下，"重逢"就变得更有多元文化的层次和意味。韩国女性不是刚走出世界，而是已经走出韩国十五年、二十年，她们的精神世界所建构的文化重逢，宛若赵海珍笔下的玻璃球世界——"那个发条停了的话，旋律就会停止，雪也会停止的地方"（《光之护卫》）。

值得注意的是，《光之护卫》中倒数第二部小说《문주》在中译本中，实在找不到一个汉语词汇可以对应小说名字，这引起了我的兴趣。更令我意外的是，这个孤女的故事，在2023年引进中国的另一部赵海珍作品、长篇小说《单纯的真心》中，竟然被耐心地重写了一遍，除了主角年龄差别，人物和情节几乎没有变动。重写到底是为什么呢？"문주"，读成"munjoo"，是小说女主人公的名字。给小说人物命名，对作家来说是很重要、也为难的事。有的人有名字，有的人没有，没有名字的人，可能是匿名，被取消名字，也就是除名。之前谈到印度裔作家裘帕·拉希莉的《同名人》，说

的也是新移民与名字的故事。有名字的人，名字就代表了期望，名字是联结命运的咒语，这种诅咒是那么主观，因而也暗含着冲突和危机。赵海珍显然为人名找到了更深邃的寄托，因为无论是奇怪的"munjoo"，还是"宇宙"，都有神秘难测的含义。两部作品都借用"曙瑛"的信，提到了"因为名字是家"的核心主题。

  小说由一个被母亲遗弃的法籍女性娜娜说起，因为怀孕，她开始渴望与从未联络的韩国母亲联络，曾经"母亲"这个词意味着幽深的未知（"对我来说，她是另一个黑暗"），然而在给自己的孩子取名为"宇宙"的时候，幽深的未知被血缘延展出古老的生机（"在这之前，我从未有过这种渴望，却依然想要了解她，想去寻找她"）。那一日，她同时收到了一位名叫"曙瑛"的导演的信。曙瑛想要构思一部讲述被领养到法国的韩裔艺术家的纪录片。她希望得到娜娜的帮助。而"娜娜"的名字背后，还躲藏着一个她被收养前的韩国名字"munjoo"，音译为"门柱"或是"灰尘"，并不像女孩子的名字。追索这个名字背后的苦衷，成为这个寻亲故事的缘起，也成为纪录片成败的关键。一个又一个名字（从"郑"的姓氏，到修女起的义士之名"朴艾斯德拉"）将整个故事像打毛线一样编织起来，也把纪录片的成败束于寻亲成败的悬念上。

  寻亲之旅注定会生产许多负面的感受。一个被抛弃的女婴，在异国他乡寄人篱下。她足够幸运，却不可能如亲生父母般向养父母提出过分的要求。回到韩国寻亲之后，她孤独的感受越发强烈。对"亲人团聚"这样人造的画面，也很难筹措出足够的演技来回馈主办方和志愿者。她的伙伴，有的人在亲人重逢之后，反而精神崩溃了，因为她发现，亲人们并没有如想象中穷困到需要抛弃孩子的地步，且团圆也不令人快乐，"感觉一切都是假的"，也有人拒绝与家人团聚，在国外生活得也不如意，养父母仅仅是为了获得劳动力补助和税金减免才随便领养儿童。"寻母"变成一种童年依恋的补偿情绪，而非字面意义上地需要一个生物学母亲（"我要寻找的妈妈……是可以跟我道歉说对不起的、情感意义上的妈妈。"）。正因身处于血缘之外，娜娜能冷静地观看法国养父母的来历、情感和疾病。这种冷静却并不能让她找到自己存在于世的真正意义。追溯姓名的起源，其实也要揭开韩国历史的创伤，如梨泰院是朝鲜时代战乱中被强暴的妇女怀孕后聚集的地方，她们身世凄凉，抬不起头，只能一起生活，大家都叫她们"异地人"，又如娜娜被遗弃时曾经经过的地方"阿岘"，在朝鲜王朝时期，主要是掩埋孩子的坟场。这些坟墓林立、首尔最具悲情意义的区域，就是自己平行宇宙的命运写照。

神奇的是，短篇《琉璃》《光之护卫》中"水晶球里的城市"这个意象再次出现，只是如《单纯的真心》中所写，"随着观察角度的转变，水晶球内的风景的轮廓和光的颜色也会发生相应的变化"。球体中，有法籍女子娜娜，从不同的角度看，又有孤女郑门柱。纪录片的镜头，无非是另一层玻璃装置。她的养父母亨利和丽莎之所以为她起名"娜娜"，是为了纪念他们的第一次约会。他们在巴黎郊外一个古老的剧场中看了一场让-吕克·戈达尔执导的电

影，电影主人公名字就叫"娜娜"（在短篇小说《문주》中，这部电影则没有提到戈达尔）。

小说中弥漫着强烈的"偶然感"，提醒我们如今的生活并不是具有确定性的、必然的，而是诸多不可名状的机缘偶然促成的。尤其是写到餐馆老板娘福禧和娜娜的微妙关系，娜娜可能是在异乡将福禧作为女性长辈的投射，但当老太太住院需要家属签字时，她显然无法用自己的第二语言定义自己和这位女性长辈的关系，是用过餐三次的客人，还是有莫名情愫的过客而已……短篇《문주》中特意提到了"名字"，说"在韩国，有子女的女性有时会被叫子女的名字"。从孕妇对于婴儿生长的身体感知，到跨国文化认同，赵海珍十分耐心地为我们提供了一同题结构操练的文学样本。我想对一个作家来说，这样的尝试总归意味着她重视这些素材。她不得不写上两遍，才能写完名字与家的关系。

韩江小说的物质部分

印象的语言

韩江获得 2024 年诺贝尔文学奖之后，重读她的作品变得很有压力。其实在我的阅读生活中，韩江可算是相对亲切的韩国作家了。我的随笔集《情关西游》的初版编辑就是韩江的粉丝。《玄鹿》《少年来了》都是在她的推荐和叮嘱下看完的。我们最近一次代购韩江作品时，她坚持要在微信上转给我 100 块钱，说"这样我就开心了，哈哈"。提到这个并不是想说我们预判了什么审美趋向，而是韩江是被中国女性读者私下有效传阅的外国作家之一。我们当然无法预判韩江能获奖，因为她并不是想象中的"老作家"，甚至也算不上大红。但韩江如果能获奖，我们和朋友圈那些痛心疾首的人想法肯定不一样。痛心是一点也不痛心，意外中还感到挺兴奋。一个新的时代来临，带来了新的审美标准。这个标准是什么？是轻巧替代了厚重，是政治正确替代了复杂生活，还是社科转而替代了纯文学？其实很难一言以蔽之。一位作家获得国际肯定，有人认同，有人不认同，这是可以理解的审美差异。许多骂韩江的创作者，他们的作品并不会成为我们默默共读的对象，不会让我们因为自费阅读而开心起来，这也是事实，没有办法勉强。总而言之，韩江在小说的基本观念以及修辞的设计上，还是有许多可圈可点之处。我只能就自己一般的阅读经验谈谈粗浅的看法。

在韩江所有被引进的小说作品中，我最喜欢《植物妻子》，其次是《玄鹿》，再者是《素食者》。这大致符合作家的写作顺序，我们也可以由此脉络，看到韩江后期风格的重要转变。概括来说，上世纪90年代《植物妻子》写作时期的韩江还在依循传统讲故事，讲关系中受困的人。不知是否刻板印象，许多韩国作家在出道时期的作品都会以相似的题材（男女、婚姻、原生家庭）入手，而在获得国内文学奖肯定后，他们会在日后的创作中慢慢找寻到更符合自己个性的主题与风格。在《植物妻子》中，就收录了不少韩国传统父权家庭的"悲惨故事"。故事主角或多或少都遭受过不可预知的灾难。例如《傍晚时狗会是一种什么样的心情》中，酗酒、猜忌、有自杀倾向的父亲，又如《跟铁道赛跑的河》中卧轨自杀的母亲。1999年，韩江的获奖作品《童佛》中，讲述了一位出轨的名人丈夫，他不是一个单纯的花心男子，也不似后来《素食者》中那位展演男性凝视的工具人。相反，《童佛》的男主人公有着难以克服的心结，他因身体的大面积伤疤和有出镜要求的主播职业而痛苦挣扎，从而折磨太太。小说中花了较多笔墨书写名人丈夫的创伤时刻，因而这位出轨者并不是传统父权暴力的执行者，而是因永远无法接纳自己不完美而自我折磨、折磨他人的病人。故事里那些悲伤的妻子们、母亲们，是如何在现实生活中根本不存在的条件下一点一点地走出心灵边境的呢？韩江在那个时期的救赎方法源于佛教，源于女性领会他人痛苦后的超越性反思。《红花丛中》女主人公的弟弟因为误踩了生锈的钉子而患上破伤风去世，姐姐在自己没有保护好弟弟的愧疚中出家。若用当代互联网的标准，小说的女主人公简直违背了女权主义的每一条、每一款。但若用佛教的框架来理解，我们就会看到《童佛》中的妻子和《红花丛中》中的姐姐，其实都站在了悲剧发生后道德主体的位置，选择通过思考苦海无边的人世间，来完成个人意义上的觉知与修行。

在《植物妻子》的系列故事中，韩江运用了大量的色彩经验来调度读者的想象，这一点经常被研究者忽略。韩江擅长用颜色来叙事的策略很有现代绘画的特征。如《植物妻子》中，韩江就用非常夸张的变型，带领受困的小说人物突破现实世界的边界。她用颜色来展示变型后人体的体征，呈现为：

> 她的大腿上长出了茂盛的白色根须，胸脯上开出了暗红色的花，浅黄、厚实的花蕊穿出乳头。
>
> ……
>
> 我看着她仍略带朦胧光彩的眼睛，弯下了腰，以便让

她那山茶叶般的手抱住我的脖子。

……

妻子的眼睛像熟透的葡萄一样，竟露出了淡淡的微笑。

那年秋天我一直守望着，妻子的身体渐渐地被染成晶莹的橘黄色……

秋天快要逝去的时候，叶子开始一片片地凋落。橘黄色的身体逐渐变成了茶褐色。

（《植物妻子》）

善用颜色是韩江现代主义小说的表现手法，但她有时也会有其他的考量，例如将颜色与色相结合，其背后的哲学基础，是属于佛教的世界观。换句话说，韩江注重色块的层次布置来强化小说的视觉感，最终是为了凸显色相的虚妄。这一技巧使用最为鲜明的作品，是两篇以颜色挈领的小说名字：《红花丛中》和《白花飘》。其中，《红花丛中》编排了花灯的前后景，以及声音名色之间突然呈现的人的觉知：

"什么花最漂亮？"

七岁的她细声地问了这个问题，四岁的润抬起头张望。在众寮房的前院和那些法堂屋檐间，挂满了一排排莲灯，有数百盏之多。紫红色的最多，也有略带青色的鲜红色花灯,还有颜色亮丽接近粉红色的,看来有了中意的选择,润的眼睛忽地闪了一下。

……

远处佛堂传来的木鱼声,卖录影带的手推车里放出的讲经声,黄莺的叫声,麦芽糖商贩的剪刀声,还有男女老少、恋人们的笑声和招呼声,这些声音回荡在她耳边。

她看到红花就是在这个时候。

(《红花丛中》)

这种感知世界的方式,类似佛教哲学中的色蕴,包含内色与外色。内色就是:眼、耳、鼻、舌、身;外色就是色、声、香、味、触。色蕴与受、想、行、识四蕴一样,都是脆弱虚空的幻觉。但强调颜色,也许是幻象布置重要的一环。我想起明人董说写作《西游补》第一回:"忽见前面一条山路,都是些新落花、旧落花,铺成锦地;竹枝斜处,漏出一树牡丹。"唐僧于是说了一个偈子,暗示悟空春心萌动,原文是"牡丹不红,徒弟心红"。表达方式与韩江此处如出一辙。值得注意的是,董说也是忠诚的佛教徒。可见颜色与幻象,是韩江心中的佛家世界,有能量净化个体的悲伤。《童佛》中的母亲通过画佛画,开始慢慢领悟生命的意义,她说:"一生的怨恨酿成了我一身病……现在一想,真是后悔,我这一生都是心里怀着刀活过来的……那位和尚说,观世音菩萨就在我心中,等到我的肉身充满宽恕时,那就是观世音菩萨。"小说中以佛梦说理,将童佛的面孔作为人的内心影像投射，最后的梦境是童佛看不见的面孔，可见佛教力量对于人心的影响。有趣的是，佛教思想真的能帮助韩江的人物们原谅一切创伤吗？显然没有啊，不然就不会有同样继续"怀着刀活过来的"的《玄鹿》《不做告别》《少年来了》，也不会有《失语者》中直接写到的"我们中间横亘着刀"。也许是到了某一个阶段，韩江突然有了新的想法，比起婚姻的创痛，还有更大的集体创伤拷问人类的残暴和文明的虚妄。于是她有了较大的思想和审美转向，但这一切从设定，到测试，再到大规模地运用，经历了一段长时间的调整。

在《红花丛中》，就曾经出现过"白花代表灵灯"的说法。熟悉韩江小说的读者都知道，"白色"对于她后期小说的重要意义。在与《胎记》有相似物质性布置的《白花飘》中，出现过大量象征死亡的白色名物，例如"白色飘带发夹""白蝴蝶""白衣"等，此外，"漫天大雪"也会令读者对"白色"建立有效的联想。在《红花丛中》中，韩江通过厌食症女性患者的呕吐玷污白衣，凸显与白色不和谐的冲突。"呕吐"是进食障碍经历者难以控制的身体反应，却为作家娴熟利用，展现了主人公本能的抵触、反抗与不服从。这篇提及济州岛"四三事件"的小说，韩江后来又以另一个故事《不做告别》再现了大屠杀的集体创伤。在《不做告别》中，韩江还为"白"色添加了一个新的美学载体——"尸骸"。

如果暂时睡着之后，在疼痛中醒来时，骨头的灰白形象就会再次涌现出来。在仁善最后一部电影即将结束之前，埋有数百具骸骨的土坑在没有任何脉络、说明的情况下，特写镜头持续将近一分钟。扶着膝盖的人骨、烂掉的碎布挂在腰上的骨骸、小小的脚骨上穿着胶鞋被叠放在垄沟般的土坑中。

……

令我无法置信的是每天都会有阳光回返，如果在梦的残影中走向树林，美丽得近乎残酷的光芒穿过树叶中间，形成数千、数万个光点。骨头的形象在那些圆圈上晃动。

（《不做告别》）

韩江对于白色的迷恋，以及后来她完成一部诗体小说书名就叫《白》，这让我联想到梵高的传记《亲爱的提奥》。书中提到，在梵高绘画的初期，他曾写信说："画煤炭工人回家，是一个老题材了，但这个题材并没有很好地表现出来。"而当他成熟为一个色彩大师的后期，有一次他写道："天空是黄色与绿色的，地上是紫色与橘黄色的，这个好题材肯定可以画一幅油画。"这是一个重要的转变。前者是从情节出发，也就是从文学思想出发决定题材；后者则是从将思想物质化了的立场上出发而选择题材，从颜色出发形构故事。韩江不知是否也曾经历过类似思想物质化的阶段，从而在《素食者》后慢慢放弃了以情节作为小说主体的立场，展开了实验性的文体探索，一直要到《少年来了》，才再次回归到书写事件来龙去脉本身。

　　此外，《白花飘》《胎记》中都出现了厌食症的细致描写，开始看并不起眼，后来才能感觉到其中的先锋指涉。实际上佛教也有自己的饮食规范，这似乎与韩江后来写作《素食者》有精神联系，不知韩江是如何扬弃素食行为背后的宗教性，仅提取女性主义这狭义的导向。我真正对韩江小说产生浓厚的兴趣，恰是因为她是我所读过的少见的、反复书写饮食、暴力与精神创伤关联的作家。在疾病与隐喻的构建中，韩江将创伤时刻、女性主义等要素，娴熟地绑定于饮食、身体的异化反应中，这是有趣而富有深意的发明。因此，我认为《白花飘》其实是一篇被忽视的小说，我们甚至可以在这篇并不著名的故事中读到韩江许多著名作品的影子。例如开篇第一句话："那时，我最渴望的是阳光。"让人想到《植物妻子》中"洒在我裸身上的阳光很像妈妈的味道。我跪在那里不停地叫着妈妈"。又如《白花飘》中写"我为什么常常对食物感到厌恶呢？我总想把胃里那黄黄的消化液吐个精光，再把那红红的内脏一一吐出来，只要能做到，还真想把肠子像翻袜子似的翻个个儿。像那样饿个一顿两顿，到后来饿得慌时我就暴饮暴食，能吃正常人的两三倍。擦掉额头上的汗珠撤离饭桌后，我就会感到呼吸困难，有饱腹感的同时又想作呕"，让人想到《素食者》中的"他们总让我吃东西……我不想吃，可他们硬是逼着我吃。上次吃完我就吐了……昨天我刚吃完东西，他们就给我打安定剂。姐，我不想打那种针……你就让我出去吧。我讨厌待在这里"。《玄鹿》中亦有类似间接的表现。

可以说，到了 2005 年的小说《素食者》时期，韩江小说中的"生态女性主义"逐渐开始观念先行，甚至大有覆盖情节的倾向。这也意味着韩江小说在主题选择上有了社科化的倾向。这使得后来她的作品更容易被解读、分析，而她结合集体记忆及政治创伤题材的书写，亦为她小说的风格化建立了更有国际辨识度的标签。所谓的"生态女性主义批评"，是 1974 年法国女性主义学者弗朗索瓦·德·埃奥博尼作品《女性或毁灭》中首次使用的术语。埃奥博尼认为，对自然的压迫和对妇女的压迫具有同一性。生态女性主义流派众多，但如果我们仔细研判，会发现韩江早在第一部长篇小说《玄鹿》的创作中，其实就有意识地纳入环境因素和女性主义双重的要义。煤矿工业的兴起和没落对工人身体的伤害，是资本主义对环境和劳工双重剥削的体现，资本的暴力叠加人与人之间的暴力，又会加剧女性的糟糕处境。《素食者》则是提炼了《玄鹿》《跟铁道赛跑的河》《白花飘》中那些想到肉就恶心，把初具肉形的蛋黄块扔进坐便器的不爱吃肉的女主人公们，将她们的饮食行为命名为"素食者"，并赋予其更深邃的意义。对于素食的实践，有意无意间践行了弱势的女性们本能的身体革命；对于动物亲历的暴力的痛苦联想，引发了女性群体对于自身遭受暴力的恐惧，于是，无声的抗议以润物无声的方式出现在男性主导的家庭生活和社会生活中。

除了饮食，比较有代表性的生态观设计，其实也和韩江长期以来的写作偏好有关。例如韩江对于"鸟"的迷恋，在《跟铁道赛跑的河》中就已经出现。而到了《素食者》《不做告别》的中后期创

作中,不仅"白色"被放大了,对于"鸟"的投射和迷恋也被放大了:

  我扒开妻子紧攥的右手,一只被掐在虎口窒息而死的鸟掉在了长椅上。那是一只掉了很多羽毛的暗绿绣眼鸟,它身上留有捕食者咬噬的牙印,红色的血迹清晰地漫延开来。

(《素食者》)

  人们都说它像雪一样轻,但是雪也有重量,像这滴水一样。
  也有人说像鸟一样轻,但是它们也有重量。
  ……
  当时还阅读了题为《鸟类是生存至今的恐龙》的科学杂志报道。地球表面因为与巨大小行星相撞而着火、滚沸时,在覆盖整个大气层、几乎将所有动物和植物都灭绝的火山灰中飞行了几个月之久的生命就是羽毛恐龙——鸟类。

(《不做告别》)

  "妈妈的照片被风吹走了。我抬头一看,嗯,有一只鸟在飞。那只鸟对我说'我是妈妈……'嗯,鸟的身上长出了两只手。"

很久以前，还不太会讲话的智宇睁着蒙眬的睡眼对她说。她被孩子只有在欲哭时才展露的、模糊的微笑吓到了。

"怎么了，做了一个难过的梦吗？"

智宇躺在被窝里，用小拳头揉起了眼睛。

"那只鸟长得什么样啊？是什么颜色的？"

"白色……嗯，长得很漂亮。"

孩子深吸一口气，然后一头栽进了她的怀里。孩子的哭声让她感到不知所措，就跟智宇拼命逗自己开心时一样。孩子没有要求她做什么，也不是在请求帮助，他只是感到很难过，所以才会哭泣。她哄着孩子说：

"原来，那是一只鸟妈妈啊。"

智宇把脸埋在她的怀里，点了点头。她用双手捧起孩子的小脸。

"你瞧，妈妈不是在这里吗？妈妈没有变成白色的鸟啊！"

（《树火》）

在韩江的笔下，鸟儿无足轻重，但鸟儿可以是创伤见证者、幸存者。虐杀鸟类，就和虐杀弱者无异。韩江反复使用这些意象的语料，来作为思想的物质化呈现，可能与她的诗人身份有关。入围布克国际文学奖短名单的《白》，就是一部诗小说实验作品，将色彩与哀悼的联想相联结，人物和情节反而是最不重要的。读来让人感觉，是不同的白色物像如风雪般涌向了作者。那些五花八门的白，无论是雪，还是哈出的冷气，还是月亮、白发、白狗、白纸、寿衣、"笑得很白"等，取代了动词，形成名词性的文学构图。在这部实验作品中，韩江加大了颜色的叙事功能。而在韩江其他多部实验作品中，鸟、木屋、刀、雪等常用意象的使用频率也大大增加。《失语者》同样调取了刀锋、电锯、梦等常用意象进行高度提炼和强化，尤以女性失语者逐渐退行的语言能力为脉络，令小说前半部分像叙事，后半部分则像诗。当叙述性语言被词语的创造性联结替代，在语言退行的同时，其实也意味着去掉不必要表达的部分，从而创造出新的意义。

总而言之，在我的眼中，韩江在无论是在颜色使用、意象发明，还是疾病隐喻等创造性叙事方面，都没有颠覆性的原创，这些要素在《植物妻子》时期都已出现。之后，作家在漫长的创作成长期，不断突破自我，也不断自我重复，犹如雪花飞旋。韩江对于社会科学的敏感度，令她的作品具有了更广泛的国际认同。但其中最令我感兴趣的部分，依然还是构成一部小说的要素。是"谁干了什么"的动作导向，还是其他思想物质性的表征。一个显著的变化是，三十多年来，韩江小说中的颜色越来越单一，越来越黑白。白色的层次也越来越丰富，象征的领域不断扩大，从死亡、哀悼，到暴力、净化。我反而更加怀念《植物妻子》时期的"燃灯"与"红花",怀念"她把一片一片瓦都涂成了不一样的颜色,淡黄、淡青、淡红、淡绿,排成特别的光谱融合在一起,带来雨后的清新感觉",怀念"她做了个梦,梦里见到拿着莲灯的沙弥尼的背影。淡灰色长袍的下摆飘动着,白色胶鞋也飘在空中悠悠前行"。

那是我心中隶属于印象派的语言,绘画中的小说。

浅谈韩国当代文学

"险要而唯一"的关系

2024年瑞典诺贝尔文学奖授予韩国作家韩江之后，在社交媒体引发了不少争议。在中国，韩国文学是较为小众的外国文学。虽然近五年，有出版公司大量引进了韩国作家的创作，真正在社交媒体破圈的作家，可能只有赵南柱和金爱烂。若从代际来分，作家孔枝泳是"60后"，韩江、赵南柱、金息是"70后"，金爱烂、崔恩荣、郑世朗、赵海珍、金惠珍是"80后"，金草叶、赵艺恩是"90后"。因此，当我们讨论"韩国女作家群"时，其实说的未必是一代人，只是因为陌生，我们觉得她们可能在处理同一时期的素材，对韩国社会问题也有近似的感受。若要细分起来，代际之间还是有不少差别，集体阅历也并不相同。正如在国内文学界，我们也不会认为苏童、毕飞宇与陈春成、王占黑经历和书写的是同一个时代。

若将已经引进中国的韩国作家做最笼统之研判,出生在1980年前的作家背负着较为沉重和复杂的历史,创作的主题离不开战争与革命。例如入围2024年布克奖短名单的黄皙暎,最近有新书《日暮时分》引进中国。黄皙暎出生于1943年,和陈映真有交往,是文坛大前辈。国内较有知名度的"50后"韩国作家,是导演李沧东。引进较多作品的作家金英夏,出生于1968年。1970年生的韩江,十分关切韩国所经历的战争和创伤,她以生态女性主义的方法论实现了文学与社会科学的叙事交际。出生于1974年的金息以漫长的、严谨的注释处理了慰安妇题材的《最后一人》。到了1980年生的金爱烂的文学世界,真正对作家有强烈冲击的历史事件已是世越号沉船,而不是朝鲜半岛的抗日战争等。金爱烂处理最娴熟的题材并非历史创伤,而是高度资本主义化的韩国在经历金融风暴之后,都市年轻人的艰难生计。值得注意的是,金爱烂的作品并不是近五年才引进的,事实上她的作品经由上海文艺出版社、人民文学出版社更迭了两个版权周期,一直反响平平。国内年轻读者对她笔下的都会生活产生共鸣,则要到后疫情时代,经济下行之后。年轻人如同社畜一般经历着漫长的职业生涯,亲密关系中伴随着精打细算的约会开销、功利的婚姻诉求,使得沉闷的日常生活雪上加霜,原生家庭中负债的父亲、坚忍却不肯离婚的母亲,这些小说中的情节要素都让中国的年轻读者产生了复杂的自我投射。换句话说,金爱烂笔下的痛苦,是经济泡沫、财阀干政的痛苦,这与她的前辈们很不相同。韩江获奖之后,小红书上有许多年轻人说,韩江写得不如金爱烂，这就很有意思。实际上两位作家并不是同龄人，她们所关注的韩国也不是同一时期的韩国。她们在国际文坛的影响也并非一个量级。然而，这种评价好像代表着中国年轻读者的当下感受和审美趣味在金爱烂的创作中得到了良好实现。

　　2015年至今的韩国文坛，经历了一些重要的变化，一是前辈作家申京淑的抄袭事件引发了韩国文坛文学权力的讨论。二是《82年生的金智英》横空出世，开始影响并不大，后来却引发大量话题讨论，引发了女权主义浪潮，也揭露了业界及文坛以外结构性压迫的生态，这些新闻对中国女性读者也有重要影响，协助性别教育缺失的女性慢慢产生了女性主义的觉醒。但"金智英热"亦有复杂的一面，它甚至令人对韩国文学产生了刻板印象，认为韩国当代文学就是写性别题材的、写社会问题的。其实这是很不全面的看法。在我极其有限的阅读范围内，我认为韩国作家，尤其是女作家在历史、奇幻、科幻等多元题材上都有不俗的表现。很可惜她们被引进中国的时候，某种程度上被"误读"，最有代表性的作家作品就是郑世朗的《孝尽》，读过这本书的同学可以在这本小说集里看到各种题材，有类似于海涅风格的历史穿越，有鸟类、珊瑚、无国籍人、无性别人、外星人，以及大量的跨国越界生活经验和跨物种恋爱体验书写。另一方面，韩国与日本都有和中国完全不同的新人培育路径，分门别类、竞争激烈。几乎所有说得上名字的作家，都有十几个文学奖傍身，一步一个脚印，获得体制和市场的认可。很少有人只写性别题材就能获得肯定，许多年轻作者都是什么题材都写，有些作家如崔恩荣，也写过婚恋和两性冲突，但后来很快就开始写别的。用通俗的话来说，是"卷度"某种程度影响了公平与质量。

我并不热衷如今文学趣味的社科化转向，尽管我对社会科学非常有兴趣，参与了许多跨学科工作坊，也写了很多文章，但我的兴趣正来自于警惕和对学科边界的高敏感。我并没有在追随这股风潮，可惜即使是我的文章也会被误会我是在追随社科话题。我想，韩江的获奖似乎从某种程度上加剧了社会科学（所出具的结论）与纯文学（故事）的生硬融合，这当然是路径的一种，但不会是唯一的方向。

在与我同龄的韩国"80后"作家中，兼具历史意识又对"关系"极度敏感，且能有意识摆脱社科标签，走出纯文学之路的作家是崔恩荣，我曾经在书评中写到她。2023年，是"崔恩荣作品"正式引进中国的一年。我们如今可以看到小红书或豆瓣上许多人都非常喜欢她的长篇小说《明亮的夜晚》。而《对我无害之人》《即使不努力》等短篇集的引进，也令我们有机会更全面地了解崔恩荣的文学宇宙。如果我们读过《即使不努力》，也会发现崔恩荣借由小说人物表达对中国文化的了解。她非常喜欢张曼玉，喜欢上世纪90年代的香港电影。短篇小说《德比·张》讲述了一名韩国女生到意大利旅行时遇到了一名中国香港男孩并维持十多年联系的故事。这位韩国女孩有多喜欢香港呢，小说里写："第一次去香港，我坐了《重庆森林》里王菲乘坐的半山扶梯，去了《甜蜜蜜》中为纪念张曼玉和黎明的偶像邓丽君而建造的咖啡馆,还去了《花样年华》中张曼玉和梁朝伟一起吃饭的金雀餐厅,又爬了《星月童话》中出现的太平山。在太平山上,眺望香港的夜景,我想起身在某处的德比,还回想起二十岁出头时沉迷香港电影的年轻岁月,以及自认为在跟德比一起旅行时尚未成熟的自己。"女主人公和德比·张,是一种基于流行文化影响力联结的情愫。她看似只对个人有意义,其实这种精神影响对"关系"处境化的确认有决定性的意义。可以说,从一开始,崔恩荣就努力在韩国内外探寻着处境化的"关系"、处境化的人与人。什么是处境化的关系呢?在崔恩荣的小说里,表现为一种隐微的敌对与本能的亲近之间,以叙事命名的"友谊"。

前文提及的《你好,再见》,就是处理险峻关系的典范。险要而唯一,是崔恩荣命名的新型"关系",基于人与人。人与人的背后呢,又有复杂的历史,有难以言喻的隔阂。倘若敌对是遥远的,那反而是轻松明朗的,崔恩荣偏要给出一个偶然的可能,让人照见死局一般的韩国传统家庭结构中微弱的光芒。小说中写的"怪异的活力",就犹如松本清张的名作《监视》中那位"就活了那几个小时"的绝望主妇一样,展现了人道、人性的本能,这在《即使不努力》中,表现为女性与女性之间理性难以斩断的亲近,"说想要靠近的人,其实都是她"。这样的心知肚明,到了《你好,再见》中就叠满了悬疑,让我想到金喜爱主演的电影《致允熙》,表达的主题是那么深情,又那么难以启齿:那是妈妈唯一爱过的人啊,是妈妈的秘密,妈妈唯一的笑容。这样的写作技法并不鲜见,而是优秀现代小说不自觉的共识。例如陈映真的名篇《面摊》，写的就是一位背着婴儿的母亲，唯有在一位年轻警察来光顾消费时，心跳会加快，而这件事，又只有不会说话的婴儿才能感知。它是妈妈的秘密，也是读者与作者共谋的心灵偷窥。

我很喜欢崔恩荣为《即使不努力》扉页写下的题记："爱并非一种需要努力找出证据的痛苦劳动。"爱的痛苦在于即使不努力，在复杂敌对的人世间，它也会自然而然地发生、自然而然地经过。这是我心中的文学性所在，它是文学本身、心灵本身，而不是去阐释社会科学的新词和结论。

后记

很感谢上海文艺出版社愿意为我出这本书,谢谢我的伙伴胡曦露编辑。

这本散文集收录了我近十年以来的生活流水,从博士学习到教学工作,从台北到上海,从日常生活到文学生活。有一些旧稿,有一些讲演和读书笔记,来自于我近年的整理和思考,大概都算作散文。

一切都很平淡。

奇特的是,这段平淡的生命旅程在如今看来,可能也很难复制。

我出生在上海工人新村一个很普通的家庭。母亲在无线电厂工作,父亲是国际海员,他们在我小学时离异。我的祖父母辈都是从江苏常州到上海的移民,如今都已过世。我的童年不算很温馨,但仔细研判,也未曾经历真正的不幸。如果没有文学,我应该会成为一个非常普通的上海女孩,读书考学运气不错,能找到一个养活自己的工作,因过分敏感多虑,未必会有很幸福的情感生活。

我曾经历过两个并不长久的国家政策,独生子女及陆生留学,从历史的角度看它们都充满争议,却使我这样的人以"幸存者偏差"获得了博士学位及一些琐碎的异乡生活经历。换句话说,我能有如今的生活真是很不容易。年近不惑时,我才略微体悟到文学之于我的重要意义,那就是给了我人生的副本。文学写作给予我荣誉和自信(当然也赚了点钱,令我能独立生活),给予我家庭内部不可能拥有的过多关注,也给予我难得的迁徙,令我有可能过得比平行世界的范本更"传奇"一点。至少,我能有一点离谱的空间,去编织原本没有关联的要素,命名联结的可能。

写这篇后记时,我正在美国科罗拉多州的丹佛市旁听 ICA(国际传播学学会)传播学大会。我的田野伙伴,将我们一起调研的护理员民族志写成了论文发表(我其实没有做什么,只是询问了每个护工受访者还有没有例假,疫情期间如何处理例假等问题)。我不是传播学专业的,大学二年级时,我曾经申请转系至传播学,但是被拒绝了。新闻系的考官们认为我更应该去中文系,但我也没考上中文系本科。我对这个结果当然很不以为然,甚至在黄兴公园哭了一场,我觉得小说又不是中文系的人写给中文系的人看的。我近年小说里写到过的高校教师,大都是社科学者,很少有文学专业的,但没有人在意这些细节。我在 ICA 会议现场,居然还看到了复旦新闻学院与 LSE（伦敦政治经济学院）联合项目的招生广告,十分感慨,点燃了旧年创伤,突然想起很多小时候的事。

我当时想不通,读传播学的人为什么就不能同时写小说呢？我的想法当然来自于年少无知,更来自于那是个很混沌的时代,能给我这样的人做做梦。我因为缺乏引导（也可以说受惠于家庭没有规训我的能力）,曾想学很多专业,也不觉得有什么不可能的。我高考第一志愿填的是法学,因为同分优先录取男生的关系,扣了级差分去了哲学系。大二转系失败后,考研到了中文系,学习文学写作,博士班又入乡随俗学了传统中国文学中的古代小说。从功利角度来看,我的专业研究和生涯规划可谓一片混乱,但当年好像不只我这样,我最好的朋友高考志愿填写了上海外国语大学的意大利语和西班牙语系,仅仅是因为她最喜欢的球员是因扎吉和劳尔。我的哲学系室友,则完全无视专业分数高低,按照个人喜好排序填写志愿,依次分别是哲学、法语、计算机等,她如今在美国教哲学去了。我们这样的人,在如今的世风下,可能已是很难被理解的随意了。好在这些奇奇怪怪的经历,甚至是弯路,对写作的人来说,都不是坏事,我可以在想象别人的体验里经历不同的人生,而不只是将自己的人生简历作为唯一的经验世界。

就像很多人对我的台湾经历很好奇,我自己却觉得惘然。如今时过境迁回头看,台湾生活赐予我的礼物,确切的只有莫名其妙的"《西游记》研究",和一些十分难得的陆生友谊。它们像意义不明的锦囊，在我最困难的时候，给予我生计和情感上的支撑，让我相信那就是我的命运。但在文学上，我并没有找到太多可能性，三四本书的记录，也只是南柯一梦。

因而，此刻的丹佛，谁又知道不会是另一段岔路般的经历呢？此前我对丹佛唯一的了解，来自于约翰·威廉斯的小说《斯通纳》。约翰·威廉斯曾在丹佛大学教创意写作，为此我还特地去了一次丹佛大学（小说里，斯通纳是在密苏里大学教书的）。如今的丹佛大学非常安静，人烟稀少。各种人文学科被挤在一栋楼里，而神学却有自己独栋的办公楼，仿佛时代的隐喻。我印象很深的是，在很多前辈推荐这本书的时候，我并不喜欢它。直至我工作第七年后，陷入十分深邃的精神危机。我仿佛看到了1932年秋季前的斯通纳，差不多就是我现在的年纪，他所看过的大时代震荡、精神荒原与避难所。我心有戚戚焉。如今的大学真的是避难所吗？高校"卷生卷死"，那么多年轻的生命经受考验，宛如"一战""二战"时的他们。在这样的怀疑与不安中，重读《斯通纳》和《屠夫十字阵》，反而让我感受到精神上的体贴，尤其是关乎人的存在，人与时间，人与大自然。

我作为一个小说家，居然是因为护工民族志的跨学科合作，来到这里看一看，真是不可思议。而这里距离安妮·普鲁的"怀俄明故事"那么近，也让我感到少有的兴奋。我还想亲眼看一看自己写过的"鸟之云"，看一看"骑马远赴大角山脉、药弓山脉，走访加拉廷山脉、阿布萨罗卡山脉、格拉尼茨山脉、奥尔克里克等南端，也到过布里杰—蒂顿山脉、弗黎早、雪莉、费里斯、响尾蛇等山脉，到过盐河山脉，多次深入风河区，也去过马德雷山脉、格罗文特岭、沃沙基山、拉勒米山脉，却从未重返断背山"。

谁能追踪你的笔意呢？

也许想投射的就是如此这般的严谨与意外，飘渺与断裂，虚无与感伤。

2025 年 6 月 15 日于丹佛

图书在版编目（ＣＩＰ）数据

谁能追踪你的笔意呢 / 张怡微著. -- 上海：上海
文艺出版社，2025. -- ISBN 978-7-5321-9304-2

Ⅰ．I267

中国国家版本馆CIP数据核字第202508NW36号

责任编辑：胡曦露
封面设计：千巨万工作室·任凌云

书　　名：	谁能追踪你的笔意呢
作　　者：	张怡微
出　　版：	上海世纪出版集团　上海文艺出版社
地　　址：	上海市闵行区号景路159弄A座2楼　201101
发　　行：	上海文艺出版社发行中心
	上海市闵行区号景路159弄A座2楼206室　201101　www.ewen.co
印　　刷：	浙江中恒世纪印务有限公司
开　　本：	1194×889　1/32
印　　张：	11.625
插　　页：	2
字　　数：	237,000
印　　次：	2025年8月第1版　2025年8月第1次印刷
ＩＳＢＮ：	978-7-5321-9304-2/I.7299
定　　价：	69.00元

告　读　者：如发现本书有质量问题请与印刷厂质量科联系　T：0571-88855633